로크미디어가
유혹하는
재미있는 세상

어쌔신
솔저

어쌔신 솔저 1

2012년 2월 27일 초판 1쇄 인쇄
2012년 3월 2일 초판 1쇄 발행

지은이 산초
발행인 이종주

기획 팀 김명국
책임 편집 이정규

발행처 (주)로크미디어
출판등록 2003년 3월 24일
주소 서울시 용산구 원효로97길 46 5층
Tel (02)3273-5135 **Fax** (02)3273-5134
홈페이지 rokmedia.com · **E-mail** rokmedia@empal.com

ⓒ 산초, 2012

값 8,000원

ISBN 978-89-257-2541-3 (1권)
ISBN 978-89-257-2540-6 04810 (세트)

어쌔신 솔저 1

| 산초 퓨전 판타지 장편소설 |

로크미디어

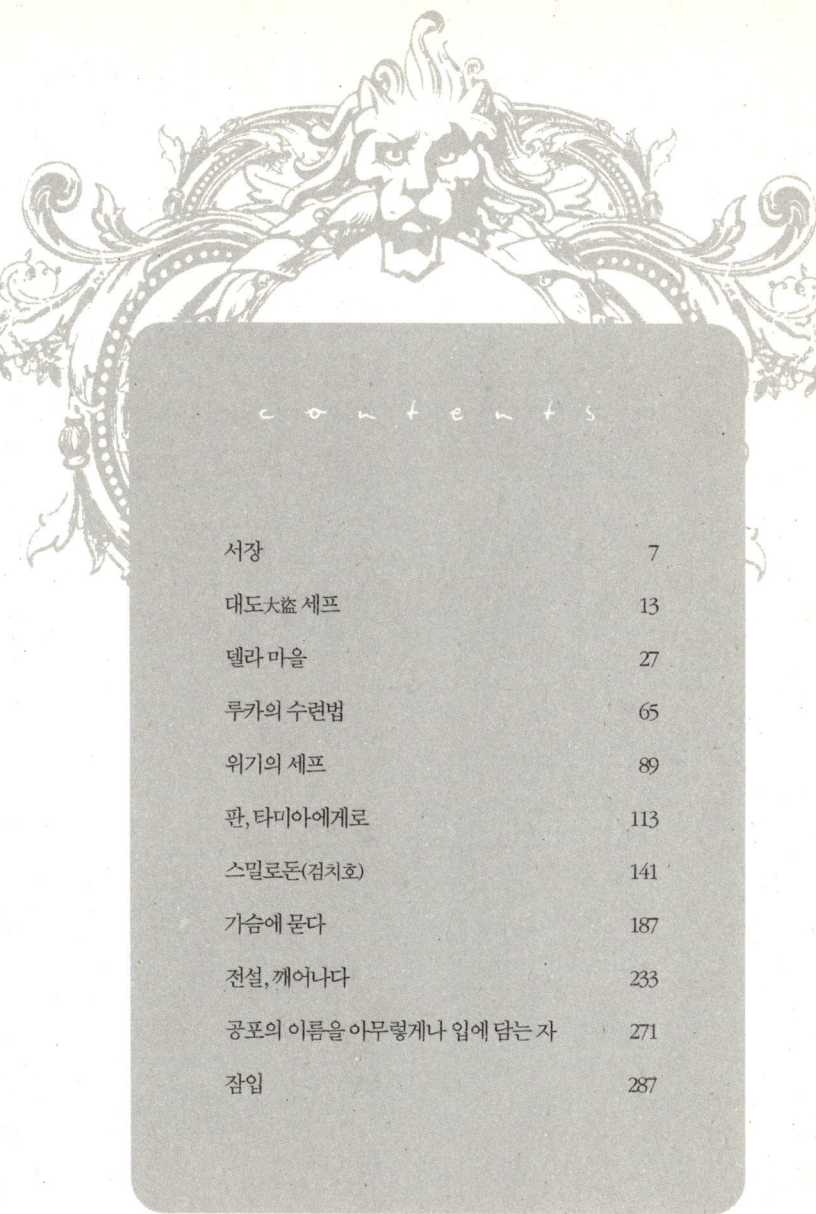

contents

서장

    초로의 나이에 접어든 중년인의 눈빛에 착잡한 감정이 어려 있다.

    그의 눈빛은 한쪽 벽면을 거의 채우다시피 한 초상화에 시선을 두고 있는 사내에게 고정되어 있었다.

    그렇게 정적이 실내를 휘감고 도는 시간이 잠시 흘렀다.

    더 이상 속내를 참지 못한 중년인의 입에서 연륜이 묻어나는 묵직한 저음이 흘러나왔다.

    "꼭……. 떠나야겠는가?"

    "이제……. 제가 할 일은 더 이상 없다고 봅니다만……."

    "정가의 기류가 심상치 않은 조짐을 보이고 있네."

    "그 분야는 제가 관여할 일이 아닌, 공작 각하의 소임인 것 같군요."

자르듯 말하는 사내의 어투는 다소 차가웠다.

"으음, 장차 제국이 위험에 처할 수도 있네."

"푸후훗!"

빙글.

초상화에 눈을 두고 있던 인물이 천천히 신형을 돌렸다.

실소하듯 입가에 보풀웃음을 매달고 있는 사내.

한눈에 보기에도 군더더기 하나 없는 늘씬한 체구였다.

뭐가 그리 우스웠는지 이제 20대 중반을 넘을까 말까 한 청년의 보풀웃음이 눈꼬리까지 번지고 있었다.

거리로 나가면 어디서든 흔히 볼 수 있는 평범한 용모의 사내는 린넨 천의 가나슈ganache(앞보다 뒤가 긴 상의) 상의와 바지, 무릎 어름까지 오는 닳고 닳은 분트슈bundschuh(끈이 있는 가죽신)를 신은 날렵한 차림새였다.

차림새만 보면 공작이란 최고의 신분을 가진 중년인 앞에서 등을 보이는 여유는커녕 감히 마주 보고 서 있을 수조차 없어 보이는 인물이었지만, 행동은 으레 그래 왔던 듯 흠잡을 데 없이 자연스러웠다.

"늦게 만난 기쁨은 그만큼 늦게 떠나기 마련이라더군요. 이제까지의 불꽃같은 삶보다는 은근하고도 질긴 삶을 살길 원합니다."

"납득이 안 가는군."

의혹의 눈초리를 띠던 공작이 말을 이었다.

"그…… 여인 때문인가?"

"아니라고는 말 못 하겠군요. 하지만 제 손과 마음 깊이 배었을 피를 씻기 위함이기도 합니다."

의혹에 이어 이맛살까지 찌푸리는 공작에게 사내는 다시 한 번 빙긋 웃어 보이며 어깨를 으쓱했다.

"허허, 마음을 준 여인이 있음을 짐작하고는 있었네만……. 제국의 군권과 정보 조직을 한 손에 쥐고 있음에도 자네가 작정하고 숨겨 놓으니 당최 어떤 여자인지 찾을 수가 없더군."

"후후후, 때 묻지 않은 여인을 보기란 그리 쉽지 않지요."

"홋, 그런가?"

반문을 해 보지만 사내의 말에 고갯방아로 대꾸하는 공작이다. 가시가 돋친 사내의 말이었지만 인정하지 않을 수 없었기 때문이다.

아르센 대륙 그 어디든 정절을 소중하게 여기는 여인은 찾아보기 어려웠으니 그런 말을 할 법도 했다.

"크흐흠, 어쨌든 자네가 꼭꼭 숨겨 놓을 정도면 보지 않아도 미인일 테고……."

씨익.

사내는 의미 모를 눈웃음으로 대답을 대신하고는 휘적휘적 걸어 출입문으로 갔다.

"그동안 서로 주고받았으니 감사했다고는 말하지 않겠습니다. 하지만 언제나 건승하시기를 진심으로 기원하겠습니다."

"……!"

뚜벅. 뚜벅. 뚜벅.

하직 인사를 하고 출입문으로 향하는 사내를 바라보던 공작은 일시 대꾸를 못 하고 눈만 멀뚱히 뜨고 있다가 다급히 말했다.

"초야에 묻히기에는 자넨 너무 젊네."

"그러니까 더 늦기 전에 떠나려는 겁니다. 이 젊음도 언제까지 내 곁에 머무는 것이 아니니 이 젊음이 제 곁을 떠나기 전에 만끽해 보려고 말입니다. 그럼……."

여전히 미련을 버리지 못하는 공작의 마지막 만류에도 사내는 머리만 까닥해 보이고는 문고리를 잡았다.

딸깍. 기이이익. 쿵―!

"허어―! 쟁쟁한 대귀족가의 여식들도 마다한 사람이……. 대체 어떤 여인에게 콩깍지가 씌었기에……."

사내가 자취도 남기지 않고 휑하니 떠난 출입문을 쳐다보는 공작의 눈빛은 미련, 아쉬움, 공허, 쓸쓸함, 안타까움이 뒤범벅되더니, 곧 근심으로 바뀌면서 종내 우울한 기색으로 변해 버렸다.

'하긴, 대륙 제일의 미인이라고 알려진 황녀님까지 마다했으니……. 붙잡을 명분도 없는 그를 그 무엇으로 잡아 놓

는단 말인가?'

스윽.

무슨 생각이 들었는지 공작은 옷자락이 휘날리도록 빠르게 창가로 다가갔다.

'가 버렸군.'

혹시라도 뜰을 가로지르는 사내의 마지막 뒷모습을 볼 수 있을까 기대했던 공작이었지만, 역시나 헛일이었다.

'쯧! 속히 대체할 인물을 구하긴 해야겠는데……. 이 암피온 제국에 저만한 인물이 있을지 의문이군.'

마음으로 뇌까려 보지만 방금 집무실을 나간 사내와 같은 인물이 제국에 존재하리라고는 생각지 않았다. 사내의 반의 반 정도의 능력이라도 닿는 인물을 구할 수 있다면 그야말로 월척일 것이다.

16세에 군역으로 들어와 꼬박 10년.

입대한 지 3년 만에 두각을 나타내더니 이후 7년 동안이나 무적이었던 사내.

의무 복무 기간인 10년을 모두 채운 데다 주어진 임무도 전부 완수했다.

사내에게 남은 것은 단 하나.

알 만한 사람은 다 아는 닉네임이다.

그러나 사내의 닉네임은 입에 올리는 순간 그 누군가는 죽어야만 하는 사신의 이름이기도 했다.

그래서 아이러니하게도 사내를 아는 이들은 극히 드물다.

사내를 추종하는 패거리 몇몇을 제외하고는…….

"붙잡지 못했다면 더 이상 미련을 둬서도 안 되고 또 거기에 연연하지 않는 것이 옳은 일이건만……. 하아, 진정 아깝구나."

공작이 탄식까지 하며 아쉬워하는 것은 사내가 제국이 요구하는 임무를 다 마친 탓에 떠나고자 하면 막을 도리가 없기 때문이었다.

청년에게는 영지, 작위, 권력, 재물, 여자 등등 그 어떤 것도 통하지 않았다.

그럴 때마다 되돌아온 답은 그저 조용히 칩거해 살아가고 싶다는 말뿐.

"쯧, 조직을 재편하는 일이 급해졌군."

내심 사내를 붙잡을 수 있을 것임을 자신하고 나태했던 결과다.

'하긴 욕심이 없는 자를 설득하기란 쉬운 일이 아니지. 끄응, 벌써부터 머리가 지끈지끈해 오는군.'

한 사람의 빈자리로 인해 할 일이 많아졌다고 여긴 공작이 서둘러서 실내를 빠져나갔다.

대도大盜 세프

이글거리는 태양이 마치 삼라만상을 푹 쪄 낼 듯이 무더위가 기승을 부리는 가마솥 날씨의 대지다.

가지가 무성한 나무 그늘에 가만히 앉아 있어도 숨이 턱턱 막히는 무더위 속이었지만 수림의 바다를 방불케 하는 밀림과 거기에 잇닿은 평원은 고요하고 평화로웠다.

한낮의 밀림은 각종 수목들로 무성했지만, 온갖 이파리와 기화요초는 무더위에 지쳤는지 축 늘어져 있었다.

그래서 더 적막감이 드는 것일까.

그때 바람 한 점 없는 고요한 수림의 한 자락이 살짝 흔들리며 얕은 기척이 들려왔다.

스슥!

곧이어 수림에서 까만 인영 하나가 툭 튀어나오는 순간, 이내 평원에 만연해 있던 적막과 평화가 깨어지면서 소란이 화들짝 깨어났다.

탁! 타탁. 타다다다…….

평원에 발을 내디딘 인영은 뒤를 돌아볼 겨를도 없는지 앞만 보며 내달렸다.

얼핏 보아도 누군가에게 쫓기는 듯한 느낌이다.

인영이 향하는 곳은 잠시 대지에 숨 쉴 공간을 내주듯 외떨어져 있는 건너편의 또 다른 수림 쪽이었지만, 사람이 통행하는 길이 아닌 전혀 엉뚱한 곳이었다.

아무튼 점점 가까워지는 인영의 모습이 뚜렷해졌다.

"헉! 헉! 후훅!"

금방이라도 엎어질 듯 거친 숨을 연방 뱉어 내는 인영의 몰골은 후줄근하다 못해 물에 빠졌다가 갓 나온 생쥐처럼 애처롭기까지 했다.

몸은 푹 젖어 있었고, 아무렇게나 흐트러진 갈색 머리카락 사이로 언뜻 드러나는 얼굴은 창백하기 그지없다. 하관이 뾰족한 데다 조금은 익살스러운 인상의 얼굴이나 지금은 생사를 넘나드는 상황인지 표정이 공포에 짓눌려 있었다.

한낮임에도 몸에 착 달라붙는 야행의 차림인 걸 보니 적어도 새벽부터 아니면 그 전부터 쫓기고 있었음을 쉽게 알 수 있었다.

오랜 도주로 지칠 대로 지쳤는지 당장이라도 고꾸라질 듯 자빠질 듯하면서도 인영은 용케 건너편 수림에 발을 디뎠다.

"후아! 후아아ー! 쿠, 쿨럭! 쿨럭!"

허리를 반으로 접은 채 연방 숨을 몰아쉬던 인영은 폐활량이 도를 넘었는지 밭은기침을 연거푸 해 댔다.

힐끗.

그런 와중에도 얼른 뒤를 돌아보던 인영의 표정은 금세 찌푸려졌다.

"으헛!"

기겁을 한 인영의 눈에 수림을 박차듯 허공으로 떠오르는 전마들이 들어오고 귀에 '키히히힝!' 하는 말 울음소리가 들려왔다.

"지, 지독한 놈들!"

인영이 경악하는 사이 '피슈욱ー!' 하는 소음이 들려온다 싶더니, 찰나에 귀때기를 아릿하게 하는 지독한 파공성이 몰아쳤다.

'이, 이크!'

인영의 안색이 파리하게 질릴 때, '퍽!' 하고 화살 하나가 나무둥치에 꽂히더니 '투르르르' 하는 잔떨림을 토해 냈다.

'익! 하마터면……'

철퍼덕!

때늦은 반응이었지만 연사를 연상한 인영이 재빨리 납작

엎드렸다.

본능 같은 행동은 금세 이어진 또 한 번의 파공성에 대한 적절한 구명술이었다.

퍼억―! 투르르르…….

"으헉!"

심장이 쪼그라들다 못해 수명이 족히 10년은 줄었을 인영의 입이 쩍 벌어짐과 동시에 욕지거리가 튀어나왔다.

"염병할 자식들! 대관절 이까짓 게 무엇이기에 20일을 넘게 쫓아다니며 지랄들이야?"

인영은 품속에서 미세하게 진동하는 물건을 만지작거리면서도 도통 이해가 가지 않는 눈빛이다.

"니미럴, 도둑의 전설이라고 불리는 이 세프가 모르는 아티팩트라니……."

중얼거리는 인영의 입에서 세프라는 이름이 흘러나왔다.

세프.

성도 미들 네임도 붙지 않은 이 이름의 주인은 기실 천하의 대도大盜로 이름 높은 인물이었다.

손으로 만지는 것만으로도 보석의 종류가 뭔지 또 값어치는 얼마나 되는지 알고 귀물과 보물이 어디에 있는지를 금세 알아내는 천부적인 감각을 지니고 있는 대도 세프가 바로 그인 것이다.

한데 이번 물건은 만지는 것만으로는 도저히 그 정체를 알

길이 없다는 데서 문제가 생겨 버렸다.

그렇지 않았다면 훔치지(?) 않았을지도 모른다.

그리 크지도 않아 손아귀에 쏙 들어온 물건의 감촉으로 보아 커팅으로 라운딩이 된 원형의 보석임은 틀림없었다.

표면이 매끈매끈한 것이 값비싼 보석의 일종으로 여겨지긴 했지만, 드문드문 홈이 파여 있는 것으로 보아 음각이 되어 있는 듯했다.

음각이 복잡하게 꼬불꼬불 이어진 홈인 것으로 보아 추측컨대 마법 문양이 아닐까 싶었다.

'니미럴! 존심이 팍 상하네.'

세상에 존재하는 것들 중에 자신이 알지 못하는 물건은 없을 것이라 자부하던 세프의 지존심이 이것 하나로 팍 구겨지는 순간이었다.

하지만 자존심이 상했든 어떻든 또 인세에 보기 드문 귀물에다 희대의 아티팩트면 뭐하나? 한 치 앞을 장담하지 못하는 신세가 된 판국인데…….

"젠장, 재수 옴팡지게도 없지."

제법 권세가 있는 백작의 저택을 노리고 또 노리다가 몰래 잠입해 평소처럼 몇 가지 귀금속을 턴 것뿐이다.

세상의 모든 재물이 모두 자신의 것이라 자부하는 세프는 그저 용돈이 조금 필요했을 뿐 다른 목적은 추호도 없었다.

그런데 잘 빠져나오다가 생각지도 못한 마법 간섭장을 건

드렸는지 그만 발각이 되고 말았다.

그러자 이내 품속에 집어넣었던 주머니에서 미세한 진동이 일더니 징징대기 시작한 것이다.

세프는 즉각 자신이 마법 간섭장을 건드린 것이 아니라 뭔가 귀중한 마법 아티팩트를 수중에 넣었다는 것을 직감했고, 그것이 일정 거리를 벗어나자마자 진동을 일으켰다는 것도 깨달았다.

그 전까지의 '룰루랄라' 했던 기분이 싹 사라진 것도 그때부터였다. 더불어 살아 있는 전설인 대도로서의 여유는 온데간데없이 사라지고 목숨이 위태위태한 곡예를 20일이 넘게 했다.

여태껏 놈들을 따돌리지 못한 것은 모두 그놈의 진동 때문이었다.

마법 아티팩트의 정체가 뭔지 미처 확인해 볼 사이도 없이 진동이 이는 그 순간부터 먹고 자고 배설할 틈도 주지 않는 추격자들로 인해 죽을 맛이었다.

"빌어먹을! 괜히 여유 부리다가 천하의 세프가 대체 이게 무슨 꼴이람, 흑흑!"

심적인 피로까지 극에 달한 세프는 당장이라도 주저앉고 싶었다.

하지만 그럴 수가 없다. 추격자들은 바로 백작 영지 이상만이 보유하고 있는 무장 친위대였다. 인정사정없는 놈들이라 단칼에 목을 날려 버릴 것이다.

영지의 최정예부대인 이들은 무력도 막강해서 거의 엑스
퍼트급 이상의 기사만으로 이루어진 조직으로, 목적을 달성
하기 위해서라면 이루 말할 수 없이 폭력적이고 잔인하게 행
동했다. 오죽하면 렉커wrecker(파괴자, 약탈자)라고 불리며 그 이
름만 들어도 울던 아이가 울음을 뚝 그친다는 소문이 났을까.

한낱 도둑일 뿐인 세프가 그 위세에 눌리는 것은 당연했다.

"헉헉, 이제 올 데까지 온 건가? 훅훅, 후훅!"

가 보지 않은 곳이 거의 없는 세프는 눈앞에 보이는 짧은
밀림만 지나면 고르반 남작 영지의 관문 중 하나인 델라 마
을이 나온다는 걸 알고 있었다.

"후욱, 마지막 수단을 써야겠구나."

마법 아티팩트의 진동을 강제로 멈춰야 하는 일이었다.

진동도 무제한 지속되는 것이 아니라 일정 시간까지 제한
되어 있을 수밖에 없다.

20일이 지났다면 제아무리 고서클 마법사라도 인챈트시
킨 마력이 한계까지 오고도 남았다.

지금까지 작동하고 있다는 것만으로도 고서클의 마법사가
인챈트시켰다는 것이 증명됐다.

그것만으로도 품속의 물건이 보통 것이 아님을 절로 알 수
있었다.

놈들이 결사적으로 쫓고 있는 것도 인챈트해 놓은 제한 시

간 때문일 것이다.

추적 전문 마법사가 끼어 있는 것은 당연한 일.

도둑만큼 조심하는 부류들도 드물다. 알고 보면 방어 시스템인 마법 간섭장을 뚫어야 하는 탓에 세프 역시 2서클 유저의 도둑이다. 당연히 위험에 봉착할 경우에 대비해 지니고 다니는 세프만의 비상수단 없을 수가 없다.

'필시 모션 트레이서motion tracer(이동 추적기) 마법일 테지. 이건 인텐스 홀딩intense holding(강력 제어) 마법이면 충분히 멈추게 할 수 있어.'

이른바 결계 마법인 클로즈 스페이스close space 마법이다.

물론 그 종류는 헤아릴 수 없을 만큼 많다.

세프가 원하는 것은 오직 하나. 놈들이 결계 마법 때문에 헤맬 때 진동이 끝났으면 하는 것이었다.

'젠장, 비싼 건데……'

그러나 목숨값만큼은 아니었다.

'후훅, 아깝긴 하지만 이제 막다른 길에 닿았으니 어쩔 수 없이 써야겠지.'

지금은 추격자들을 잠시 지체시키는 것보다 진동을 멈추게 하는 것이 급선무다.

물론 이중 인챈트가 되어 있을 경우에도 상호 간의 감응을 교란시킨 후 은신하는 쪽이 훨씬 효과적일 것이다.

더불어 자신의 목숨을 간당간당하게 했던 이 물건도 버려야 한다. 언제 또다시 진동을 시작할지 알 수 없기 때문이다.

희박한 행운을 믿었다가는 여벌의 목숨을 지니고 있지 않는 한 대륙에서 사라지게 될지도 모른다.

아직은 살고 싶었다.

하지만 무장 친위대는 그런 마음을 들어줄 만큼 녹록치 않은 조직이었다.

설사 무사히 탈출한다고 해도 수배 전단지가 도처에 도배가 되다시피 붙어 있을 것이다.

'젠장할. 당분간 제국을 떠나 있어야겠군.'

물건을 적당한 곳에 감추었다가 훗날 돌아와서 되가져갈 수도 있지 않은가?

물론 행운이 따라야겠지만…….

'제길……. 그렇다고 해도 손해가 막심하네.'

자신의 아성이나 다름없는 제국을 떠날 생각을 하니 마음이 씁쓸해졌다.

'하지만 여기서는 곤란하지. 최대한 멀리 가서…….'

잠시 갈등하는 눈빛이던 세프가 입술을 꽉 깨물었다.

'이대로 간다면 잡히고 만다.'

인간이 말과 경주해서 이길 수는 없으니 추월당하는 것은 시간문제였다.

이곳이 밀림이라고 해도 지연책을 쓰지 않으면 도저히 벗어날 길이 없다.

"망할! 밑천을 다 까발리게 생겼군."

엄살은 떨었지만 천하의 대도라 알려진 세프의 밑천이란 것이 어디까지인지는 아무도 몰랐다.

어쨌든 모종의 결심을 했음인가.

촌각도 지체할 겨를이 없을 텐데도 세프가 다리에 힘을 주더니 잽싸게 수림 아니 밀림 속으로 자취를 감추었다.

※ ※

쿠두두두. 두두두두두⋯⋯.

거대한 전마들 그리고 그 위에서 엉덩이를 한껏 추켜올리고 연방 박차를 가하는 기사들.

모두가 침침한 묵빛 일색이다.

마치 한 덩이 먹구름이 폭풍에 밀려오듯 몰아쳐 오는 마신 일체의 기세에 밀림이 일시 숨을 죽이는 듯했다.

파락! 파라락!

쾌속으로 전마를 모는 무리들의 등 뒤로 맨틀(망토)이 공기의 저항을 못 이겨 몸서리를 쳐 댔다.

스윽.

무리 중 한 명의 손이 어깨로 향했다.

이어서 어깨 너머로 삐죽 솟은 퀴버quiver(전통)에서 화살을 꺼내더니 시위에 걸자마자 곧바로 발사했다.

쇄엑-!

대기를 찢으며 날아간 화살은 타깃을 아슬아슬하게 벗어나 나무둥치에 박혔다.

쇄에엑-!

언제 발사했는지 또다시 한 발의 화살이 발사됐다.

그러나 그 역시 타깃이 몸을 엎드리는 통에 간발의 차로 빗나갔다.

"제길, 운이 좋은 놈이군."

급박한 율동을 할 수밖에 없는 전마의 등에서 행한 기사騎射치고는 대단한 명중률이었음에도 표정이 휴지처럼 일그러지는 기사다.

"쿠쿡, 그 운이 지금까지 놈을 살렸다."

"흥, 질긴 놈이긴 하지만 그 운도 얼마 남지 않았어."

"하긴 저 수림만 지나면 고르반 영지니 놈도 더 갈 곳이 없어."

말로는 여유를 부리지만 눈빛만큼은 사냥하는 매의 그것과 다름없었고, 전마의 속도도 전혀 줄지 않았다.

대열의 중앙에서 전마를 몰던 기사가 한쪽으로 삐져나오며 고삐를 약간 잡아챘다.

"데올 경, 시간이 얼마나 남았소?"

"5일도 채 남지 않았을 거요."

머리에 코이프coif(쇠사슬 두건)만 쓴 기사들과는 달리 코이프

대신 맨틀에 달린 후드를 쓰고 있는 것으로 보아 데올이라 불린 인물은 마법사인 듯했다.

"5일이라…… 놈이 도주하기엔 충분한 시간이로군."

"그래 봐야 우리를 따돌리지는 못합니다. 7일 후에 이중 인챈트 된 마지막 진동이 하루 종일 울린다고 했으니 최악의 경우에도 실망할 건 없소."

데올은 모션 트레이서의 마력이 지속되는 시간까지는 놓칠 일이 없다고 자신했다.

"놈이 하루 거리를 벗어날 확률도 배제할 수 없소. 서두릅시다."

"그렇긴 하오만……."

태양의 위치를 가늠해 본 칸츠가 외쳤다.

"팔토, 밀림이 언제 끝나는가?"

"기사장님, 밀림이라 속도가 줄어드는 것을 감안하더라도 넉넉잡고 네 시간이면 주파할 수 있습니다!"

"그때면 해가 떨어진다! 그 전에 바짝 쫓거나 잡아야 해!"

"알겠습니다!"

"모두 명심해라! 이 칸츠 친위대에게 실패란 없다는 것을!"

"옛, 알고 있습니다!"

"좋아!"

흡족한 웃음을 흘린 칸츠가 안장에 꽂아 두었던 할버드를 치켜들고는 소리쳤다.

"베르크 가문의 영광을 위해!"

"베르크 가문의 영광을 위해─!"

"무적의 할버드로!"

"무적의 할버드로─!"

"임무를 완수한다!"

"임무를 완수한다─!"

전마를 몰며 내지르는 선창과 복창 소리는 조용한 밀림을 뒤흔들어 놓기에 충분했다.

투두두. 투두두두…….

지축을 울리며 수림으로 들어선 기사들은 앞선 동료의 뒤를 따라 추호도 멈칫거림 없이 숲을 헤쳐 나갔다.

이유는 도주의 흔적이 너무도 분명해서였다.

부러진 가지, 찢긴 이파리, 짓눌린 잡초 등등 흔적은 많고도 많아 굳이 찾으려 애쓰지 않아도 훌륭한 길잡이가 되고 있었다.

마치 자신이 가는 길목을 광고하듯 남겨 놓은 뚜렷한 흔적은 전마의 속도를 조금도 늦출 필요를 느끼지 못하게 했다.

하지만 도망자는 한동안 나아가도 옷깃조차 보이지 않고 있었다.

그래도 칸츠 친위대는 곧 따라잡을 수 있음을 알기에 그리 다급해하는 표정들이 아니었다.

시간상으로 아직 여유가 있기도 했지만 여차하면 고르반

남작의 도움을 받을 수도 있기 때문이었다.

　　그리 넓지 않은 밀림인 덕에 도망자는 도주할 곳이 한정되어 있어 독 안에 든 쥐나 마찬가지였던 것이다.

델라 마을

아침 댓바람부터 작렬하기 시작한 태양의 열기는 밤사이 잠시 식혀 두었던 열기를 다시 일깨우고 있었다.

분지처럼 밀림에 둘러싸이듯 옹골차게 자리 잡은 고르반 남작 영지도 예외는 아니어서 차츰 열기로 데워지고 있었다.

고르반 영지는 아르센 대륙의 최남단이자, 암피온 제국에서도 가장 남단에 위치한 남작 영지다.

자연 대륙의 최남단답게 대체로 무덥고 강수량이 많은 편이다.

수목의 바다를 뚫고 우뚝 솟은 바나 산.

밀림을 헤매다가도 바나 산을 보고 고르반 영지로 찾아들 수 있는 길잡이 산이다.

델라 마을.

바나 산 한쪽 귀퉁이에 위치한 고르반 영지의 마지막 마을이자, 첫 번째 마을이기도 하다.

마지막 마을은 영지의 중앙에 위치한 영주 성에서 보는 위치였고, 첫 번째 마을이라 말하는 건 밀림을 통과하면 가장 먼저 만나는 곳이기 때문이다.

밀림의 야수와 몬스터 들로 인해 여행자 파티나 물품을 싣고 오는 상단들도 드문 마을은 그저 평범했다.

오늘도 델라 마을은 여느 때나 마찬가지로 평화로움 속에서 부지런한 농민들의 손길로 부산하다.

지렁이처럼 꾸불꾸불한 두렁을 경계로 한 밭에는 많은 농부들이 점차 뜨거워지는 대지의 열기에도 아랑곳하지 않은 채 땀을 뻘뻘 흘리며 일에 열중하고 있었다.

아이들은 아이들대로 어른들의 잡일을 거드느라 부지런을 떨었다.

잡일마저 거들지 못하는 어린아이들은 뭐가 그리 좋은지 깔깔거리며 온 동네를 휘저으며 신 나게 뛰어다니느라 정신이 없었다.

"아구구, 허리야."

툭툭툭툭.

촌로 하나가 호밀밭에 파묻었던 몸을 일으키며 허리를 쳐 댔다.

강렬한 햇빛에 그을린 남방 특유의 까만 피부에 까만 머리카락의 촌로는 얼굴에 주름이 자글자글했다.

다시 허리를 숙인 촌로의 손에는 억센 잡초가 한 가득이다.

주위를 돌아보던 촌로가 인접해 있는 밭을 향해 소리쳤다.

"어이, 카투, 잠시 쉬었다가 식사나 하지그랴?"

"그, 그럴까?"

촌로의 말이 반가웠는지 또래나 될 성싶은 나이의 카투가 반색을 하며 허리를 쭈욱 폈다.

"어허, 고되다."

손에 든 잡초들을 두렁에 아무렇게나 내던진 카투가 하늘을 올려다보았다.

"허, 벌써 식사 때가 되얏군그랴."

"벌써가 뭐여? 난 이미 배가 등가죽에 달라붙어 버렸는디……."

"하하하. 하만, 자네가 배고픈 걸 잠시도 못 참긴 허지."

"그걸 아는 여편네가 아직도 소식이 없으니 원, 에잉."

"그야 같이 일하다가 조금 전에 들어간 탓에 준비가 늦어서 그렇재."

"수프만 데우면 되는디 시간이 걸릴 일이 뭐가 있다고……. 에잉."

두 사람은 대화를 하면서 걷더니 잎이 무성한 나무 그늘에 주저앉았다.

"어허, 시원타!"

"하하하, 그늘이 좋긴 허이. 땀이 금방 식는 걸 보면 말이여."

"그려, 이 남녘땅에서 그마저도 없시면 뭔 낙이 있겄어."

두 사람의 말처럼 아무리 더워도 그늘에만 들어가면 시원하긴 했다.

이는 델라 마을이 바나 산의 어귀에 위치하다 보니, 즉 해발 1,000미터 이상의 고지대인 덕에 습도가 낮아 강렬한 햇빛을 쬐면 더위를 느끼지만 그늘에만 들어가면 금세 시원해지는 까닭이다.

바꾸어 말하면 일교차가 크다는 것이다. 낮과는 달리 땅거미가 지기 시작하면 기온이 서서히 내려가는 탓에 두꺼운 옷을 입어야 할 정도로 쌀쌀해졌다.

이렇듯 일교차가 크다 보니 두 사람의 뒤로 보이는 가옥도 얼기설기한 집이 아니라 고깔 모양의 초가지붕에 토담이 둘러싼 형태다.

가옥들은 크고 길쭉했으며 옹기종기 모여 있는 것이 마치 원형의 미로처럼 둥글게 띠를 이루고 있는 모습이다.

거기에 몬스터나 야수 들의 침입을 방지하기 위함인지 외곽을 빙 둘러 튼튼한 방책까지 세워 놓았다.

그러나 작물을 일구는 밭까지 방책으로 둘러싸여 있지는 않았다. 즉, 카투와 하만은 방책 밖의 밭에서 일하고 있는 셈이다.

벌컥벌컥.

두 사람은 떠다 놓은 물을 시원하게 한 사발씩 들이켰다.

"어허, 이제야 갈증이 조금 가시는군."

"근디……. 타미아 애비는 여적 일하고 있네그랴."

"쯧쯧쯧, 부지런도 혀."

카투가 먼 산 바라보듯 하는 말에 하만이 혀를 찼다.

"자네가 좀 쉬라고 해 보지그랴. 저러다 가는 쓰러질까 걱정이구먼."

"어디 하루 이틀인감?"

"농사짓는 폼이 이젠 틀이 완전히 잡혔네그랴."

"허허허, 저만하면 타미아 애비도 이제 농투성이가 다 된 거재."

"저리 열심히 안 혀도 될 틴디……."

"그러게나 말이여. 일 좀 덜 한다고 배곯을 일도 없는디……."

두 사람의 말처럼 겨울이 없는 고르반 영지는 다모작이 가능해 부지런하기만 하면 배곯을 일이 없었다. 게다가 주변에 열대 과일이나 각종 열매 등이 지천으로 널려 있어 먹을거리 하나만큼은 풍부한 고장이었다.

"타미아 애비가 이곳으로 온 지도 솔찬허지?"

"아매도……. 5년은 되았을 것이여."

"허허허, 포르테가 저토록 훤칠한 신랑감을 어떻게 구했는지 아직까정도 모르겠네.”

“그거야 밀림에서 사경을 헤매는 걸 데려다가 치료해 준 인연으로 그리됐다잖어.”

“벤푸 그 친구 말로는 그렇다고 하는디……. 그래도 이해가 잘 안 되긴 마찬가지여.”

“하긴 나도 그려. 촌장의 말이니 믿는 거재.”

“암은. 촌장이 쫀쫀한 성격이긴 혀도 거짓말을 할 사람은 아녀.”

“그렇다고 해도 대단혀.”

“뭐가 말시?”

“생각을 해 보게. 아무리 생명의 은인이더라도 제국의 수도인 테베에서 살던 사람이 이런 궁벽한 곳까지 와서 혼인을 한 것이 이해가 가는 일인감?”

“하긴 쉽지 않은 얘기긴 혀.”

“허허허, 타미아 애비가 떡하니 나타나서는 동네 제일 미인인 포르테를 덜컥 차지해 버리니 총각들이 난리도 아니었재.”

“허허, 그러게 말이여. 총각들이 한동안 타미아 애비의 정체를 밝히느라 한바탕 난리가 나긴 혔지, 허허허…….”

두 사람은 당시의 일이 기억나는지 한바탕 크게 웃어 댔다.

“내 아들 놈도 다르진 않았지만 자네 아들 테오는 한동안 식음을 전폐했다문서?”

“쯧, 못난 놈!”

"뭐, 이해 못 할 것도 없지. 포르테가 오죽 참해야재."

"에그, 그 얘긴 그만하세나. 타미아 애비가 뭘 하던 사람이었든지 간에 이젠 우리 델라 마을 사람이네."

"하기야 지금에 와서 뭔 의미가 있었어? 그나저나 테오는 왜 안 보이는 겨? 며칠 전에 휴가 나왔담서?"

"자네 아들 말콤과 함께 나왔잖여."

"같은 날 군역 갔으니깨 같이 오는 건 당연헌 거구. 내 말은 시방 왜 며칠 동안 보이지도 않느냐 말이여?"

"그놈이……. 지 애미 병 나순다고 약초를 캐러 갔다네."

"잉? 그, 그게 정말이여?"

"휴우─! 그렇다네."

"아! 그……. 뭐시냐. 비, 비……."

"빌하르쓰(생흡혈충)네."

짝!

"아, 맞어, 맞어! 빌하르쓰!"

하만이 그제야 생각났다는 듯 손뼉까지 치고는 말을 이었다.

"눈은 어뗘?"

"에혀, 눈자위가 이젠 노래졌뿌렸네."

"그걸 황달 증세라고 했지 아마?"

"타미아 애비 말로는 그렇다는군."

"근데 무슨 약초를 쓰면 나을 거라고 한겨?"

"약초 이름이 엔도드라고 하더구면."

"엔도드?"

"그려, 들어 본 적은 없지만 그 약초를 쓰면 나을 거라더 군. 테오 녀석이 집에 오자마자 타미아 애비를 찾아가더니 그 소리를 듣고는 연장 몇 개 챙겨서 그 길로 곧장 밀림으로 들어가 뿌렸네."

"헐, 말만 듣고 가서 찾을 수 있을라나?"

"타미아 애비에게 약초의 모양이며 서식처의 주변 사정까 정 자세히 들었다더구먼."

"그리혓다문야……. 근디 밀림으로 들어간 지는 며칠 되 았어?"

"오늘이 닷새째라네."

"3일을……. 넘겼구먼. 테오가 아무리 강하고 날쌔더라도 밀림이 그리 호락호락한 곳이 아닐 터인디……."

하만의 얼굴에 근심이 살짝 묻어났다.

"자네도 알다시피 내 아들이라서가 아니라 테오가 군역 가 기 전까정은 밀림을 제 안방처럼 싸돌아댕기던 놈이잖여?"

그렇게 말하는 카투의 눈에도 염려의 빛이 살짝 스쳤지만 내색하지는 않았다.

아들놈이 제 어미의 실명을 막아 보겠다고 그 위험한 밀림 을 들어가겠다는데도 그는 말릴 엄두도 내지 못했다. 아니, 자식이라면 응당할 일이라 여긴 나머지 말릴 생각을 하지 않 았다는 것이 더 옳았다.

당시 안색이 굳어 있던 것으로 보아 꽤나 깊이 들어갔을 것으로 짐작됐다.

자연 아비된 자로 목숨이 경각에 달해 있을지도 모를 자식을 생각하면, 비록 겉으로야 애써 태연한 척하고 있지만 속은 까맣게 재가 되어 가고 있는 중이었다.

카투의 속내를 눈치챈 하만도 그리 편한 마음은 아니었다.

'밀림으로 들어간 지 며칠이 지났다면 걱정이 솔찬하것구면.'

델라 마을 사람들이라고 해서 밀림이 위험하지 않은 것은 아니었다.

아니, 오히려 그 흉험함이 어느 정도라는 것을 잘 알기에 꼭 필요한 일이 아니면 함부로 진입하지 않는다.

하만은 카투의 근심을 더 부추길 필요가 없다는 생각에 고개를 끄덕여 인정해 주었다.

델라 마을 사람이라면 누구나 다 아는 얘기가 바로 '밀림에 들어가면 어떤 일이 있어도 3일을 넘기지 마라.' 라는 말이다. 자연 테오가 3일을 넘겨 5일째를 맞고 있으니 근심이 되지 않을 수가 없었다.

두 사람은 채 30가구도 되지 않는 델라 마을에서도 조상 대대로 살아왔고, 또 어릴 때부터 같이 자란 불알친구였던 덕에 서로의 속내쯤은 읽고도 남음이 있는 사이였으니 눈빛만 봐도 감정을 알아챘다.

"그건 그려. 군역 가기 전부터 이 근동에서는 테오의 사냥 술을 당할 사내가 없었지."

"허허허, 그것도 타미아 애비가 없을 때의 야그지."

"허긴……. 그래도 걱정이 되는구먼. 엔도드가 마을 근처 어딘가에 자생하는 것이 아니믄 말여."

"조금 깊다고는 혔어."

"그려?"

"닷새 후면 휴가가 끝날 때니께 그때까정은 오겄지 뭐."

"허기사 탈영이사 하겠는감. 근디……. 타미아 애비는 그 약초를 어치케 알았디야?"

"알다 뿐인감? 그 병에 걸린 과정도 세세하게 알고 있더 구먼."

"그려어?"

"응, 빌하르쓰는 기생충인디 무슨 달팽이를 숙주로 삼아 인체에 들어와서 간에 기생한다더구먼."

"헐, 그려어? 허면 그놈이 간을 다 갉아 먹겄구먼."

"그려도 엔도드만 찧어서 복용하면 금세 나을 거라대."

"허어, 그 사람은 아는 것도 많어."

"암은, 아는 것이 많으니 마을의 보배지."

"그건 그려. 재작년에는 탈곡기도 맹그러서 우리가 얼마 나 편해졌어?"

"우허허허, 맞아, 맞아. 타작꾼들이 자기들 할 일이 없어졌다고 한바탕 시비를 걸었다가 탈곡기 기술을 배우는 것으로 조용히 끝났지, 허허허⋯⋯."

"그걸 기냥 가르쳐 주는 타미아 애비도 참 대단허이."

"허허허, 암은. 배포가 큰 게지."

"허허허, 글고 보면 테베 사람들은 모두가 타미아 애비처럼 아는 게 많은가 벼?"

두 사람은 그때의 일이 생각났는지 웃음을 그치지 않았다.

"테베 사람들이 다 그렇기야 하겠냐마는 아무튼 난 사람은 난 사람이여."

"글치, 그건 확실혀."

"근디 오늘은 말콤도 안 보이네. 갸는 또 워디 간겨?"

"바나 산으로 나무하러 갔어. 휴가 나온 참에 잔뜩 해 놓고 간다고 말이여."

"헐, 기특한 녀석이구먼. 암은, 그래야재."

"이보게, 카투."

"응?"

"테오가 저녁까정 나타나지 않으면 말콤더러 찾아 나서라고 해 보겠네."

"크흠, 그, 그래 주겠는가?"

듣던 중 반가운 소리라 카투의 마음이 동했다.

"그놈도 직접 대놓고 말은 하지 않지만서두 은근히 걱정하는 눈치였다네."

"그, 그려?"

"암은. 테오와는 가끔 티격태격해도 서로 죽고 못 사는 친구니께."

"하긴……."

하만의 말대로 테오와 말콤은 그들의 부친들이 친한 만큼 친했다. 젊어 혈기가 왕성해서 그런지 간혹 다투기는 했지만, 친형제처럼 서로를 챙기는 의리만큼은 델라 마을 사람들도 인정해 주고 있던 터였다.

"어이구, 벌써 시간이? 어여 쉬었다 하라고 권해 보게나. 식사 때가 되았어. 배고프겠구먼."

"그려, 그려."

카투가 엉덩이를 툭툭 털고 일어나더니 두 손을 깔때기 모양으로 만들었다.

"루카ー! 좀 쉬었다가 하지 그러나?"

하만의 외치는 소리를 들었는지 멀리서 손을 흔드는 사내가 보였다.

"하여튼 귀는 밝어."

"한창때니까 그렇재."

"그려도 대단혀. 우리보다 세 배는 하는구먼."

"벤푸, 그 친구가 복 받은 거지 뭐."

"암은. 딸 하나밖에 없는 친군데 잘되았지 뭐여."

"그려, 그려. 타미아 애비가 식사 끝나면 또 숲으로 들어

가것재?"

"그게 어디 하루 이틀 있었던 일인감? 숲에 들어가려고 한 낮도 안 됐는디 일을 벌써 끝냈잖여."

"그래도 오늘은 너무 빠른디?"

"어, 자네 몰랐나?"

"뭘?"

"오늘이 벤푸 부인 생일인 걸 말이여."

"오잉? 그, 그려?"

"암은."

짜악!

"헐, 그러고 보니 쁘라냐의 생일이 이맘 때였어."

카투가 그제야 생각났다는 듯 손뼉을 치더니 말을 이었다.

"아항, 그래서 타미아 애비가 더 부지런을 떨었구먼."

"다른 때보다 일찍 나서야 허니깨 그렇지."

"그러고 보니 벤푸 그 사람이 오늘 저녁에 마을 사람들 모두를 초대했다는 걸 깜빡하고 있었군."

"이 사람, 깜빡할 걸 해야지. 난 아껴 놓은 술을 한 병 가져가야 쓰겄구먼."

"그거 조오치!"

"허허허, 술도 있다면 오랜만에 고기를 실컷 먹어 봐야겠구먼."

"타미아 애비가 이번엔 뭘 잡아 오는지 궁금허네그려."

"그러게. 사냥감에 따라서 잔치 분위기가 달라지니깨."

"난 저번처럼 크락croc(악어)이나 한 마리 잡아 왔으면 좋겠는디 말이여."

"허이고, 꿈도 야무져. 크락이 뉘 집 애 이름이여? 마을 사람들 다 묵을라먼 못해도 150킬로그램은 실히 돼야 할겨."

"후홋, 그, 그런가? 그냥 내 맴이 그렇다는 거재. 실지로 잡아 오겠는감? 위험하겠꼬롬……."

"아닌 게 아니라, 나두 크락 수프가 먹고 싶긴 혀. 그게 진짜루 꿀맛이잖여."

"암은. 그렇고말고지. 아매두 마을 사람들 죄다 그런 맴일 거여."

"젊은 애들이 죄다 군역을 가 버려서 요즘은 맛을 보기도 쉽지 않네그려."

"하기야 석달 전에 타미아 애비가 잡아 온 걸 먹은 게 마지막이었으니……."

"하하하, 그때 마을 사람들 모두 환장하며 먹었지."

"하하하, 우리처럼 오늘도 혹시나 하고 은근히 지둘리고 있을지도 몰러."

대화에 열중인 두 사람의 앞으로 훤칠한 키의 사내가 나타났다.

"두 분 고생하셨습니다."

짧은 말이었지만 사내는 두 사람이 지방 사투리를 쓰고 있는 것에 반해 표준어를 사용했다.

"어서 오게. 우선 목부터 축이세."

"감사합니다."

카투가 권하는 물을 맛있게 들이켠 사내가 두 사람 곁에 털퍼덕 주저앉았다.

얼마나 열심히 일을 했는지 몰골이 후줄근하다 못해 땀과 흙이 범벅이 된 모습이다.

갈색 머리카락에다 햇빛에 그을린 얼굴, 짙은 눈썹 아래로 우뚝 선 코 그리고 귀밑까지 뻗은 구레나룻이 인상적이었지만, 대체적으로 어디 하나 모난 구석이 없어 보이는 평범한 사내다.

다만 하관이 각진 것으로 보아 강한 정신력을 지녔을 뿐만 아니라 무척 과묵할 것이라 짐작되었다.

미남도 추남도 아닌 그저 그런 어디서나 흔히 볼 수 있는 용모였지만, 함부로 범접치 못할 분위기가 물씬 풍겼다.

체구는 호리호리하면서도 잘 정제된 모습이었는데, 어떻게 보면 날렵한 몸매인 것도 같다.

나이는 대략 서른 전후쯤으로 보였다.

사내는 바로 두 사람에게서 타미아 애비이자 루카라고 불리는 사람이었다.

"모두 끝낸겨?"

"예."

하만의 은근한 물음에 천으로 땀을 닦아 내던 루카의 대답은 조금은 무뚝뚝하면서도 짧았다.

"허! 매번 그렇게 몸을 혹사시키다간 큰 탈 날겨. 쉬엄쉬엄하게나."

"예."

"오늘도 숲으로 들어갈 건가?"

"예."

"거……. 이왕 갈 거면 부탁 좀 하세."

"……?"

"오늘이 자네 장모 생일이기도 하니 필시 사냥하러 갈 테지?"

"예."

천성이 과묵해서인지 하만의 말에 그저 '예'라는 한마디가 다인 루카다.

하만도 익히 아는 성격이었는지 개의치 않고 제 하고 싶은 말을 했다.

"크락을 사냥한다면 아마 마을 사람들이 좋아하리라 보네만……."

끄덕끄덕.

"크흠, 조심허고……."

"예."

"잔치에 쓸 술은 우리가 준비함세."

"이 사람 루카, 우리가 준비할 술은 테이tei(벌꿀로 만든 음료로 파티나 향연 때에만 마시던 알코올음료)라고 하네. 워낙 귀해서 나가 젊었을 적부터 아껴 놨던 술이라 자넨 아직 한 번도 맛보지 못했을 걸세. 크락만 잡아 온다면 흔쾌히 내놓음세."

하만의 말을 보충한 카투의 까맣게 주름진 얼굴은 조금 상기되어 있었다. 아마도 잘하면 크락 수프를 다시 한 번 맛볼 수 있는 기회가 왔기 때문일 것이다.

"그러지요. 저……. 왓독(야생 멧돼지 고기)도 괜찮으신지……?"

"와, 왓독?"

루카의 말에 두 사람의 눈이 휘둥그레졌다.

"예."

"그것까지 있다면야 환상적일 것이여."

"고롬, 고롬. 크락 수프에 왓독까지 곁들인다면 마을 사람들이 배 터지게 먹을 수 있을 거구먼."

"일겠습니다. 그럼, 전 이만……."

고개를 살짝 숙인 루카가 자리에서 일어섰다.

"어? 그랴, 그랴. 우리도 식사하러 가야재."

"에구! 우리도 참 주책이지. 쩌거……. 포르테가 제 서방을 지둘리고 있는 것도 모르고 염치없이 붙잡아 놨구먼."

"엥? 허허허……."

문 앞에 나와 환히 웃고 있는 여인.

티어드 스커트tiered skirt(층이진 치마) 차림에 하얀 치아가 완전히 드러나도록 활짝 웃고 있는 여인은 대륙 최남단의 여자답게 피부가 까무잡잡했다.

까만 머리카락은 두 갈래로 늘어뜨렸고 이목구비는 선명했으며 갈색의 피부는 탱탱해서 건강미가 철철 넘치는 여인이었다.

나이는 여인으로서 가장 아름다운 24~25세 정도로 보였다.

그녀의 팔에는 하얀 수건이 걸쳐져 있었고 발 옆에는 물이 반쯤 찬 오크 통이 놓여 있었다.

땀 흘려 일하고 돌아온 남편을 위해 마련해 놓은 물인 듯했다.

이 여인이 바로 카투와 하만의 입에 오르내렸던 포르테였다.

그런 그녀의 앞으로 그림자가 진다 싶더니 루카가 나타났다.

"때가 되면 어련히 들어올 텐데 매번 뭐하러 나와 있어?"

"호호호, 저보다 엄마가 더 성화예유. 당신이 배고플 거라면서 얼른 데려오라구유."

"쯧!"

혀를 가볍게 찬 루카의 말이 이어졌다.

"타미아는?"

"또래 아이들과 이 근처에서 놀고 있을 거여유. 곧 데리고 올 테니 씻고 먼저 들어가셔유."

"그러지."

루카가 땀에 젖은 옷의 먼지를 대충 털고 몸을 씻는 것을 본 포르테가 딸의 이름을 부르며 나섰다.

"타미아─!"

포르테가 타미아를 찾으러 너른 마당 쪽으로 가는 것을 본 루카는 머리 감기와 세안을 한꺼번에 후딱 해치우고는 수건까지 빨았다.

팡! 팡! 팡!

루카는 물기를 흠뻑 먹은 수건을 세차게 뿌리며 문으로 향했다.

덜컹! 음메─!

문이 열리는 소음에 난데없이 바리톤 같은 소의 긴 울음이 들려왔다.

가장 먼저 눈에 띈 것은 외양간이었다.

실내는 특이하게도 문을 들어서자마자 입구에 외양간을 둔 구조였다.

소는 암수 두 마리로, 농민들에게 없어서는 안 될 소중한 재산이자 가족과 같은 존재라 집 안에 들여서 키우고 있었던 것이다.

보통 밀림의 특성상 사나운 야수나 몬스터 들의 침범을 우려해 집 안에 들여 키웠다.

루카는 말없이 한쪽에 쌓아 둔 밀짚을 한 움큼 들어서 여물통에 넣어 주고는 차례로 등을 쓸어 준 뒤 안으로 들어갔다.

움머—!

커다란 눈으로 루카를 흘깃 본 소들은 곧 여물통으로 머리를 처박았다.

외양간을 지난 루카는 또 하나의 문을 열었다.

가장 먼저 눈에 들어온 것은 중앙에 자리 잡은 제법 큰 화덕이었고 하얀 김과 함께 구수한 냄새가 코를 자극해 왔다.

꾸르륵.

구수한 냄새에 시장이 한꺼번에 밀려오는지 루카의 배에서 시냇물 흐르는 소리가 났다.

"오, 이제 오는가?"

"예."

쇠 냄비에서 보글보글 끓고 있는 수프를 그릇에 담던 중년의 아낙이 환한 미소로 루카를 맞았다.

거친 구릿빛 얼굴이었지만 눈웃음을 따라 움직이는 이마의 잔주름이 보는 사람으로 하여금 인자한 인상임을 느끼게 했다.

"늦었구먼. 어여 앉게. 금방 차리겠네."

"장인어른은요?"

"뒤쪽 축사에 계시네."

"모시고 오겠습니다."

장모인 쁘라냐를 스친 루카는 식탁을 지나 갑자기 좁아진 통로를 걷더니 굵직한 걸쇠가 걸린 문을 열었다.

메에에에ー! 메에에에에에ー!

문을 열자 쿰쿰한 냄새와 더불어 양들의 뾰족한 소프라노 같은 울음이 연방 흘러나왔다.

조금은 왜소해 보이는 촌로가 쪼그려 앉아 양의 사타구니를 열심히 문질러 대는 모습이 들어왔다.

촌로가 바로 하만과 카투가 말했던 쁘라냐의 남편인 벤푸였다.

쭈룩! 쭈루룩! 쭈룩! 쭈루룩!

갈색의 투박한 손이 움직일 때마다 물총처럼 쏘아진 양의 젖이 조그만 오크 통에 절반쯤 차고 있었다.

"아직 멀었습니까?"

"어? 자네 왔는감?"

"예."

"이제 다 짰다네."

드르륵.

벤푸가 오크 통을 끌어내자 루카가 얼른 들었다.

"제가 끓이지요."

양젖을 끓여야 먹을 수 있기에 하는 말이다.

"어이구, 그냥 두게. 일하느라 배고플 텐데 언능 식사나 혀."

끼익.

벤푸가 다급히 만류했지만 루카는 이미 문을 열고 안으로 들어서고 있었다.

"거참……."

들은 척도 하지 않고 가 버리는 사위의 모습에 벤푸가 고개를 가만히 저었다.

"쩝, 조금만 살뜰하면 얼매나 좋을꼬."

말은 그렇게 내뱉지만, 사위인 루카가 말이 적고 조금 무뚝뚝할 뿐이지 장인인 자신을 비롯해 장모와 아내인 포르테를 끔찍이 여긴다는 것을 모르지 않았다.

자신들을 그렇게 위할진대 딸인 타미아는 더 말할 것도 없었다.

루카는 딸인 타미아만 곁에 있으면 웃음이 절로 나오는 사람이었다. 어쩌다 인연이 된 사위였지만 무뚝뚝한 점은 아마도 천성인 듯했다.

그 이상 바란다면 그것은 아마도 벤푸 자신만의 욕심일 것이다.

❀ ❀

"히히히, 아빠아─!"

갈색도 아니고 그렇다고 백색도 아닌 어중간한 황색 빛깔의 피부를 지닌 여아가 제비 새끼처럼 입을 크게 벌리고는 고기 한 점 달라며 눈웃음을 쳐 댔다.

언뜻 보아도 백인과 갈색인 사이에서 태어난 혼혈임을 알수 있는 피부 색깔이었다.

이제 다섯 살이라 젖니를 가는 중인지 앞니가 빠져 있는 모습조차도 귀여워 보이는 여아는 루카와 포르테의 딸인 타미아였다.

"하하하, 그래그래."

앙증맞은 입을 볼우물이 파이도록 벌린 채 먹여 달라고 들이대는 딸아이 앞에서는 그토록 말이 없던 루카도 두껍게 두르고 있던 무뚝뚝이란 껍질을 벗고 드물게 환한 웃음을 내비쳤다.

타미아의 입에 고기 한 점을 물려 준 루카가 말했다.

"타미아는 오늘 뭐 하고 놀았어?"

"굴렁쇠 놀이요."

"그래? 잘 굴러가던?"

"네에, 아빠가 만들어 준 굴렁쇠가 제일 잘 나가요."

"호오, 그랬어?"

"네에, 그래서 애들이 다들 부러워해요."

여아였지만 천성이 생기발랄한지 계속해서 씩씩하게 대답하며 으스대는 타미아의 모습은 참으로 잘 어울렸다.

"오호, 그랬다니 다행이구나. 자, 우유도 마셔야지?"

"네에!"

여전히 씩씩하게 대답한 타미아가 우유를 입 주위에 묻혀 가며 홀짝홀짝 마셔 댔다.

"오후에는 글공부 좀 할까?"

"히잉."

글공부란 말에 생글거리던 타미아의 표정이 대번에 찡그려졌다.

그 모습마저 귀여웠는지 루카가 웃으며 타미아의 볼을 살짝 비틀었다.

"하하하, 오늘은 아주 조금만 하자꾸나."

"에?"

타미아가 못 믿겠다는 눈빛으로 루카를 쳐다보았다.

"오늘은 아빠가 바빠서 조금 일찍 나가야 한단다."

"정말요?"

"그럼, 약속할게."

"헤헤헤, 좋아요. 그다음은 마음껏 놀아도 되죠?"

"후후후, 물론이지."

"히히히, 신 난다."

"대신 방책 밖으로 나가면 안 된다."

"네에!"

"그 약속만 지키면 아빠가 예쁜 장난감을 또 하나 만들어 주마."

"아이, 좋아라. 울 아빠, 최고!"

"하하하, 녀석. 그리고 자기 전에 꼭 일기를 써야 하는 것도 잊지 말고."

"히히히, 네에!"

글공부를 아주 조금만 하면 된다는 말이 즐거웠는지 타미아는 큰 소리로 대답하고는 이내 식사에 열중하기 시작했다.

얼른 먹고 후딱 글공부를 해 놓은 뒤 동네 아이들과 놀기 위해서다.

"쯧, 평민이 글을 알아서 뭐하누? 그것도 여아가……."

"벤푸, 당신 또 왜 그려유? 사위가 자기 딸을 가르치겠다는디……."

손녀의 글공부가 마뜩치 않은 벤푸의 투덜거림에 쁘라냐가 가자미눈을 하고 눈총을 줬다.

"아, 애들에게 괜히 밉상이라고 따돌림당할까 봐 그러재. 내가 무단히 그러는감?"

"그건 글을 아는 척하지 않음 되는 일이잖어유."

"어허, 아이에게 그걸 기대헌단 말씨? 저 어린것이 뭘 알어? 필시 자랑삼아 떠들어 댈 게 틀림없다니까 그러네."

"아직까정은 잘하고 있잖아유? 그러니께 군소리허지 말고 어여 식사나 혀유."

"에혀, 그게 언제까정 갈는지……. 행여 귀족들의 귀에 소문이라도 들어가면 사달이 나도 된통 날 것이구먼.”

“항상 주의를 줄 테니께 염려하덜 말아유. 그러니 당신도 인자 고만혔으면 좋겠구먼유.”

벤푸의 입을 막은 쁘라냐가 얼른 화제를 바꿨다.

“포르테, 네 아버지께 수프를 더 갖다 드려라.”

“네.”

행여 사위의 기분이 상할까 저어한 쁘라냐의 말에 포르테가 거의 비워 가는 루카의 수프 그릇까지 함께 챙겼다.

쇠 냄비가 뜨겁고 무거운 탓에 그릇에 덜어 오려는 것이다.

루카는 벤푸의 투덜거림에도 가타부타 아무 말 없이 음식을 먹는 데만 열중하고 있었다.

그렇다고 벤푸의 말에 신경을 쓰지 않는 것은 아니었다. 실제로도 틀린 말이 아니었고, 가족들의 안전을 생각한 가장의 순수한 염려라는 것을 알기 때문이었다.

제국의 정서가 이런 상황임에도 불구하고 타미아에게 글을 가르치는 것은 어쩌면 루카 자신의 고집인지도 몰랐다.

그 고집은 진즉부터 시작된 바였다.

벤푸와 쁘라냐는 모르고 있었지만 과거 일자무식이었던 아내 포르테는 이미 글을 깨치고 있었다. 다만 내색 한 번 한 적이 없어 벤푸와 쁘라냐가 아직까지 모르고 있을 뿐이다.

그러나 어린 타미아를 가르치는 일까지 비밀로 할 수는 없었는데, 이를 알게 된 후부터 계속 우려를 표하는 것이다.

그도 그럴 것이 아이의 입에서 비밀이 지켜지기란 여간 지난한 일이 아님을 알기 때문이다.

이는 평민은 물론 부유층이라도 글자를 깨치고 있는 사람이 드물었기에 더욱 그러했다.

하물며 일부 귀족의 자제들까지도 그런 경향으로 흐르다 보니 벤푸의 우려가 더 커질 수밖에 없었다. 평민이 글을 안다는 것만으로도 그들의 비위에 거슬려 피를 볼 확률이 짙었다.

이런 풍조는 암피온이 문文보다 무武를 숭상하는 제국이라는 것에 기인하고 있었다.

하지만 인간에게 있어 교육이 얼마나 중요한지 알고 있는 루카로서는 대륙의 정서대로 끌려갈 수만은 없었다.

루카가 타미아의 교육에 신경을 쓰는 데에는 그만의 특별한 이유가 있었다.

기실 루카는 누구도 모르는 심지어 자신을 낳아 준 부모까지도 몰라야 하는, 오롯이 자신만이 알고 무덤까지 가지고 가야 하는 비밀을 간직하고 있었다.

그것은 놀랍게도 전생을 기억한다는 것이다.

다시 말해서 지금의 삶 자체가 환생이라는 것.

엄밀히 말해서 전생의 삶이 머리에 고스란히 각인되어 있는지라 현재의 삶과 혼재되어 이중적인 사고를 하며 살아가고 있다는 뜻이다.

누가 들으면 믿지도 않을 말이었고 존재하지도 않을 일이었기에, 그렇게 그 혼자만의 가슴앓이로 묻어 두고 살아온 삶이 벌써 30년째였다.

루카가 기억하는 전생의 삶은 비록 몸으로 기억하는 것 같은 느낌은 없지만 비교적 또렷했다.

그의 기억으로는 전생의 삶 역시 현생처럼 그리 순탄하지는 않았다.

기억이 말하는 출생지는 대한민국의 어느 한 귀퉁이에 붙어 있는 궁벽한 시골 마을이었다.

게다가 조실부모하고 일가친척의 집을 전전하며 살았던 궁핍한 삶이었다. 어찌어찌해서 어렵사리 시골의 실업고등학교나마 겨우 졸업을 하게 됐다.

능력 자체가 그리 특출하지도 않았지만 그렇다고 못나지도 않은 평범한 인물이었던 그는 언제까지 친척들의 도움을 받을 수 없다는 마음에 곧바로 생활 전선에 뛰어들어 돈을 벌었다.

고로 대학 진학은 꿈이었고 언감생심이었던 처지다.

따라서 철이 들면서부터 마음에 담아 둔 직업이 없을 수가 없었다.

바로 직업군인인 특전사 부사관이었다.

시키는 대로만 충실히 한다면 먹여 주고 입혀 주고 월급을 주는 곳으로 군대만 한 근무지가 없다. 그런 점이 적어도 그에게 있어서는 그 무엇보다 중요했다.

물론 특전사 입대가 그리 호락호락하거나 만만하다고 여긴 것은 아니었다.

신체검사나 필기시험을 기본적으로 통과해야 하지만, 특전사의 성격상 체력이 가장 중요한 잣대였다.

다행히 이에 대비해 일찍부터 마니아로 즐기며 충실히 준비해 왔던 스포츠가 있었다.

시작이야 일찍 부모를 여읜 탓에 사랑을 받지 못한 한을 스포츠에 전념함으로써 풀려는 것이었지만, 철이 들면서 그것으로 밥벌이를 해 보자는 생각을 하게 됐던 것이다. 바로 아프리카 콩고에서 기원해 프랑스에서 비로소 그 빛을 발했다는 야마카시yamakasi였다. 즉, 전생의 루카는 트라세traceur(야마카시를 즐기는 사람들)였고 인생을 온전히 야마카시에 걸었었다.

야마카시는 인간의 극한에 도전하는 운동들을 일컫는 익스트림 스포츠extreme sports의 한 갈래다.

인라인스케이트, 스케이트보드, 산악자전거(MTB), 암벽등반. 스카이 점프, 프리다이빙, 스노모빌 등등의 대중적인 종목들이 이에 속한다.

매순간 긴장하고 몰입하지 않으면 곧장 사고로 이어지는 운동이라는 것이 특징이다.

고등학교 시절부터 트라세가 된 그는 열정을 다해 몰입해 왔던 야마카시로 인해 체력 하나만큼은 발군이었던 터라 합격하는 데는 별문제가 없었다.

직업군인이 되는 것만이 인생의 전부였기에 매사에 최선을 다할 수밖에 없었다. 고로 '빡세고' 억센 훈련일망정 누구보다 적극적일 수밖에 없었다. 거기에 야마카시로 단련된 체력은 군 생활을 무난히 지나게 했음은 물론 진급에도 적지 않은 도움이 되었다.

야마카시는 자신의 능력을 재발견하고 육체와 정신, 환경이 하나로 연결되는 경험에서 자신을 다시 찾는 스포츠라 특수전 부대에 안성맞춤인 스포츠였던 것이다.

자연 능력별 차출일 수밖에 없는 특전사의 성격상 거기서 그치지 않고 707특임대까지 배치되게 했다.

707대테러특수임무대대.

아무나 명함을 내밀 수 있는 곳은 결코 아니다.

특전사들이 또다시 지원해서 합격해야 비로소 갈 수 있는 부대가 바로 707특임대인 것이다.

당연히 괴물 같은 체력에다 작전을 숙지할 머리 또한 비상해야 자격이 된다.

미국과 독일뿐만 아니라 러시아 등 세계 각 군의 특수부대와 교류하며 함께 대테러에 대한 협동훈련도 실시할 정도니 개개인의 능력이 얼마나 대단할지 절로 상상이 가질 않는가?

바꾸어 말하면 누구나 원한다고 해서 갈 수 있는 곳이 아니라는 소리다.

이 정도라면 그야말로 부사관으로서는 승승장구라 할 수

있었다.

그러나 기구하게도 상사 진급을 불과 3개월 앞두고 훈련 중 불의의 사고로 인해 기억이 끊겨 버렸다.

불행히 요절은 했지만, 목적을 위해 치열하게 투쟁했던 터라 나름대로 불꽃같은 삶이었다고 여기는 루카였다.

이것이 루카가 기억하는 전생의 전부였다.

그 뒤에 어떤 인과율에 의해서인지는 몰라도 기억을 가지고 다시 환생하는 불가사의한 일이 벌어졌다.

하지만 아쉽게도 전생이나 현생이나 마찬가지로 탄생부터서 평탄하지 않아 16세가 되던 해에 자의 반 타의 반으로 결국 가문을 떠나 또다시 군문으로 도피하는 삶을 살아야 했다.

그렇게 10년의 군역을 마친 루카가 고향도 마다한 채 숨어들 듯 찾아든 곳이 바로 델라 마을이었다.

그로부터 5년이 지난 오늘.

경위야 어찌 됐던 벤푸의 우려를 알면서도 이번 생에서 본 유일한 피붙이인 타미아가 사람이 살아가는 데 꼭 필요한 글과 간단한 소양만이라도 갖춰 주었으면 하는 소박한 욕심이 있었다.

그럼에도 불구하고 그마저도 걸리는 것이 많은 암피온 제국의 정서다.

문보다는 무를 숭상하는 분위기.

벤푸의 우려가 괜한 것이 아니다. 평민이 글을 알고 있다는 자체를 시건방진 일로 여겨 하등 도움이 안 된다. 귀족 중에서도 글을 깨치지 못한 이들이 태반이라 그들을 모욕한다는 의미도 있었다.

이렇듯 작금의 암피온 제국 내의 귀족 교육에 있어서 문무文武의 겸비는 동양의 사상과는 달리 이상일 뿐 실제로 문학적 소양을 갖춘 귀족은 드물었다.

오죽하면 기사가 자신이 섬기는 귀족 부인에게서 받은 연애편지를 근 한 달 동안이나 읽지 못하고 가지고만 다니다가 답장을 받지 못한 그녀에게 개망신을 당했다는 웃지 못할 에피소드까지 나돌고 있을까.

이것이 바로 작금 제국의 세태였고, 돌아가는 사정이었다.

이는 곧 법보다 주먹이 먼저이다 보니 너도나도 검술을 익히고 세력을 키우는 결과를 가져오는 계기가 됐다.

타미아의 글공부로 인해 침잠되어 버린 분위기를 깬 사람은 쁘라냐였다.

"여보, 날씨가 이대로만 가 준다면 세금은 걱정할 것이 없것쥬?"

"글씨, 그렇긴 헌디…… . 그보다 곧 도착할 세일리프(세금 징수자)가 뭘 원할지 더 걱정이여."

쁘라냐의 말에 벤푸도 루카를 의식했음인지 고개를 주억거리며 말을 받았다.

"그야 매양 다르니 예상하기가 어려운 것 아니겄슈?"

"해가 갈수록 그들의 욕심이 더해지니 걱정인 게지. 달리 걱정인감?"

쁘라냐의 말에 대답하던 벤푸가 루카를 슬쩍 쳐다보았다.

"이보게, 사위."

"예."

"내……. 들은 것이 있는데……. 아무래도 세일리프가 희귀한 짐승을 요구할 것이 틀림없으이."

끄덕끄덕.

더 말하지 않아도 알고 있다는 듯 머리만 주억거리는 루카다.

기실 세일리프 문제는 한두 해 있었던 일도 아니었으니, 사실 장인에게서는 방금의 말 외에는 더 들을 것도 없었다.

원래 세일리프는 별도의 봉급이 없는 자들이다.

이것이 오히려 세일리프들에게는 호기로 작용해 세금을 내야만 하는 영지민들을 괴롭히는 악재가 되고 있었다.

그래서 해마다 세금을 거두는 시기가 되면 세일리프들은 무소불위의 권력을 휘두르는 존재로 변했다.

그들로서는 이 시기에 한몫을 왕창 챙겨야 하니 영지민들에게 인정사정을 두지 않는 것은 불을 보듯 빤한 일.

자연 영지민들은 영주에게 바치는 세금을 내고서도 세일리프가 원하는 만큼의 세금을 더 내야 하는 이중고에 시달릴 수밖에 없다.

해마다 홍역처럼 겪어야 하는 벤푸의 고민이 바로 거기에 있었다.

욕심이 욕심을 불러서인지 세일리프들은 해가 갈수록 욕구가 다양해지고 있는 실정이었다.

폭력 중에서도 가장 악질적인 세금 폭력이 한낱 세일리프일 뿐인 그들의 주둥이에서 나오고 있는 것이다.

참다 참다 못한 영지민들이 세일리프들의 불합리한 조치에 대항해 영주에게 고하려고 해도 그게 또 여의치가 않았다.

바로 이 시기에 클랜clan(소규모 영지의 영주) 회의가 있어 지배 영주 즉, 대영주가 다스리는 영지로 출타해 버려 부재중이기 때문이었다.

해마다 클랜 회의가 열리는 주된 이유는 특별한 사유가 없는 한은 가장 중요한 세금 문제를 다루기 위함이었다.

지배 영주는 대개 백작급 이상의 작위를 가진 자로서 대대로 세습영지를 지닌 가문이 자격을 갖는다.

그 아래로 자작과 남작의 영지를 관장하고는 있지만 그들이 예속되어 있지는 않았다. 즉, 가장 낮은 남작 영지라도 간섭을 받지 않는 독립된 자치 영지라는 것이다.

다만 각 영지의 특산물 수확량에 따라 내야 할 세금의 책정을 클랜 회의에서 결정했기에 참석하는 것뿐이다.

지배 영주는 또 트라이벌tribal(대규모 영지의 영주)들만 참석하는 대귀족 회의를 개최해 황제에게 바칠 세금을 최종 결정하게 된다.

그때가 되면 각 영지 특산물들의 추수도 얼추 끝이 나기에 최종 결정된 특산물을 수도로 이동시키기 시작하는 것이다.

각종 사기꾼과 협잡꾼 같은 무리들과 강도 같은 도둑들이 들끓는 시기도 이때였다.

덩달아 몬스터들의 침입이 극성을 부리기 시작하는 때이기도 했다.

"세일리프에 대해서는 너무 걱정하지 마십시오. 이전처럼 제가 다 알아서 처리하겠습니다."

탁!

루카가 벤푸를 안심시키며 포크를 놓았다.

"장모님, 잘 먹었습니다."

"할머니, 저도요. 헤헤, 정말 맛있어요."

루카의 말에 타미아도 따라서 인사를 하며 헤죽거렸다.

"호호호. 에구, 귀여운 내 새끼. 그래, 맛있게 먹었누?"

"네에, 할머니! 아주 맛있게 먹었어요, 헤헤헤……."

발딱!

"할머니, 이제 글공부하러 갈게요."

"오냐, 오냐."

"헤헤헤……."

자리에서 발딱 일어선 타미아가 인사를 하고는 헤죽거리는 얼굴을 한 채 폭이 좁은 통로로 향했다.

통로가 좁은 이유는 양쪽에 침실이 마주 보고 있기 때문이었다.

"내일부터 며칠 동안 밀림을 들어갔다 와야겠습니다."

"엉? 그게 무슨 말이여?"

루카의 뜬금없는 말에 벤푸의 눈이 커졌다가 무엇을 느꼈는지 금세 말을 이었다.

"테, 테오 때문이여?"

"예."

"커험, 여태 살아 있다문이사 당연히 그래야재. 하지만 시일이 너무 지났잖여?"

"죽었다면 사체 조각이라도 가져와야지요."

"글씨……. 테오 아비가 걱정을 많이 하긴 하더만……. 벌써 5일째지 아매?"

"예."

"괜찮겠는가?"

"조심하지요."

"어련히 알아서 허겄지만서두……. 진짜루 조심허야 혀."

"예."

가만히 듣고 있던 쁘라냐가 근심스러운 표정으로 말했다.

"후우! 사우, 이웃의 어려움을 외면하는 것은 도리가 아닌 걸 아네만……. 꼭 가야겠는가?"

"예, 알고도 모른 체할 수는 없지요."

"그……려."

"그럼."

자리에서 일어난 루카가 눈만 동그랗게 뜨고 있는 포르테의 어깨에 손을 얹었다.

"너무 걱정 마시오."

간단한 말 한마디로 포르테를 안심시켜 준 루카가 타미아를 가르치기 위해 침실로 향했다.

그런 루카를 멍하니 바라보던 포르테는 아무런 말도 하지 못했다.

아니, 할 수가 없었다.

여태껏 낭군이 하고자 하는 일에 대해 단 한 번도 간섭이나 반대를 한 적이 없던 그녀다.

하지만 지금은 여태까지의 일과는 성격이 완전히 달라 뭐라고 한마디 하고 싶었다.

그러나 아교처럼 달라붙었는지 입도 떨어지지 않았고 다리도 얼어붙었다.

루카의 수련법

쿠르릉. 쿠르르르…….

폭포가 우렁찬 물줄기를 토해 내는 소리다.

세상을 다 쓸어버릴 듯 쏟아지는 물줄기는 어림잡아도 족히 100미터는 됨직한 까마득한 높이에서 시작되고 있었다.

촤촤촤아아아—!

빽빽하게 우거진 수목 사이로 웅장한 폭포의 물줄기가 무섭게 낙하하며 우렁찬 굉음을 터뜨리고 있었다. 물줄기는 폭포의 길이만큼 널찍한 웅덩이로 곤두박질치더니 이내 포말로 흩어져 물안개가 되어 피어올랐다.

물안개는 무성한 밀림이 내준 공간을 가득 채우더니 곧 산산이 흩어져 수목들의 목마름을 채워 주었다.

그로 인해 더위에 축 늘어진 수목들이 폭포가에 와서 되살아나는 듯 주변의 밀림은 금방이라도 날아오를 듯 저마다의 생기를 뿜어내고 있었다.

하나, 팔팔한 생기는 수목들에게만 국한된 것이 아니었다.

작은 호수 같은 웅덩이 옆에서 폭포의 굉음을 리듬 삼아 스트레칭을 하고 있는 인영에게도 생기는 넘쳐나고 있었다.

상체를 완전히 드러내고 있는 인영은 바로 루카였다.

등을 보이고 있는 루카의 상체는 부드럽고도 자연스럽게 흘러내린 역삼각형이었고 근육 하나하나가 올록볼록한 것이 각 부위마다 마치 작은 따개비가 다닥다닥 붙어 있는 것만 같다.

굵직굵직한 근육들이 없다 보니 조금은 왜소해 보이는 상체였지만 몸을 움직일 때마다 비명을 지르며 올올이 곤두서는 작은 근육들이 오히려 보는 이로 하여금 더 강렬한 인상을 갖게 했다.

다시 말해 온몸에 퍼져 있는 적근赤筋이 골고루 발달한 것을 한눈에 알 수 있는 모습이다.

적근이란 신경세포들과 말초신경이 뭉쳐서 붉은색을 띠는 섬유질을 말하는데, 운동을 할 때 생리적인 화학작용에 의해서 에너지를 만들어 내는 근육이다.

특히 유산소성 운동 능력에 큰 몫을 차지하는 것이 바로 적근이라 하겠다.

고로 적근이 전신에 고루 분포되어 발달했다면, 어떤 운동을 해도 뛰어난 능력을 보이고 파괴력 또한 출중할 것임은 미루어 짐작할 수 있다.

루카의 상체만으로도 당연히 적근과 함께 호흡해야만 하는 백근白筋 역시 발달되어 있을 것으로 짐작됐다.

백근은 근육 내부 신경섬유 다발로 인해 백색을 띤 섬유인데, 무산소성 운동 능력에 있어서 가장 효율적인 근육이다. 즉, 무산소 운동을 할 때 쓰이는 에너지 공장이라 할 수 있고 주로 심폐 능력에 관여하는 근육이다.

만일 백근이 발달해 폐는 우수하나 적근의 양이 발달되어 있지 않다면, 오래 뛰었을 때 다리에 쥐가 오는 등 무리가 오는 이치다.

그렇다고 루카가 지금 하고 있는 동작이 크거나 역동적인 건 아니었다.

아주 자연스럽고도 유연한 움직임은 마치 뱀이 기어가듯 매우 느린 템포이지만 진중하기 짝이 없다.

그리 크지도 힘차지도 않은 동작은 얇은 가죽끈 즉, 양손에 쥔 혁대의 동선을 따라 느릿하게 움직이고 있었다.

팔을 쭉 펴서 혁대를 바깥쪽으로 당긴 채 한동안 그 자세를 유지했다.

대흉근과 소흉근이 한껏 기지개를 펴는지 따개비 같은 잔근육들이 횡대를 이루며 팽팽해졌다.

굳이 해부해 보지 않더라도 적근의 섬유 다발이 고무줄처럼 팽팽하게 늘어났을 것으로 짐작됐다.

이어서 팔을 조금 더 뒤로 뻗어 한계치까지 내리누르니 이번에는 펼쳤던 상완이두근과 삼각근 그리고 오훼완근이 코브라 자세로 곤두서는 느낌이다.

2, 3분 동안 유지되던 자세는 전자의 동작과 후자의 동작이 자연스레 연계되면서 수없이 반복됐다.

이 동작은 나이가 들수록 자연스레 구부러지려는 성향을 지닌 등을 곧게 하는 스트레칭이다.

이윽고 자세를 바로 한 루카는 '후웁!' '후—!' 하고 들숨과 날숨으로 가빠진 호흡을 정리하고는 고목으로 향했다.

차악.

혁대를 나뭇가지에 턱 걸쳐 놓은 루카는 어깨너비로 벌린 두 손을 고목에 짚고는 한쪽 무릎을 45도 각도로 굽힘과 동시에 가슴과 어깨를 아래쪽으로 한껏 당겨 한동안 그 자세를 유지했다.

광배근과 대원근이 섬유질처럼 늘어나는지 골이 파인 갈비뼈가 선명하게 드러나는 모습이다.

그렇게 한동안 자세를 취하던 루카가 이번에는 반대 무릎을 굽혀 똑같은 동작을 차례로 반복하고는 자세를 바로 세웠다.

"후훅!"

한 차례 심호흡을 한 루카의 시선이 위로 향했다.

머리 위에 걸려 있는 혁대를 한 번 노려본 그는 까치발 서서 양쪽 끄트머리를 조이듯 손에 감고는 발을 뗐다.

대롱대롱.

단순히 무릎을 구부리고 맥없이 매달린 자세인 것 같지만 결코 그렇지가 않다.

턱을 뒤로 바짝 당긴 뒤 두 팔을 쭈욱 뻗어 자신의 몸을 들어 올리듯이 가슴과 등의 근육을 긴장시켜 대흉근, 소흉근은 물론 광배근, 대원근에 이어 쇄골하근까지 발달시키는 동작이다.

루카는 이 동작을 근육이 뻣뻣해지고 더 이상 스트레칭을 할 수 없다고 느낄 때까지 오래도록 지속했다.

시간이 흐를수록 골을 이룬 잔근육 사이로 땀이 냇물을 이루듯 흘러내렸다.

그렇게 족히 30분이 흘렀을까.

"푸하―!"

오래도록 참았던 숨을 한꺼번에 토해 내듯 뿜어낸 루카는 또 할 일이 있는지 잠시도 쉬지 않고 한쪽 구석으로 향했다.

차락!

수북하게 덮인 이파리들을 헤친 루카의 손에 원목으로 만든 탁자와 의자가 들려 나왔다.

텅! 텅!

비교적 평평한 바위를 골라 탁자와 의자를 세팅한 루카가 그 즉시 행동에 들어갔다.

먼저 허리에 달아 놓았던 수건을 꺼내 탁자 가장자리에 펼쳐 놓았다.

이어서 탁자를 마주 보고 반듯하게 서더니 오른쪽 아래팔을 최대한 안쪽으로 돌리고는 손등을 깔아 놓은 수건에 밀착시킨 뒤 왼손으로 탁자에 고정시켰다.

불끈! 후둑!

팔꿈치를 쭉 뻗대니 장요, 단요측수근이 번갈아 움찔하면서 자극해 손목이 비명을 질러 댔다.

아울러 평소 잘 쓰지 않는 근육이어서 그런지 핏줄까지 도드라졌다.

언제 어떤 상황에서 쓰일지 몰라 역근을 순근으로 만들고자 하는 스트레칭이었다.

스윽.

그 자세에서 루카의 몸이 뒤로 서서히 물러서기까지 하자, 동시에 아래팔의 뒷부분과 팔꿈치 바깥쪽이 더더욱 빳빳해지면서 급기야 손등과 아래팔이 직각을 넘어 기울어졌다.

그렇게 한동안 버티던 루카가 이번에는 왼손으로 바꾸어 그대로 답습했고, 연이어서 몸을 비튼 자세에서 탁자를 측면에 둔 채 똑같은 방법으로 손등을 탁자 바닥으로 밀어 내리는 스트레칭을 이어 갔다.

언뜻 쉬워 보이나 결코 그렇지 않다는 걸 루카의 전신에 비 오듯 땀이 흐르고 있는 것으로 알 수 있었다.

더불어 억눌러 놓았던 거친 숨도 연방 토해졌다.

"후아! 후아! 후우—!"

거친 호흡과 함께 팽팽하게 조였던 근육도 제자리를 찾았다.

스륵.

루카는 지치지도 않는지 의자를 끌어당기더니 오른팔로 탁자를 짚듯 하며 손가락을 모서리에 걸쳤다.

이어서 최대한 바깥쪽으로 비틀었다.

'그극' 하고 힘에 못 이긴 의자가 비틀리자, 재빨리 왼손으로 오른 손등을 눌러 고정시켰다.

"이익!"

힘을 쓰느라 그런지 아니면 고통스러워서 그런지 얼굴은 붉어지고 목에는 핏대까지 섰다.

후두둑.

뼈마디가 어긋나는 소리까지 날 정도로 팔은 기형으로 꺾여 완전히 뒤틀렸다.

덕분에 팔의 하박에 옥수수 껍질처럼 양 갈래로 나뉜 척측수근굴근과 요측수근굴근이 터질 듯이 불뚝거렸다.

"끄윽!"

절로 신음이 흘러나올 정도로 고통이 느껴지는 표정은 이를 악다무느라 일그러져 버린 입술이 대신했다.

몸의 근육을 신장시키기 위한 스트레칭이지만 딱히 용어가 없다.

있다면 '팔꿈치를 펴고 바깥으로 돌려서 손목을 뒤로 구부리기'라고나 할까.

아무튼 각고의 노력에 대한 보답이라도 하는 걸까?

다른 이들에게서는 전혀 찾아볼 수 없는 잔근육들이 올올이 곤두서서는 보란 듯이 루카의 고통을 조금이나마 덜어 주고 있었다.

오른팔 다음에는 당연히 왼팔이 고문의 대상이 되었고, 역시나 고통으로 인한 억눌린 신음이 동반됐다.

이렇듯 극한 상황을 예상하며 행하는 스트레칭이었지만, 말이 스트레칭이었지 지독한 고문이나 다름없다.

그것도 단 한 번으로 끝나는 것이 아니라 그런 고통을 반복하고 또 반복해야 했다.

이것으로 끝이 아니었다.

의자에 걸터앉은 루카는 오른 손바닥을 우측 넓적다리 바깥쪽에 붙이고, 엄지손가락을 넓적다리 앞쪽에 올려놓았다.

이어서 왼손을 사용해 오른쪽 엄지손가락을 넓적다리에서 오른쪽 손목 위로 잡아당겨 엄지손가락과 집게손가락 사이가 스트레칭이 되도록 왼손과 번갈아 가며 시도해 나갔다.

이것은 무지내전근과 배측골간근 그리고 엄지손가락 등배

부위인 무지대립근을 스트레칭해 주는 훈련이다.

얼핏 보면 훈련이라고 보기엔 어려운 행동 같지만 야마카시처럼 짚거나 딛는 동작이 잦은 스포츠는 반드시 해 줘야 하는 스트레칭이었다.

다시 말하자면 높은 위치에서 드롭점프로 뛰어내려 착지할 경우 본신의 몸무게에다 가속도까지 합해진 엄청난 충격을 온전히 감내해야 하기 때문이다.

거기에 장비라도 착용하거나 부착하고 있다면 그 충격은 이루 말할 수 없는 부담으로 작용할 것이다.

그런 식으로 중지와 약지를 거친 스트레칭은 새끼손가락의 소지대립근까지 이어졌다.

그것으로 끝이 아니다.

손가락마다 한껏 추켜세웠다가 깊숙이 내리누르는 동작도 계속 이어졌다.

이렇듯 꼼꼼하다 할 정도로 각 근육 하나하나를 세밀하게 스트레칭해 주는 루카의 표정은 비록 작고 옹졸한 동작일망정 바뀔 때마다 고통으로 얼룩졌다.

하지만 결코 흔들리지 않는 눈빛은 시종일관 진지하기 짝이 없었다.

이는 발가락 또한 마찬가지로 한참 동안이나 진행됐다.

이렇듯 근육 하나하나를 스트레칭해 주다 보니 시간은 속절없이 흘러 강렬한 햇빛을 반사하던 폭포에 어느새 수목들의 긴 그림자가 드리워지기 시작했다.

그러나 정작 루카는 지나치다 싶을 정도로 세밀한 스트레칭에 시간이 흐르는 것도 잊은 채 몰두하느라 해가 기울고 있음을 인식하지 못했다.

앞의 스트레칭들이 이미 생활화된 지 오래임을 여실히 알 수 있는 모습이다.

그도 그럴 것이 이미 동도 트기 전인 새벽부터 시작된 스트레칭이었다.

루카는 오전에 하체 스트레칭을 마치고 오후부터 상체 스트레칭에 돌입해 지금에 이른 것이다.

고로 스트레칭만으로 낮의 3분의 2를 허비한 셈이었다.

그러나 이것이 바로 루카만의 야마카시 훈련법인 것이다.

"후우훅!"

크게 기지개를 켜듯 전신을 한 번 털어 낸 루카의 시선이 주변 경관을 한차례 훑었다. 기나긴 스트레칭을 끝냈으니 이제 야마카시 동작에 들어갈 차례라 움직일 동선을 어림짐작으로라도 뇌리에 그려 놓기 위해 주변을 돌아보는 것이다.

그러나 곧 실망한 눈빛이다.

"쯧, 성한 데가 없구먼."

그러고 보니 주변의 수목들은 이파리가 무성한 정글답지 않게 어딘가 모르게 조화가 깨지고 뒤틀린 흔적들이 완연했다.

자세히 보니 곳곳에 부러진 나뭇가지와 늘어지다 못해 찢어진 활엽수들이 지천이었다.

부러진 나뭇가지들은 이미 썩어 가고 있었고, 늘어진 활엽수들은 얼마나 닳고 닳았는지 밀림 특유의 빠른 성장에도 불구하고 갈색으로 타들어 가고 있었다.

이 모두 그동안 루카가 야마카시 동작을 수련한 탓에 벌어진 현상이었다.

나무에서 이리저리 옮겨 다니는 릴리즈release를 비롯해 크고 작은 수목들 사이를 뛰어 고양이처럼 타고 올라 매달리는 캣립cat rip, 나무나 벽을 차고 올라가는 월런wall run, 짧거나 긴 장애물을 뛰어넘는 킹콩 볼트kingkong voult와 다이빙 콩diving kong, 좁은 공간을 통과하는 언더 바under bar 기술 등등의 야마카시 동작을 반복해서 수련한 탓에 폭포 주변의 수목들이 닳고 닳아 해지거나 부러져 버려 남아나는 게 없었던 것이다.

트라세들은 아무리 쉬운 운동이나 수련이라도 자신의 안전을 위해서 무한 반복을 지속하는 것이 특징이었다.

기실 전생에서의 야마카시 훈련은 이렇게 잔근육을 만들 정도로 치밀하거나 고통스럽지는 않았다.

조금은 강도가 높다 싶은 근육 스트레칭이야 기본이자 필수였지만, 더러는 안전 장구를 완벽하게 갖춘 암벽등반이나 기계체조, 익스트림 마샬아츠extreme martialarts, 까뽀에라capoeira 등을 익힘으로써 근원적인 힘과 기예를 취할 수가 있었다.

여기에 애크러배틱acrobatic(곡예)이나 절권도 같은 무술까지 가미되면 금상첨화일 것이다.

물론 현생에서도 야마카시의 기본이라 할 수 있는 이런 훈련들을 하루도 게을리하지 않고 수련해 오긴 했다.

하나, 현생에서는 스포츠로써의 야마카시만으로는 한계가 있었던 것이다.

그 한계란 다름 아닌 폭발적인 힘에 의한 파괴력이 뿜어져 나오지 않는다는 점이었다.

그것이 절실했던 것은 과거의 신분이었던 군인에겐 반드시 파괴적인 살상력이 필요했기 때문이다.

이를 절실하게 깨달은 루카는 그때부터 세포 하나하나를 일깨우듯 잔근육들을 단련시키기 시작했다.

앞서 언급했듯 극한의 스트레칭이 바로 그것이었고, 노력의 대가로 의외로 대단한 폭발력을 발휘할 수 있게 되었다. 잔근육의 발달이 인간의 내재된 힘을 한꺼번에 폭출시켜 본신의 힘을 배가되도록 해 주기 때문이었다.

나아가 무술의 경지 역시 한층 더 성숙해지는 결과를 가져왔다.

잔근육을 단련한 지 꼭 3년 만이었고, 절정에 이른 것은 5년 만이었다.

무술!

뛰고 점프하고 구르고 텀블링하는 것이 대부분인 야마카시에 무슨 무술이냐고 하겠지만 결코 그렇지가 않다.

무술을 익히자면 심폐의 기능을 발달시킴과 동시에 근육 하나하나를 단련하고 각종 스트레칭으로 몸을 탄탄하게 하며 유연성을 갖추는 것은 필수적인 요소다.

그런 기초가 서 있지 않으면 무도에 곧장 입문한다고 해도 금세 필요성을 절감하고 되돌아오게 되어 있다.

트라세들은 야마카시를 하는 것이 주목적이었지 무술을 전문으로 익히려 한 것은 아니었지만, 덤으로 무술까지 익히게 된 것이다.

이유는 야마카시에 필요한 동작 중에 무술을 단련하는 과정에서 반드시 익혀야 할 것이 많았기 때문이다.

어찌 됐던 시작은 신체의 가장 기초적인 동작을 단련하는 것에 불과했어도 자연적으로 무술과 연관되어져 익히게 된 경우다.

루카 역시 그런 부류 중 한 사람으로 익스트림 마샬아츠에 속하는 까뽀에라, 절권도, 무에타이 등을 덤으로 수련했다.

당연히 신체의 한계를 요하는 극한의 무술이라는 점이 원인이 되어 간단없이 수련해 온 건 사실이었고, 그것이 또 적성에 맞아 깊은 경지에까지 이른 참이었다.

익스트림 마샬아츠라는 용어 자체가 직역하면 극한 무술을 뜻하는데, 야마카시를 대신 칭하는 말이기도 했다.

미국 등지에서 현란한 발차기와 강력한 니킥 등의 살인적 기술에 애크러배틱을 접목시킨 '익스트림 마샬아츠'라는 신종 무술이 개발되어 전 세계적으로 보급되고 있는 실정이다.

본시 애크러배틱은 곡예단의 곡예나 리듬체조 또는 기계체조의 텀블링 같은 유연한 율동을 일컫는 용어다. 여기에 트릭킹tricking(고난이도의 무술 동작) 같은 갖가지 강력한 파워 액션을 가미한 것이 익스트림 마샬아츠인 것이다. 즉, 각종 무술에다 애크러배틱과 트릭킹을 합쳐 놓은 것이라 하겠다.

아무튼 야마카시 동작에 돌입하려던 루카는 훈련 장소가 영 마땅치 않았다.

구간 구간의 장애물이 자연스럽게 연계되어야만 훈련을 해도 효과가 있었기에 새로운 훈련 장소를 물색할 필요성을 느꼈다.

이대로 강행했다가는 자칫 큰 부상을 입을 수도 있음이었다.

"흠, 스트레칭만 여기서 하고 야마카시는 다른 장소로 옮겨서 해야겠군."

그렇다고 이대로 수련이 모두 끝난 것은 아니었다.

콰릉! 콰르릉!

웅장한 굉음을 내며 줄기차게 떨어지는 폭포를 올려다본 루카가 지체 없이 폭포수의 웅덩이를 빙 돌아서 절벽으로 다가갔다.

얼마나 깊은지 웅덩이는 암녹색의 거대한 호수처럼 보였다.

콰콰콰콰콰……

낙하하는 물줄기 파편에 금세 흠뻑 젖어 버린 루카가 폭포 바로 옆에 섰다.

머리 위로 물만 떨어지지 않을 뿐 축축하게 젖은 암벽은 온통 이끼밭이라 해도 과언이 아니었다.

루카는 하늘이 보이지 않을 정도로 깎아지르듯 직각으로 선 암벽을 앞에 두고 마치 생사의 대적을 만난 듯 길게 심호흡을 했다.

"후우우우훅!"

간단한 호흡으로 모든 준비가 끝났는지 오른팔을 들어 돌출부를 잡았다.

척!

간단한 동작 하나만으로 어깨의 삼각근과 소원근, 극상근이 울툭불툭 불거져 나왔고, 팔에서 상완삼두근과 상완이두근, 완요골근, 회외근이 깊게 골을 파며 튀어 올랐다.

불끈불끈.

근육들이 앞을 다투듯 불거질 때 루카의 입도 앙다물어졌다.

암벽에 툭 튀어나온 돌기를 주욱 잡아당긴다 싶은 순간, 주저하지 않고 왼팔을 들어 또 다른 돌출부를 잡았다.

이어서 또다시 오른팔을 뻗고 재차 왼팔을 쭉쭉 뻗치면서

순식간에 30미터를 치고 올랐다.

루카는 지금 체력 단련의 최고봉이라고 할 수 있는 암벽을 등반하는 훈련에 들어간 것이다.

그것도 두 다리를 사용하지 않아서 몇 배나 힘들다고 하는 양팔의 근력으로만 하는 등반이다.

번개와 같은 움직임도 없었고 현란한 손놀림도 없는 그야말로 두 팔만 교차하는 우직함 그대로다.

그럼에도 불구하고 잠시도 쉬는 기색 없이 연어가 물을 차고 오르듯 죽죽 올라가는 모습이 역동적으로 보이기까지 했다.

그동안 수많은 등반이 있었는지 루카의 손에 잡히는 돌기는 이끼 한 점 없이 반들반들했다.

이를 보여 주기라도 하려는 듯 채 5분이 지나지 않았음에도 벌써 절반을 훨씬 지나고 있었다.

루카가 암벽등반을 하는 데는 중요한 이유가 있었다.

암벽등반은 야마카시 동작을 하기 위해 필수적으로 해야만 하는 훈련 중 가장 중요한 과목이기 때문이다. 그 이유는 야마카시가 오르고 넘고 통과하는 동작이 대부분이라는 데서 기인했다.

암벽 클라이밍 자체가 체력을 많이 요구하는 단련법이기 때문이기도 했지만, 이를 행함으로써 생기는 파생 근력이 결코 적지 않다는 것 또한 이유였다.

작은 돌기에 손가락 한 마디 부분만 걸치고 턱걸이를 할 수 있을 정도의 악력이 생김은 물론 여타의 근력들 역시 좋아진다. 그리고 손바닥에 군살이 생겨 야마카시를 할 때 손바닥이 까지는 등의 찰과상을 막을 수 있는 것이 바로 암벽등반에서 오는 이점인 것이다.

그뿐이 아니다. 균형을 잃어버리지 않고 오를 수 있도록 균형 감각을 키워 주며, 높은 곳의 공포, 즉 고소공포증을 줄이는 데도 큰 도움을 주는 것이 암벽등반이었다.

처척!

마침내 절벽 꼭대기에 루카의 오른손이 걸쳐졌다.

"이야압!"

한 소리, 대갈 같은 기합성이 토해 진다 싶더니 루카의 머리가 불쑥 올라왔다.

이어서 왼손이 걸쳐지는 순간, 상체와 하체가 동시에 튀어오르더니 짚고 있는 두 손 사이로 전신이 통과하면서 점프를 했다.

"타앗!"

후울쩍-!

마치 킹콩이 땅을 짚고 점프하듯 허공으로 퉁기듯 튀어 오른 루카가 '척!' 하고 착지하더니 그대로 바닥을 한 바퀴 구르고는 미동 하나 없이 딱 멈췄다.

가히 섬전 같은 몸놀림이 아닐 수가 없다.

이것이 바로 야마카시의 동작 중 하나인 킹콩 볼트인 것이다.

아무튼 100미터 높이의 암벽을 오르고도 지친 기색 하나 없이 힘차게 박차고 올라 킹콩 볼트까지 해내는 루카의 신력身力이 결코 하루 이틀에 이루어진 게 아님은 분명했다.

저벅, 저벅. 저벅. 우뚝.

절벽의 가장자리에 선 루카의 발밑으로 물안개가 자욱하게 피어오르고 있었다.

물안개 너머로 보이는 수목의 바다.

시야가 미치는 곳 모두가 온통 초록으로 물든 무성한 밀림이다.

어떻게 생각하면 허무의 바다 끄트머리와 고독의 땅 끝에 그 홀로 세상과 동떨어져 있는 것만 같은 기분이 들기도 했다.

일대 장관 속에서도 저 멀리 군데군데 연기가 피어오르는 모습이 눈에 들어왔다.

연기는 거기에 인가가 자리하고 있음을 알리고 있었다.

좌측으로 그리 높다고 할 수는 없지만 사방으로 산줄기가 길게 뻗은 바나 산이 들어왔다.

산줄기의 한 축에서도 역시 연기가 피어오르고 있었다.

그곳이 루카가 살고 있는 델라 마을이었다.

힐끗.

고개를 든 루카가 태양의 위치를 가늠하고는 중얼거렸다.

"시간이 많이 흘렀군."

태양이 서산 쪽으로 많이 기울어져 있었던 것이다.

"시간에 맞추려면 명상을 짧게 해야겠는걸."

오늘은 장모인 쁘라냐의 생일이었기에 늦지 않게 귀가해야 했다.

귀가도 그냥 하는 것이 아니라 생일잔치에 쓰일 악어와 멧돼지까지 잡아 가야 했다.

루카에게 있어 악어와 멧돼지를 잡는 것은 일도 아니었다.

단지 그런 능력을 보이고 싶지 않아 어쩌다가 한 번씩 운이 좋아 잡았다는 식으로 마을을 위해 봉사할 뿐이다.

델라 마을 사람들이 밀림을 벗 삼아 살아가고 있다지만 사냥을 주업으로 하는 것이 아니어서 악어와 멧돼지를 맛볼 기회는 좀처럼 없었다.

주업은 밀 농사다.

거기에 약간의 구황작물 그리고 몇 마리의 가축이 그들이 가진 살림살이의 전부였다.

물론 몇몇 전문 사냥꾼이 없진 않았지만 밀림의 기괴한 몬스터와 흉폭한 야수 들로 인해 사냥감이 제한적일 수밖에 없어 임팔라나 가젤 또는 와일드 비스트 등 비교적 인간에게 위협적이지 않은 동물들이 사냥감이 됐다.

물론 드문 경우이긴 해도 운이 좋은 날이면 하마나 악어 혹은 코끼리를 사냥해 맛볼 기회가 간혹 있긴 했다.

털썩.

아슬아슬한 절벽 끄트머리에 제집 안방처럼 주저앉은 루카는 반가부좌를 틀고 편안한 자세를 취했다.

수련이 끝나면 으레 해 오던 명상을 하기 위해서다.

이는 매우 중요한 일로 주목적은 자칫 경직될지도 모르는 몸과 마음을 고요하고 편안하게 하는 것이다.

그러려면 좋아하는 대상을 바라보듯이 부드럽고 편안한 시선으로 호흡을 느껴야 한다.

높디높은 절벽은 명상 장소로 더없이 훌륭했다.

야마카시처럼 고도의 집중력을 요구하는 운동도 없을 것임을 감안하면 명상은 반드시 필요했다. 명상이 곧 집중력을 키워 주는 수련이기 때문이다.

명상에서 호흡은 대단히 중요한 요소다.

그다음이 의식이고 몸이다.

깊고 고르면서도 편안한 호흡은 집중력을 키우고 육감을 일깨운다.

호흡을 단순히 산소와 이산화탄소의 교환 과정이라고 생각하면 큰 오산이다.

인간의 삶 자체가 호흡에서 시작해 호흡으로 끝나지만 대부분은 올바른 호흡에 대해 인식조차 하지 않고 살아간다.

올바른 호흡은 폐 기능을 증진시킬 뿐 아니라 혈액을 맑게 정화하고 신경세포를 자극해 내부 생리 기능까지 활성화시켜 준다.

이는 올바른 호흡 하나만으로도 정신과 신체의 건강은 물론 사고방식과 행동까지 달라지게 할 수 있다는 의미다.

거기에서 조금 더 깊고 안정적인 호흡에 들어간다면, 신경을 고요하게 이완시켜 줌은 물론 인간 본연의 기질과 속성을 순화시켜 피로해진 육체와 난마처럼 얽힌 마음을 안정케 해 준다.

또한 감각기능들을 내면으로 향하게 해 관조하게 만들어 주는 동시에 유사시에 대비한 육감을 극대화시켜 주는 고도의 정신 수련법이기도 하다.

익스트림 마샬아츠나 까뽀에라, 절권도 등의 무술도 다르지 않아 모두 호흡법으로 내면을 안돈시키고 감각을 극대화시켰을 때 비로소 고도의 경지에 이를 수가 있음이다.

이른바 정신 무예라는 것으로, 강인한 체력의 뒷받침이 있어야 가능했다.

또 하나는 녹색의 밀림을 원거리에서 보노라면 안력이 절로 좋아진다는 점이다.

야마카시에 있어서 안력은 절대적이다.

눈으로 손이나 발이 짚거나 디뎌야 할 지점을 확인해야 하는 것은 물론이고 이 시도가 가능할지의 여부도 눈으로 먼저 보고 정해야 한다. 그리고 월담을 했을 때나 모퉁이를 돌았을 때, 그 어떤 상황에도 즉각 대처하려면 먼저 눈이 좋아야 했다.

그리고 또 하나.

명상은 대기에 떠도는 마나와의 친화력에 큰 도움이 된다.

임무 수행을 위해, 살아남기 위해 배울 수밖에 없었던 마법의 마나술. 그것의 큰 축을 이루는 것이 명상이다.

그 어느 곳보다도 대기의 마나가 짙은 밀림은 훌륭한 명상 장소였다. 다년간 하루도 빠지지 않고 수련한 덕분에 심장을 두르고 있던 다섯 개의 고리가 일곱 개로 늘었다.

물론 5서클 이후의 마법 수식을 공부하지 않아 완벽한 건 아니다. 단지 기초를 다져 놓았을 뿐, 일곱 개의 고리가 형성되었다고 해서 7서클의 마법을 전개할 수 있는 건 아니었다.

마법 수식에 대해 완벽하게 이해함은 물론 끊임없는 연구를 통해 습관적으로 수발이 가능해야만 비로소 흉내라도 낼 수가 있는 것이다.

지금은 단지 일곱 개의 고리 덕에 마나의 활성화가 빨라지면서 심리적 안정, 즉 마음의 컨트롤이 보다 쉬워졌을 뿐이다.

또한 뇌가 활성화되어 오감에 이어 육감이 범인들보다 조금 더 발달되었다는 정도다.

물론 루카의 폭발적인 힘은 탄탄한 근육에서 비롯된 야마카시로부터 나온다. 마법은 그저 보조 역할일 뿐 전력투구하여 수련한 적도 없었다.

임무 수행에 꼭 필요하다고 느꼈을 때만 필요한 몇 가지를 집중적으로 수련했을 뿐이다.

물론 그것도 적지 않은 숫자이긴 했다.

루카는 명상에 들자마자 명상에 방해가 될 주변의 기척부터 살폈다. 이것이 가능한 것은 호흡 하나로 내면을 안돈시킴으로써 감각을 극대화할 수 있기 때문이다.

폭포의 굉음 외에 위험 요소가 없다고 여긴 루카가 곧 본격적인 명상에 들어갔다.

폭포에서 수련한 지도 이미 5년째 접어들었다.

그동안 몬스터와 야수 들의 기습이 없지는 않았지만, 하루 종일 시끄러운 폭포가 좋은 서식처가 될 수 없음을 아는지 출몰하는 횟수가 그리 많은 편은 아니었다.

덕분에 수련에 방해되는 일은 거의 없었다.

그렇다고는 해도 주의하는 건 루카의 오랜 습관에서 비롯된 것이었다.

기실 밀림은 몬스터들보다는 사자나 재규어 등의 야수들이 장악하고 있다고 해도 틀린 말이 아니다.

몬스터들이 있긴 했지만 식인목이나 식인초 또는 푸딩 같은 슬라임 등 거의 기기묘묘한 존재들뿐이다.

다시 말해 밀림의 환경과 기후에 적합한 몬스터들만이 서식하고 있다는 것이다.

험악한 산맥에서 주로 서식하는 오우거나 트롤 등이 살지 못하는 결정적인 이유는 열대라는 기후 조건과 밀림의 대부분이 습지라는 환경 때문이었다.

고로 밀림만은 야수나 여타 짐승 들의 천국이라 할 수 있었다. 그렇지 않았다면 대륙은 각종 몬스터들로 인해 짐승들이 멸종했을 수도 있다.

곧장 명상에 들어간 루카의 호흡은 무척이나 느릿하고 길었다.

일면 지루할 정도로 길고 고른 날숨과 들숨은 지극히 안정되어 보였다.

미동도 없는 몸은 이미 자연과 하나가 됐는지 심연처럼 착 가라앉은 눈과 더불어 날숨과 들숨이 없었다면 그대로 굳어 버린 석상이라고 해도 지나친 말은 아닐 듯싶었다.

그만큼 루카의 경지가 만만치 않음을 보여 주는 것이리라.

그렇게 얼마나 지났을까.

"후―우―!"

마침내 깊고 긴 날숨을 불어 낸 루카가 명상을 끝내고는 반가부좌를 풀고 일어섰다. 이어서 크게 심호흡을 한 루카가 양팔을 벌리고 반듯하게 섰다.

"이제 가 볼까?"

루카는 '까' 자가 끝나는 순간, '파팍!' 하고 절벽의 모서리를 박찼다. 우레 같은 굉음을 토해 내는 폭포를 따라 마치 번지점프를 하듯 몸을 벼랑으로 내던진 것이다.

"이야야야아아아―!"

위기의 세프

　루카가 명상을 끝내고 폭포 웅덩이로 몸을 내던지던 그
시각.

　바나 산으로 숨어들었던 세프는 칸츠의 무장 친위대에게
쫓기다 이제 갈 때까지 가 마지막 벼랑 끝에 몰리고 있는 상
황이었다.

　"헉! 헉! 헉…… 어! 어어!"

　철퍼덕!

　"아이쿠!"

　숨이 턱 밑까지 찬 세프가 다리에 힘이 빠졌는지 바닥을
잘못 딛고는 그대로 고꾸라졌다.

　고꾸라지자마자 세프의 몸이 산비탈을 따라 데굴데굴 굴

렀다.

"아아아악!"

털컥! 턱!

"윽! 으윽!"

빽빽하게 들어찬 나무둥치에 부딪칠 때마다 비명을 지르며 한참을 더 구르던 세프의 몸은 움푹 파인 구덩이에 걸려서야 비로소 멈췄다.

퍼억!

"으으……. 지, 지미럴."

벌러덩!

"아구구구. 헉! 커헉! 이, 이젠 더 이상……. 훅! 훅! 모, 못 가겠다."

엎친 데 덮친 격이었지만 넘어진 김에 쉬어 간다고 했던가?

목숨이 경각에 달했음에도 얼마나 지쳤는지 몸을 뒤집어 사지를 활짝 펴고는 그대로 드러누워 버리는 세프다.

두……두두……두두두…….

등허리로 전해지는, 이제는 공포스럽기보다는 지겨운 말발굽 소리가 은은한 자장가로 느껴졌다.

여태껏 지나온 경험으로 보아 아직 두 시간쯤 여유가 있을 걸 생각했다.

그만큼 거리가 벌어진 이유는 어제부터 진동이 멎었기 때문이었다.

세프의 예측은 얼추 맞아떨어졌지만 놈들에게 추적의 전문가가 있는지 끊임없이 쫓아오고 있다.

"하긴 추적 전문 마법사가 없을 리는 없겠지."

당대에는 온갖 마법을 다루는 전지적인 자는 드물고 한 가지를 또는 두세 가지를 전문으로 전공한 마법사들이 대부분이다.

예를 들어 화염계면 파이어, 빙계면 아이스, 풍계면 윈드, 질병계면 큐어와 프리벤션prevention(예방), 소통계면 텔레포트와 통신 등등 이런 식으로 각각 전문 분야별로 나뉘어 있었다.

고로 체이스계 마법사라면 추적과 수색이 전문인 것이다.

물론 약간의 공격 마법과 방어 마법은 마탑에서 교육받을 때 교양과목으로 배우지만 그것은 유사시를 대비한 것일 뿐이다.

그 위력도 전공한 마법사들에 비해 조족지혈임은 당연하다.

"제길. 그따위 마법사에게 당할 내가 아닌데……."

훔치고 도주하는 데 달인인 세프 정도라면 추적 전문 마법사쯤 따돌리는 것은 일도 아니었지만, 너무도 지친 나머지 흔적을 지우지 못한 것이 실수였다.

그렇게 추적의 빌미를 제공했으니 자신이 생각해 봐도 지금의 처지에 대해 할 말이 없었다.

"으아아아—!"

퍽퍽퍽퍽.

스스로의 성질을 못 이긴 세프가 발버둥을 치면서 가슴팍을 마구 때려 댔다.

"후우-! 정말 지독한 놈들이다!"

그도 그럴 것이 벌써 26일째 쫓기고 있는 실정이다. 그러니 말발굽 소리만 들어도 이제 넌더리가 나다 못해 정신착란 증세까지 일 지경이라 당장 발작을 하지 않는 것이 더 이상할 정도다.

제아무리 희대의 도둑이라 이름이 났을지라도 그 정도로 쫓겼다면 이제 더 버틸 재간이 없다.

마지막 패였던 다섯 장의 결계 마법 스크롤도 모두 허비한 후라 놈들을 따돌릴 시간을 벌기도 어려웠다.

추격자들은 도망자를 추적하는 법을 원숙하게 터득한 프로페셔널인 것이다.

아니, 무장 친위대보다는 추적 전문 마법사가 뛰어난 놈일 터였다.

"젠장, 이까짓 일에 고서클 마법사라니……."

고서클답게 마법사는 다급해하지도 않았고, 포위망을 넓게 구축하지도 서둘러서 앞지르지도 않았다.

열흘 전까지만 해도 바짝 조였다가 풀었다가를 반복하던 놈들은 이제 그저 조금씩 그리고 끊임없이 쫓아오면서 도망자가 제풀에 지쳐 쓰러지기만을 기다리는 간단한 추적술만 사용하고 있었다.

그것이 더 세프를 못 견디게 했다.

차라리 계속해서 바짝 조였다면 달리다가 죽을지언정 이렇게 맥없이 드러눕는 일은 없었을 것이다.

'벗어날 방법이 없어.'

어떤 순간에도 긴장의 끈을 놓지 않았던 세프가 이제 탈출을 포기했는지 땅의 진동이 조금씩 두드러지고 있음에도 천신을 축 늘어뜨린 채 꿈쩍도 하지 않았다.

적지 않은 넓이인 바나 산이었지만 자신의 작은 몸 하나 숨길 만한 장소가 없는 것이다.

숨으려고 들면 못할 것도 없었지만 웬만한 곳에는 몬스터나 야수 들이 차지하고 있어 그마저도 쉽지 않았다. 그것이 오히려 섣부른 행동이 되어 추적의 단초를 제공한 경우가 한두 번이 아니었던 것이다.

이제는 그럴 기력도 없었고, 숨어들 마음도 없었다.

다행인지 불행인지는 몰라도 이렇게 무방비 상태로 드러누워 있다고 해서 야수나 몬스터 들의 한 끼 식삿거리가 될 확률은 거의 없다. 이유는 뒤따라오는 말발굽 소리와 무기가 부딪치는 쇳소리가 얼마나 위험한 소리인지 야수나 몬스터 들이 본능적으로 알기 때문이다.

야수들의 고도로 발달되어 있는 후각과 청각을 생각하면 그럴 법도 했다.

하지만 이제 와서 그게 다 무슨 소용인가?

'니미럴, 그놈의 진동 때문에……. 아니지, 미련을 가졌던 것이 잘못이었어.'

아직 구경도 못 한 물건의 진동만 아니었다면 추격자 놈들과의 숨바꼭질은 할 필요도 없이 진즉에 끝났을 것이었지만, 그 누구에게도 억울함을 하소연할 수 없는 것은 도둑의 금기 사항을 어겼기 때문이다. 바로 물건에 미련을 버리지 못했다는 것이다.

도둑이 금기 사항을 어겼을 때 바로 목숨이 생사의 갈림길에서 왔다 갔다 한다는 게 상식임을 생각하면, 얼마나 어리석은 짓인가?

하지만 후회는 아무리 빨리해도 늦는 법, 이미 한참 늦어버렸다.

세프가 그렇게 넋을 놓은 채 후회막급의 시간을 보낼 때, 시간은 속절없이 흘러 말발굽 소리는 갈수록 두드러지고 있었다.

추격자들이 점점 가까워질수록 세프의 마음도 차츰 가라앉았다. 어차피 벗어나지 못할 거라면 구차하게 아등바등하지 않으리라 마음을 비운 탓이었다.

그렇다고 여태껏 애쓴 보람도 없이 물건을 맥없이 넘겨주기는 싫었다.

'흥, 네놈들에게 넘길 바에야 아예 아무도 갖지 못하게 해

버리겠다.'

어차피 잡히면 살아남지 못할 것은 분명한 일. 오기가 난 세프의 팔에 힘이 들어갔다.

"끄응."

힘겹게 일어나 앉은 세프가 품속을 뒤지려고 할 때, 얼핏 코에 닿는 냄새가 있었다.

"얼라? 웬 연기?"

나무를 태우는 냄새라고 여긴 세프는 어디서 힘이 났는지 벌떡 일어나 주변을 두리번거렸다.

"냄새는 분명히 나는데……. 어디서 나는 거지?"

남의 주머니에 있는 물건을 훔치는 것이 전문인 도둑들의 후각은 짐승들에 비할 것은 아니었지만 남달리 뛰어난 데가 있어 잘못 맡을 일은 없었다.

근처 어딘가에 분명히 인가가 있을 것으로 짐작됐다.

"쓰벌, 갑자기 배가 고파지는군."

인가를 생각하자 그동안 먹지 못해 등짝과 맞붙은 배가 갑자기 쓰려 오기 시작했다.

여분으로 늘 지니고 다니던 건포는 이미 사흘 전에 다 소비해 버렸던 터라 허기가 짐은 당연했다.

잠시 부지런히 발품을 팔던 세프의 눈에 고목 사이로 언뜻언뜻 희끄무레한 연기가 보였다.

"이런 젠장! 너무 멀잖아!"

산자락이긴 했지만 아스라하게 보일 정도의 거리에서 피어난 연기가 바람을 타고 와 세프가 있는 곳까지 냄새를 풍겼던 것이다.

그것도 마을에 무슨 경사가 있음인지 지나칠 정도로 많은 연기였다. 아니면 불이라도 났든가.

어쨌든 지금의 체력으로 마을까지 가는 것은 무리였다. 아니, 당도하기도 전에 잡힐 것이다.

"썩을. 저기가 델라 마을이라면 내가 동쪽에 있다는 얘긴데……."

하지만 밀림의 비슷한 분위기로 인해 거기가 거긴 것 같아서 당최 알 도리가 없다.

추격자들 때문에 바나 산을 정신없이 헤매다 보니 초입에 위치한 델라 마을로 가는 길도 잃어버린 지 오래였다.

쉽게 말해서 도둑이 방향감각을 상실했다는 얘기다.

바나 산 주변으로 델라 마을만 있는 것은 아니었다.

지금 델라 마을이 중요한 이유는 자신이 어디에 있는지 방향을 어느 정도 알 수 있게 해 주기 때문이다.

털썩!

밀림에서 방향을 잃은 데다 인가까지 갈 기력도 없는 상태인 세프는 모든 것이 물거품이 되어 버리자 맥이 빠졌는지 그대로 주저앉았다. 그러다가 문득 무슨 생각이 났는지 도리질을 했다.

"하긴……. 저놈들이라면 죄 없는 마을 사람들이라고 해서 가만 놔둘까?"

그렇게 생각하니 어쩌면 다행한 일인지도 몰랐다.

세프는 비록 도둑일망정 자신으로 인해 죄 없는 수많은 민간인들이 봉변을 당할 수 있는 일은 피하고 싶었다.

스스로 정도를 걷는 도둑이라고 자부해 왔던 터다.

어떤 식으로라도 자신과 엮인 것을 안다면 무지막지한 놈들에게 난데없는 봉변을 당할 것이 틀림없었다.

자신이 사라질망정 물귀신처럼 저들을 끌고 가고 싶지는 않았다.

"할 수 없지. 이젠 네 녀석을 믿을 수밖에. 난 잠시 사라졌다가 와야겠다. 되돌아올 수 있을지는 미지수지만, 그건 하늘에 맡겨야지 별수 있나."

모종의 결심을 한 세프가 품속에서 뭔가를 꺼냈다.

손아귀에 쏘옥 들어올 만큼 작고 앙증맞은 새장이었다.

작은 새장 안에는 그야말로 그 새장이 넓다고 할 정도로 아주 조그만 새가 날개가 보이지 않을 정도로 빠르게 파닥이고 있었다.

곤충으로 착각할 만큼 워낙 작았던 탓에 파닥이는 소리조차 들리지 않았지만, 알록달록한 색깔로 채색한 것만 같은 깃털은 보는 이의 감탄을 자아낼 정도로 아름다웠다.

부리는 침처럼 뾰족했고, 날개와 꽁지 깃털이 부챗살처럼 활짝 펴져 있었다.

특히 머리 부분의 붉은 장식깃은 압권일 정도로 예뻤다.

"제길. 판, 이놈과도 이제 이별이구나."

목숨을 건 도주 이후 처음으로 세프의 입에서 다정한 말투가 흘러나오는 것을 보면 세프가 이 새를 얼마나 애지중지했는지 알 수 있었다.

찌르. 찌르르. 찌르르르.

갑갑했던 품속을 벗어나서인지 아니면 세프의 목소리가 반가웠는지 들릴 듯 말 듯 한 지저귐이 계속해서 들려왔다.

손가락 두 마디 정도 될까 말까 한 지독히도 작은 새는 바로 판이란 이름을 가진 세이버윙saberwing(별새)이었다.

새장의 고리를 열던 세프가 중얼거렸다.

"그동안 네가 곁에 있어서 외롭지 않았다. 이젠 자유를 찾아 훨훨 날아가든지 아니면 네 고향으로 가거라."

찌르르. 찌르르르······.

세프의 심정을 아는지 모르는지 판은 주변을 돌아다니다 어깨에 앉았다가 머리에 앉았다 하며 지저귀느라 정신이 없었다.

"에그, 풀어 놓으면 저렇게 좋아하는 걸 여태 같이 쫓겼으니······."

세프가 판을 애지중지하는 데는 여러 이유가 있었다.

첫째는 판과 인연을 맺게 된 원인이 인간들에게 신비로만 알려져 정령이라고까지 불리는 엘프라는 것이다.

어느 날 꿈속인 듯 세프를 찾아온 두 명의 엘프.

엘프들은 이미 그가 희대의 도둑임을 알고 방문했었는데, 그들이 잃어버린 물건을 찾아 달라고 세프에게 부탁을 해 왔던 것이다.

그들이 직접 나서지 못하는 이유는 유사 종족인 엘프가 인간들 세계를 돌아다니며 잃은 물건을 찾기란 불가능했기 때문이었다.

엘프들이 아무리 뛰어나다고 해도 인간의 욕심 앞에서는 능력 자체가 소용이 없는 것이다.

어쨌든 평생 동안 한 번 볼까 말까 한 희귀한 엘프의 부탁인 데다 간절한 눈빛까지 깃들어 있어 세프는 감히 거절하지 못하고 응해 버렸다.

사실 엘프들의 천성이 그러했던 탓에 기간을 정한 것이 아니어서 책임도 의무도 없었고, 보상 역시 협의한 적이 없어 계약이라 할 수도 없었다.

하지만 세프는 그날 이후부터 엘프들이 부탁한 일에 전념하기 시작했다. 그리고 거의 2년의 세월을 허비해 마침내 그들이 원하는 것을 찾아 줄 수 있었다.

하지만 기껏 찾고 보니 반쪽짜리라며 엘프들은 만족을 하지 못하고 실망했다.

이에 세프는 자신의 능력으로는 더 이상 찾기가 어렵다고 호소했고, 덧붙여 자신이 살아 있는 동안 물건을 계속 찾아 보겠다고 약속을 해 주었다.

비록 유사 종족인 엘프에게 약속한 것이었지만 거짓을 모르는 종족이라 내심으로도 어길 마음이 없었다.

이에 엘프들은 희망을 갖는 표정이었고, 감사의 표시로 건넨 선물이 바로 판이었던 것이다.

물론 선물로 받은 판이긴 했지만 엘프들이 원하는 나머지 반쪽의 물건을 찾는 데 도움이 될 거라고 했다.

아울러 찾게 되면 판으로 인해 자신들이 알게 될 것이라고 도 했다.

어떻게 보면 감시자인지도 몰랐다.

둘째는 판의 용도야 어찌 됐든 그동안 세프의 외로움을 달래 준 친구였다는 것은 변함없는 사실이란 점이다.

셋째는 세프가 작업할 때 망을 봐 주던 훌륭한 동업자였다는 점이었다.

자연 둘 사이에 남다른 정이 존재할 수밖에 없었다.

스윽.

세프가 손을 내밀자, 어지럽게 날아다니던 판이 냉큼 내려 앉았다.

워낙 작은 탓에 새끼손가락으로 쓰다듬어 주는 세프의 눈빛에 애잔함이 가득했다.

'기분 더럽군. 판을 이용해서 놈들을 따돌려야 하다니.'

추격자들이 판을 뒤쫓을지 자신을 뒤쫓을지는 아직 모른다.

놈들이 세프를 찾을 동안 판에게 매단 물건이 재차 진동을 일으킨다면 그 즉시 방향을 바꿔 판을 쫓을 것이고, 그렇지 않다면 세프를 계속해서 쫓을 것이기 때문이다.

추격자들의 목표는 세프를 잡거나 죽이는 것이 아니라 물건을 되찾는 것이니 당연한 일이다.

그러나 현재로서는 아무것도 확신할 수도 없는 일에 동료를 팔아먹는 기분이라 영 찜찜한 세프다.

하지만 이제부터 자신이 행해야 할 모종의 일 때문에 판과 같이 있어서는 곤란했기에 어차피 여기서 헤어져야만 했다.

"판, 돌아가거든 내가 더 이상 도와주지 못하게 됐다고 전해 주렴."

찌르르. 찌르르르르……

판의 지저귐이 꽤나 오래 이어졌지만 세프는 자신의 말을 알아들었다는 것을 어느 정도는 알았다. 그동안 겪어 본 바에 의하면 판은 그만큼 영리한 새였던 것이다. 아니, 판의 능력이 얼마나 되는지 아직 알지 못하는 상태라고 해야 맞는 말일 것이다.

"영리한 녀석, 미안하지만 네가 해 줘야 할 일이 있구나."

손을 다시 품속에 넣은 세프가 이번에는 두 개의 주머니를 꺼냈다.

하나는 바이올렛 빛깔의 주머니였고, 다른 하나는 평범한 가죽 주머니였다.

"대체 이게 뭐지? 한번 구경이나 해 볼까?"

사실 촉감으로 모양은 파악했지만, 도망치기 바빠서 주머니를 열어 보지 못해서 정확히 어떻게 생겼는지 내심 궁금했던 것이다. 그렇게 바이올렛 빛깔의 주머니를 풀려던 세프가 멈칫했다.

"아니야. 이걸 봐서 득 될 건 없지."

호기심이 그 누구보다도 강한 세프가 마음을 돌린 것은 본능적으로 자신이 물건의 임자가 아니라는 생각이 들어서였다. 더불어 자신을 이런 처지로 몰아넣은 물건이라 생각하니 꼴도 보기 싫은 마음도 있었다.

"판, 이걸 달고 날 수 있겠어?"

말은 그렇게 하면서도 판의 몸집에 비해 서너 배는 족히 됨 직한 주머니를 짧은 다리에 매달아 주었다.

찌르르. 찌르르르……. 엥엥엥엥엥…….

가벼우면서도 재빠르게 허공을 날아다니던 판이 주머니를 달자마자 힘에 겨웠는지 요란하게 날갯짓 소리를 냈다.

그렇게 한동안 오르락내리락하며 중심을 잡지 못하고 비틀거렸다.

"쯧쯧쯧……. 그래 가지고서야 어느 세월에 엘프들에게 돌아가겠냐?"

안쓰러운 마음에 세프가 혀를 찰 때, 비틀거리던 판이 차츰 중심을 잡으며 제법 날기 시작했다.

"어? 그래그래, 옳지, 옳지. 잘한다."

조그만 체구인 판의 노력이 신통방통하다는 듯 응원을 해주던 세프가 오랜만에 미소를 지어 보였다.

"혹시 알아? 엘프들이 잃어버린 물건일지, 쿠쿠쿠쿡."

말끝에 자조 섞인 웃음을 짓는 것은 만약 엘프가 찾는 물건이었다면 판이 저렇게 태연하지는 않았을 것임을 모르지 않아서였다.

두두두…… 두두두두…….

이제는 지축을 울리는 말발굽 소리가 더 가까워지고 있었다.

"어서 가."

찌르. 찌르. 찌르.

세프가 내쫓듯 손을 휘젓자 깜짝 놀란 판이 저만치 달아나더니 이내 허공을 한 바퀴 선회하고는 연기가 나는 쪽으로 날아갔다.

여전히 오르락내리락하는 판의 불안한 비행을 쳐다보던 세프의 눈에 눈물이 비쳤다.

"젠장, 이것도 정이라고……."

소매로 훑듯 눈물을 닦은 세프가 주변을 두리번거리며 뭔가를 찾더니 곧 방향을 정해 달렸다.

잠시나마 쉬었던 것으로 기력을 조금 찾았는지 밀림 중에서도 유달리 시커멓게 보이는 곳으로 달려갔다.

그러나 그리 멀지 않았음에도 세프는 당도하자마자 허리를 숙일 정도로 지쳐 버렸다.

"후아! 후아! 염병할!"

츠륵! 츠르르르.

세프가 가쁜 숨을 몰아쉴 때 별안간 바닥에 뭔가 끌리는 소리가 들렸다. 그는 정신이 번쩍 들었는지 잽싸게 뒤로 물러섰다.

"이런! 우라질 것이 그새를 참지 못하고……. 콱! 그냥."

깜짝 놀란 세프가 위협하는 시늉만 해 대면서 눈을 부라렸다.

세프의 부라린 눈에 들어온 것은 어둠 속에서 화려한 빛을 내는 핏빛 꽃이었다.

마치 진홍의 선혈을 한껏 머금은 듯한 빨간 꽃은 그 어떤 꽃에 견주어도 자신만의 매력을 한껏 발산해 낼 정도로 아름다웠다.

가히 군계일학 격이라 할 수 있는 딱 한 송이의 꽃은 때마침 통나무 같은 꽃대 위에서 활짝 만개해 있는 상태였다.

한데, 그것은 얼핏 봤을 때의 얘기였다.

"빌어먹을. 하필이면 몬스터 플라워 중에서도 가장 사납다고 알려진 블러드 캣blood cat이라니……. 정말 재수 한번 옴팡지게도 없네."

투덜거리면서도 더 이상 우물쭈물할 새가 없어 셰프는 서둘러 손에 든 주머니의 매듭을 풀었다.

"떠그랄! 이것 가지고 견딜 수 있을까?"

주머니에서 투명한 비닐 같은 천을 꺼낸 셰프가 불안한 눈빛으로 자신이 블러드 캣이라 명명한 꽃을 쳐다보았다.

블러드 캣.

그 누구라도 유혹할 듯 화려하게 만개한 꽃은 글자 그대로 핏빛을 연상케 할 정도로 섬뜩한 색깔을 지녔다.

거기에 보색처럼 잘 어울리는 청록색의 수술을 뱀의 혓바닥처럼 길게 늘어뜨리고 있었다. 아니, 뱀의 혓바닥 같은 긴 촉수들이 꿈틀꿈틀 움직이고 있다고 해야 옳았다.

다만 셰프라는 먹잇감과 거리가 있어 닿지 않았던 탓에 소기의 목적을 달성하지 못하고 허공과 바닥을 쓸고 있을 뿐이었다.

셰프가 깜짝 놀라 물러선 것이 바로 먹잇감에 민감한 촉수들이 휘감아 들려고 한 때문이었다.

블러드 캣은 바로 식인목의 일종으로, 비록 이동할 수 없는 식물이라고는 하나 긴 수술을 이용해 짐승 따위의 움직이는 것들은 무엇이든 휘감아 날름 삼키는 몬스터 플라워였던 것이다.

캣이란 단어는 촉수에 고양이 발톱같이 휘어진 날카로운 가시가 달려 있다는 데서 연유했다. 즉, 촉수에 휘감긴 생물체는 낚싯바늘처럼 생긴 가시에 걸려 빠져나오지도 못하고 꼼짝없이 놈의 아가리로 끌려가야 한다는 뜻이다.

이때 활짝 개화했던 꽃이 오므라들면서 먹이를 꿀떡 삼키면 특유의 진액으로 천천히 녹여 가며 소화시키는 것이 식인목의 특징이었다.

파락! 파라락! 파락! 두두두두두두…….

셰프의 손에 들린 비닐 같은 천이 바람에 날리는 소음과 지축을 울리는 말발굽 소리가 장단을 맞추듯 어울렸다.

"씨파, 어차피 여기까지 온 것 갈 데까지 가 보자. 매직 셸터magic shelter(마법으로 만든 은신 천), 너만 믿는다."

이제는 그야말로 백척간두에 선 신세가 된 셰프는 재빨리 나이프를 꺼내 떨어뜨렸다.

탱겅!

이어 지체 없이 천을 뒤집어썼다.

매직 셸터라 불리는 천은 신축성이 있어 작은 체구의 셰프를 완전히 덮고도 남을 정도였다.

더구나 투명하기까지 해서 시야를 가리지도 않았다.

얼른 주저앉은 셰프는 두 발을 오므려 매직 셸터를 단단히 홀쳐매고는 나이프를 손에 들었다.

매직 셸터의 신축성은 뛰어나 나이프를 쥐는 데 전혀 지장이 없었다.

나이프를 손에 든 이유는 블러드 캣을 찢고 나올 때 쓰기 위해서였다.

몸을 일으킨 세프의 분위기는 마치 밀림에 나타난 유령 같았다.

그것도 칼을 든 유령이다.

투두두두. 투두두두두두…….

이제는 발바닥의 진동을 확연히 느낄 정도로 추격자들이 가까워지고 있었다.

힐끗.

세프의 시선이 뒤쪽을 향했다. 밀림의 숲이 누군가에 의해 파헤쳐지듯 극심하게 뒤흔들리는 모습이 눈에 잡혔다.

'다행히 판을 눈치챈 것 같지는 않군.'

추격자들이 찾는 물건이 이미 엉뚱한 곳으로 간 것을 모르고 자신만을 목표로 쫓는다는 것이 확인되는 순간이었다.

아마도 모션 트레이서의 진동이 멈춘 탓일 것이고 아직 재가동이 되지 않았다는 증거였다.

이제는 세프 자신만 사라지면 될 일이었지만 그게 그렇게 간단한 것이 아니었다.

"매직 셸터에게 생사를 맡겨야 하는 신세라니……."

마음은 이미 결정됐지만 감히 발을 떼지 못하고 자꾸 망설이는 세프였다.

이유는 매직 셸터가 외통수에 걸린 세프의 최후 구명줄이라 해도 100퍼센트의 안전을 장담하지 못하기 때문이었다.

물론 매직 셸터의 주변과 동화되어 숨겨 주는 기능만큼은 100퍼센트 신뢰했지만, 보호막 역할까지는 신뢰하기가 어려웠다.

고로 블러드 캣의 먹잇감이 되는 찰나, 놈의 체액에 녹아 버릴지도 모르는 불안감이 가시지 않는 것이다.

놈은 식도 역시 낚시 같은 가시들로 이루어져 있어 한번 삼킨 건 절대로 내뱉는 법이 없었다.

그리고 촉수에 닿는 대로 아무거나 삼키는 것이 아니라 촉수를 통해 꼭 먹잇감이라고 여기는 것만 골라 삼키는 영악함마저 갖추고 있었다.

기실 매직 셸터는 10여 년 전 제국의 마탑에 거주하는 한 마법사의 거처에 잠입했다가 우연히 획득한 것으로, 세프가 애지중지하는 물건 중 하나였다.

애지중지하는 만큼 매직 셸터는 서너 번의 위기를 넘기게 해 줬을 정도로 은신 효과 하나만큼은 확실했다.

'시간이……?'

수풀 사이로 비치는 햇빛이 여린 것으로 보아 해거름이 다 된 시각임을 유추할 수 있었다.

'밤을 이용해? 아니면……?'

갈등이 없을 수 없었다. 만에 하나 놈들이 지나친다면 곧바로 도주해 왔던 길로 되돌아가는 방법과 놈들이 엉뚱한 곳에서 헤매길 기다렸다가 달아나는 방법 중에 골라야 하는 선

택의 기로에 있기 때문이었다.

'에그, 어찌 될지도 모르면서 달아날 궁리부터 하다니……'

블러드 캣의 체액에 녹지 않는 것 말고도 선결되어야 할 문제는 놈의 배 속에서도 호흡을 할 수 있느냐는 것이다.

매직 셸터야 그런 기능이 있어 상관없었지만 블러드 캣의 배 속이 문제였다.

'에이! 들어가 보면 알겠지. 그때 결정하자.'

물론 이 모두 먹잇감이 되자마자 블러드 캣의 체내에서 소화가 되지 않았을 때의 얘기다.

후두두두두…….

갈수록 둔중해지는 말발굽 소리로 보아 더 숙고해 보기에는 시간이 너무 촉박했다.

'제길, 될 대로 돼라.'

너 시체할 수 없다고 여긴 세프가 눈을 질끈 감고 발을 내디뎠다.

몇 발짝 내딛자마자 몸이 휘감기는 감각과 허공으로 붕 뜨는 느낌이 들었다.

이어 가시 같은 것이 온몸을 찔러 대는 느낌과 함께 물컹물컹한 속살이 닿는 느낌도 들었다.

동시에 칠흑 같은 밤이 찾아온 듯 시야가 캄캄해졌다.

'휴우-! 다행이다.'

바짝 졸았던 심장이 그제야 조금 펴지는 기분인 세프였지만, 아직 안심할 단계는 아니었다.

누구라도 질기다고 생각되는 먹이는 꼭꼭 씹는 법이다.

아니나 다를까. 숨을 쉬듯 부드럽던 분위기가 점점 격해지고 있었다.

놈은 먹잇감이 잘 녹지 않는다고 여겼는지 연동운동에서 분절운동으로 바꾼 것이다.

연동운동은 사람의 입으로 음식이 들어갔을 때 이동시키는 운동이지만 분절운동은 근육을 움직여 반죽하고 섞는 운동이다.

자연 세프의 몸 역시 분절운동에 따라 돌려졌다 뒤집혔다를 반복하기 시작했다.

'이힉!'

돌연 몸이 한 바퀴 팽그르 돌더니 곧장 뒤집어지는 것에 놀란 세프가 엉겁결에 속살을 붙잡았다.

그러자 쥐고 있던 나이프가 놈을 찔렀는지 움찔한다 싶더니, 갑자기 분절운동이 더 심해졌다.

'아이고오-! 어지러워.'

세프는 내심 비명을 지르며 어지러움에 곤혹스러워했다.

'지랄! 이러다가 어지럼증으로 지레 죽겠다.'

금세라도 토할 것 같은 기분에 차라리 까무러치는 것이 속이 편할 것 같았지만 그게 의지대로 되는 것이 아니지 않은가?

그렇게 세프의 정신이 혼미해져 갈 때, '투두두두' 하고 한 떼의 인마가 폭풍처럼 스쳐가는 소음이 들렸다.

'으으…… 썩을 놈들아. 아으으…… 아무리 찾아봐라.'

혼미해져 가는 와중에도 무장 친위대가 그냥 지나가는 것에 통쾌함을 느끼는 세프였다.

흔들흔들.

폭풍의 영향은 블러드 캣에게도 미쳤는지 이리 기울었다 저리 기울었다를 반복하더니 곧 안정됐다.

그러나 그것도 잠시 블러드 캣의 분절운동은 갈수록 극심해졌다.

'아이고오오오-!'

판, 타미아에게로

"칸츠 기사장, 멈추시오!"

칸츠 친위대와 함께 블러드 캣이 있는 지점을 지나 한참을 더 추격해 가던 마법사 데올이 다급하게 소리쳤다.

"멈춰라!"

"헛! 워! 워."

"워, 워. 멈춰!"

키히히힝―!

질주에 질주를 거듭하던 친위대원들이 갑작스러운 정지 명령에 전마의 고삐를 낚아채며 급정지하자, 고통을 느낀 전마들이 마구 울어 댔다.

푸릉. 푸르릉.

고삐에 코가 떨어져 나갈 듯한 고통을 털어 내는 전마들의 투레질이 연방 이어졌다.

　"데올 경, 왜 그러오?"

　"주변을 한번 살펴보시오. 이상하지 않소?"

　"……?"

　데올의 말에 의아함을 감추지 못하던 칸츠는 대번에 주변이 이상함을 알아챘다.

　"어라?"

　자세히 살필 필요도 없이 칸츠가 선 자리부터 수목들이 부러지고 꺾인 것은 물론 땅까지 파헤쳐져 완전히 난장판이 되어 있지 않은가?

　추적은 온전히 데올의 몫이었기에 칸츠는 달리는 데만 정신이 팔려 주변 경관을 살필 겨를이 없었던 탓에 미처 알지 못했던 것이다.

　"데올 경, 왜 이렇게 된 것 같소?"

　"맹수들의 싸움이 있었던 모양이오."

　"허어, 대체 어떤 맹수들이기에……?"

　"그리고 놈이 이 정도까지 도주해 오지는 않았을 것 같아서 멈췄소."

　"뭐, 뭐요? 그, 그럼, 우리가 지나쳐 왔단 말이오?"

　데올의 태연한 말에 곤혹스러운 기색을 띠던 칸츠의 표정이 대번에 일그러졌다.

"아마도."

두거덕. 두거덕. 두거덕.

말고삐를 돌린 데올이 달려왔던 길을 되돌아가며 천천히 주변을 살폈다.

"차, 찾을 수 있겠소?"

급히 전마를 몰아온 칸츠의 입에서 당황한 듯한 어투가 흘러나왔다.

"걱정 마시오. 이곳을 지나갔는지는 금세 확인될 테니까."

말을 마친 데올의 입에서 캐스팅이 읊어졌다.

"이미지 패스트image past(과거 영상)!"

추적과 수색을 함에 있어 필수인 흔적 찾기 마법이 시작됐다.

칸츠와 데올 앞에 아지랑이 같은 것이 어린다 싶더니 바닥에 투명한 스크린이 생겨났다.

그때 데올이 또 한 번 캐스팅을 했다.

"스타트, 투 아워 비포(두 시간 전부터)!"

한데, 캐스팅이 끝나자마자 바닥으로부터 갑자기 시커먼 그림자가 벌떡 일어나더니 아가리를 쩍 벌리고 두 사람을 덮쳐 오는 것이 아닌가?

"헉, 위, 위험……."

채앵-!

"어허! 영상일 뿐이오."

기겁을 한 칸츠가 재빨리 장검을 뽑아 들고 휘두르기 위한 자세를 취하자 데올이 다급히 말렸다.

"엉? 여, 영상이라고?"

"그렇소, 잠시 기다려 보시오."

어리둥절해하던 칸츠는 그제야 자세히 보니 실제로 일어난 일이 아니라 마법에 의한 영상임을 알았다.

아가리를 쩍 벌렸던 놈은 집채만 한 거대한 불곰이었던 것이다.

마치 피사체인 불곰을 클로즈업해서 얼굴 부분만 화면에 가득 찰 만큼 잡은 것처럼 생생했다.

한데 스크린에는 지금 불곰이 누군가를 상대로 난투극을 벌이고 있는 것이 아닌가?

상대 역시 불곰 못지않은 거대한 생물이었다.

언뜻 보기에도 서로가 박빙을 이루는 막상막하의 격투 장면이었다.

마치 입체 영상을 보는 듯 스크린 가득 흐르는 두꺼운 질감 덕에 마치 화면 속에 서 있는 것만 같은 느낌이다.

'후우, 대단한 마법이로군.'

칸츠는 내심 감탄을 하며 데올을 다시 보았다.

자신이 상급자에게 전해 듣기로는 데올이 마스터인지는 몰라도 5서클에 이른 고위 마법사가 분명하다 했다.

범인 추적이 이번 한 번만이 아닌 칸츠로서는 경험이 많은 편이었지만, 이번처럼 5서클의 고위 마법사를 대동한 건 처음 있는 일이었다.

그래서 자신이 비록 자존심이 강하기로 유명한 무장 친위대 기사장이지만 데올을 대우해 주고 있었다. 마법사보다 기사를 우대해 주는 제국의 정서로 보아 일면 무시할 수도 있었지만, 5서클이라면 칸츠로서도 마냥 무시할 수 없는 실력자라는 점이 그 이유였다.

어쨌든 그동안은 기껏해야 4서클 마법사를 대동했던 터라 방금과 같은 마법을 접할 기회가 없어 칸츠는 적지 않게 놀란 참이었다.

4서클과 5서클은 얼핏 생각하면 별 차이가 없는 것 같지만 엄청난 벽이 존재했다. 그것은 깨달음이 있고 없고의 차이다.

4서클과 5서클은 평생을 두고도 좁힐 수 없는 간극일 수도 있었기에 어디 소속이든 대우 자체가 달랐던 것이다.

이는 어떤 마법을 전공했느냐 하는 것과는 별개의 문제였다.

달리 말하면 5서클의 체이스 마법사까지 동원할 만큼 이번 추적이 중요하다는 것이다.

기실 이번 임무에서 칸츠의 무장 친위대는 보조 역할을 할 뿐 주요 역할은 데올이 담당하고 있었던 것이다.

"불곰은 알겠는데 저 괴이한 놈은 뭐요?"

"게코gecko(도마뱀붙이)요."

"게, 게코?"

"도마뱀의 일종인데 굉장히 사나운 놈이오."

"그럼, 저놈들이 서로 싸우느라 여기가 엉망이 됐단 말이오?"

"그런 것 같소. 어쨌든 중요한 건 그것이 아니오. 이 장면이 두 시간 전에 일어났던 일이라면, 놈이 여길 지나갔을 리가 없다는 뜻이오."

"그, 그렇군."

두 사람이 대화를 하는 사이 불곰과 게코의 격투 장면이 영상에서 사라졌다.

난장판이 폭넓게 펼쳐져 있는 것으로 보아 아마도 격렬히 싸우는 와중에 절로 이동한 것 같았다.

발현시켰던 마법을 거둔 데올의 표정이 곤혹스러워졌다.

"또 왜 그러오?"

"잠시 생각을 좀 해 봐야겠소."

"흠, 알겠소."

고개를 끄덕인 칸츠가 손을 들어 원을 그렸다.

"팔토, 날이 어두워졌다. 주변을 경계해!"

"알겠습니다. 부대, 서클circle 방진!"

칸츠의 명령에 무장 친위대가 데올을 중심으로 원을 그릴 때, 데올은 심각한 표정으로 염두를 굴리고 있었다.

'희대의 도둑이라고 하더니 보통 영리한 놈이 아니로군.'

부탁을 받고 대충 준비를 하고는 추적에 합류한 지 15일이 넘었다. 그런데 놈의 꽁무니만 쫓고 있는 상황이었으니, 데올로서는 자존심에 큰 상처가 난 지 오래다.

놈은 잡힐 듯하면서도 미꾸라지처럼 잘도 빠져나갔고 한동안 종적을 감추는 능력까지 보였다.

거기에 결계 마법이 걸린 스크롤까지 소유하고 있어 그것으로 인해 지체된 시간도 결코 만만치 않았다.

그뿐이 아니다.

놈은 추적에 핸디캡이 많을 수밖에 없는 열악한 밀림을 택해 도주하는 영민함까지 갖추고 있었다.

'배니쉬 캡슐vanish capsule(종적을 감추게 해 주는 작은 갑) 아티팩트에다 결계 마법 스크롤 그리고 강인한 체력에 두뇌까지 갖춘 도둑이라…… 또 뭘 가지고 있을지…….'

정확한지는 몰라도 데올은 추적하는 동안 놈이 펼쳐 놓은 함정들을 추정해 그렇게 결론을 냈다.

솔직히 갑갑했다. 그리고 낯선 환경은 정말 마음에 들지 않았다.

사실 데올은 밀림이 가까워질수록 심히 당황했었다. 밀림에 대한 준비가 전혀 되어 있지 않은 상태였던 것이다.

이는 칸츠의 무장 친위대도 마찬가지였다.

타 영지의 지원을 받으려고 해도 도망자를 한시도 놓치지 말아야 하는 상황이라 여의치 않았다.

현재는 도망자야 말할 것도 없었지만, 추격자 역시 열악한 환경이었다.

하나, 무슨 수를 써서라도 물건을 되찾아오라는 특명을 받은 이상 임무를 포기할 수는 없었다.

그런데 그게 영 쉽지가 않다.

마법사들이란 무장 친위대처럼 아무렇게나 드러눕고 또 아무 음식이나 먹는 그런 존재가 아니다. 소위 말하면 식자층의 깔끔 떠는 존재들이 그들인 것이다.

더구나 5서클의 고위 마법사라면 연구하기에 바빠 체력이 저질스럽기까지 했다.

강화 마법으로 버티고는 있지만 마력이 수시로 소모되는 것을 막을 수는 없어 마력만 거두어들이면 당장이라도 쓰러질 것이다.

여기서 데올의 고민은 더욱 심각해졌다. 이미지 패스트로 지금까지 온 길을 되짚어가야만 놈의 흔적을 발견할 수 있는 것이다.

그런데 그만큼의 마력이 남아 있다면 몰라도 흔적이 어딘지도 모르는 상태에서 마냥 이미지 패스트를 발현시켜 마력을 소모할 수는 없었다.

하이 레벨의 마법일수록 마력의 소모도 클 수밖에 없어 강화 마법까지 펼치고 있는 지금은 금세 고갈되어 버릴 것이 자명했다.

그렇게 되면 지척에 숨어 있을 놈을 잡기는 더 지난해진다.

'어쩔 수 없다. 마음에 들진 않지만 스퍼래딕sporadic(단발성) 마법을 곁들일 수밖에.'

스퍼래딕 마법이란 일명 도트dot 마법으로, 마법을 계속해서 발현시키는 것이 아니라 일정 간격을 두고 발현시키는 수법이었다. 즉, 1킬로미터 혹은 5킬로미터 등의 거리를 정해놓고 그 지점을 지날 때마다 이미지 패스트 마법이 발현되게 하는 수법인 것이다.

그렇다면 자신들이 몇 킬로미터를 더 지나왔는지 아니면 시작점을 어디로 해야 하는지가 문제다.

그런데 놈의 꽁무니는커녕 그림자도 본 적이 없으니 거리를 재기가 애매했다.

'끄응, 도둑놈 하나가 애를 먹이는구나.'

속으로 끌탕을 하던 데올은 대충 자신이 짐작하는 지점으로 정할 수밖에 없었다.

내심으로 정한 거리는 전마의 속도를 감안한 60킬로미터였고, 열 구간으로 나눌 생각까지 마쳤다.

60킬로미터라는 근거는 전마의 속도가 1분에 1,000미터일 것이라 추정하고 한 시간을 달려온 것으로 계산한 것이다.

이것은 60킬로미터 내에 반드시 범인이 있어야 한다는 전제하였다.

'6킬로미터!'

내심으로 굳게 작정한 데올이 그 즉시 캐스팅을 했다.

"이미지 패스트!"

캐스팅에 곧바로 예의 영상이 나타나자 곧바로 시행 구동어를 읊었다.

"6킬로미터 섹션(6킬로미터 구간), 팜실palm seal(수인)!"

팟!

시행 구동어가 읊어지는 것과 동시에 영상이 사라졌다.

이제부터 6킬로미터 거리마다 열 번에 걸쳐 이미지 패스트 마법이 나타날 것이다.

"칸츠 기사장님, 되돌아갑시다."

"알겠소."

칸츠는 데올의 말에 아무런 이의도 제기하지 않고 다시 물었다.

"속도는?"

"캄캄해져서 라이트 마법을 펼치겠지만……. 시간 여유가 많지 않으니 속보로 하면 좋겠소."

"좋소이다. 팔토, 주변을 살피면서 속보로 간다."

"옛!"

◈ ◈

전날 저녁 쁘라냐의 생일잔치가 끝난 델라 마을은 다시 평소의 일상으로 돌아와 있었다.

치리리. 치리리리……

해가 정오와 저녁 중간쯤에 걸릴 무렵 마을은 굴렁쇠가 구르는 소음과 노랫소리로 요란했다.

"둥글둥글 굴렁쇠야 굴러굴러 어디 가니?"

"내 동무는 굴렁쇠. 심부름 갈 때도 동무 만나러 갈 때도 안 떨어지는 내 동무는 굴렁쇠."

아이들은 굴렁쇠 노래로 박자와 음을 맞추어 노느라 정신이 없었다.

"깔깔깔깔……"

"키키키키킥."

남자아이, 여자아이 할 것 없이 고마고만한 꼬마들이 굴렁쇠를 굴리며 온 동네를 깔깔대며 헤집고 다니느라 시간 가는 줄을 몰랐다.

굴렁쇠 놀이를 하는 꼬마들은 기껏해야 오륙 세도 채 안된 아이들이 대부분이었다.

꼬마들 외에 마을이 텅 빈 것처럼 인적이 없는 것은 지금이 농사철의 막바지였기에 어른들이 모두 방책 밖의 밭으로 나간 때문이었다.

또 일곱 살 이상의 아이들도 보이지 않았다.

이들 역시 일손을 거들 나이라는 이유로 어른들과 함께 밭에 나가 일을 하고 있는 것이다.

고로 마을은 언제나 그렇듯 어른들의 간섭이 없는 순수한 아이들만의 세상이었다.

"학학학. 아고, 힘들어라."

"헥헥헥. 나, 나두야."

굴렁쇠를 굴리다가 지친 꼬마 둘이 약간 둔덕진 곳에 털퍼덕 주저앉더니 가쁜 숨을 몰아쉬었다.

얼마나 넘어지고 엎어졌는지 허름한 옷은 흙과 땀과 범벅이 되어 지저분해져 있었다.

둘 모두 햇빛에 그을려 까무잡잡한데 한 아이는 조금 뚱뚱했고, 다른 아이는 호리호리한 체격이다.

꾸룩. 꾸루룩.

"엥? 토니, 네 배에서 나는 소리지?"

"히히히, 응."

토니라 불린 아이가 멋쩍은 표정을 지으며 뒤통수를 매만졌다.

"에그, 그렇게 뚱뚱하니까 배도 빨리 고픈 거여."

"배고파."

"아직 아빠 엄마가 올 때가 안 되앗어."

"그래두 배가 고픈 걸 어떡혀? 코핀, 넌 안 고픈겨?"

"우히히히, 실은 나도 배고파."

"거봐, 나랑 똑같지. 쟤들도 배가 많이 고플 거여."

토니가 신 나게 굴렁쇠를 굴리며 노는 아이들을 가리켰다.

"그렇겠……."

말을 하던 코핀의 시선이 고개를 따라 오른쪽으로 움직였다.

시선에 여아 하나가 매끄럽게 굴렁쇠를 굴리는 모습이 들어왔다.

"쳇! 타미아 굴렁쇠는 부드럽게 정말 잘 굴러."

"타미아 굴렁쇠야 제 아빠가 만들어 줬으니까 당연한 거여."

"하긴 우린 우리가 직접 만든 거라 비뚤비뚤 굴러."

"그리고 조금 가다가 서 버리재."

두 아이는 굴렁쇠를 한 번도 놓치지 않고 신 나게 굴리고 있는 타미아에게 시선을 모았다.

그러다가 코핀은 무슨 생각이 났는지 눈에서 이채가 번뜩했다.

"아, 좋은 수가 있어!"

"뭐가?"

"야야. 토니, 방법이 있다구."

"그러니까 뭐냐니께."

"인마, 배부르게 하는 방법이지 뭐긴 뭐여."

"쳇, 또 몰래 훔쳐 먹자는 거여? 난 안 혀. 전번에 얼마나 혼났는디……."

"아니여, 아니라구."

"그럼, 개구리 잡아서 먹자는 거여?"

"아니라니까 그러네."

"응? 그럼, 뭐, 뭔디?"

"타미아를 꼬여서 먹을 걸 갖다 달라는 건 어뗘?"

"뭐? 타미아를 꼬인다구?"

"응, 어제저녁에 쟤네 할머니 생일이었잖여?"

"그래, 어제저녁에 고기랑 배 터지게 먹었재."

"키키킥, 그러니까 쟤네 집에 음식이 아직 남아 있을 것 아녀?"

"아, 그렇구나!"

"우히히히, 네가 부를껴? 내가 부를까?"

"나, 난 자신 없으니께 네, 네가 불러."

"짜식, 쫄기는."

"쪼는 게 아녀. 타미아 아빠가 무서워서 그러재."

"인마, 타미아 아빠는 말콤 형이랑 같이 마을을 떠났다는 걸 몰라서 그려?"

"그, 그랬어? 정말이여? 어, 언제?"

"우히히히, 아침에. 내 눈으로 똑똑히 봤지. 넌 늦잠을 잤으니께 몰랐던 거여."

"키키킥, 잘됐다. 아, 뭐 혀? 언능 부르지 않구."

"짜식, 쫄 때는 언제고."

토니를 한 번 째려본 코핀이 악을 쓰듯 소리쳤다.

"타미아—!"

Assassin
Soldier

"왜에—!"

코핀의 부름에 타미아가 굴리던 굴렁쇠를 멈추고 대답했다.

"잠깐 이리 와 볼텨?"

"알았어!"

치리리리리…….

타미아가 굴렁쇠를 굴리며 다가왔다.

"왜 불렀는……. 엄마야!"

덜컥.

둔덕이 진 지점에서 잡아채듯 끌어 올리려던 타미아의 굴렁쇠가 'Y'자형 손잡이를 떠나더니 데굴데굴 굴러갔다.

둔덕진 지형이라 굴렁쇠는 도중에 넘어지지도 않고 계속해서 굴러 방책까지 가서야 부딪쳐 멈췄다.

"에효—! 애들아, 잠시만 기다려."

볼이 빨갛게 익은 얼굴로 한숨을 내쉬던 타미아가 굴렁쇠가 굴러간 곳으로 달음박질쳤다.

그러고는 재빨리 굴렁쇠를 주워 들고 돌아섰다.

그때였다.

찌……르. 찌……르르…….

"응?"

가냘프면서도 또렷한 지저귐이 귓속으로 파고들자, 타미아가 의혹 어린 시선으로 돌아보았다.

그러나 눈에 익은 온갖 잡초와 아름드리 방책에 기생하는 버섯들 외에는 아무것도 보이지 않았다.

소리가 날 만한 것이 있을 리가 없는 방책이었다.

혹시나 싶어 타미아로서는 까마득한 높이인 방책 끝을 올려다보았지만 눈에 들어오는 게 아무것도 없었다.

"이상하네. 잘못 들었나?"

고개를 갸웃한 타미아가 발걸음을 돌리려 할 때, 또다시 '찌르르' 하는 지저귐 소리가 들려왔다.

"어머?"

결코 잘못 들은 소리가 아니었던 것이다.

이번에는 확실히 들었기에 타미아의 시선이 그 즉시 방책 아래로 향했다.

"어머나!"

화들짝 놀란 표정을 지은 타미아가 얼른 쪼그려 앉았다.

머리만 내민 것뿐이었지만, 알록달록한 색채를 지닌 아주 조그만 새가 눈치를 보듯 방책 틈 사이로 눈을 뒤룩뒤룩 굴리고 있지 않은가?

작은 새는 세이버윙으로, 대도 세프가 날려 보냈던 판이었다.

"예뻐라!"

어린 여아답게 찬탄을 터뜨린 타미아가 말을 걸었다.

"안녕."

찌르. 찌르르.

인사에 답을 하는지 아니면 위험한 인물이 아님을 인지한 것인지 판이 조금 크게 지저귀었다.

"이리 올래?"

타미아가 손을 내밀며 다정하게 말을 걸었다.

그러자 판이 힘없이 툭 쓰러졌다.

"앗! 왜, 왜 그래?"

깜짝 놀란 타미아가 얼른 판을 끌어당겼다.

"어?"

조심스럽게 판을 끌어당겼지만 동체만 빠져나왔지 무엇에 걸렸는지 더 이상은 당겨지지가 않았다.

타미아가 자세히 살펴보니 짧은 다리에 매듭이 묶여 있는 것이 보였다.

"어머나, 불쌍해라."

누군가 몹쓸 짓을 했다는 생각이 든 타미아는 매듭을 풀고는 판을 조심스럽게 안았다.

"너······. 죽은 건 아니지?"

찌······르.

대화하듯 묻는 말에 판의 부리에서 매가리가 없는 지저귐이 흘러나왔다.

"옴마나! 너, 내 말 알아듣는 거니?"

찌······르르······.

어린 마음에 신기한 생각이 들어 물으니 판은 알아듣기라도 하듯 꼬박꼬박 지저귐으로 대꾸했다. 그러나 타미아는 대수롭게 여기지 않고 일어섰다.

"가자, 내가 보살펴 줄게."

한데, 마치 죽은 듯 꿈쩍도 않던 판이 날개를 파닥이며 마구 몸부림을 쳐 대는 것이 아닌가?

"어? 왜, 왜 그러니?"

하마터면 손에서 놓칠 뻔했던 타미아는 판의 발버둥이 어리둥절했다.

그러나 기력이 없는지 곧 잠잠해졌다.

대신 뭔가를 알리려는 듯 조그만 머리를 흔들어 대며 지저귐이 잦아졌다.

찌르르. 찌르르르르……

"왜 이러지?"

고개를 갸우뚱한 타미아는 판의 다리에 묶여 있던 매듭을 떠올리고는 예의 방책의 틈으로 시선을 돌렸다.

어린 마음에도 판이 이대로 떠나기를 싫어한다는 것을 눈치챈 것이다.

"애, 혹시 저거 때문이니?"

찌르르. 찌르르르르르……

머릴 연방 끄덕이는 판의 부리에서 조금 전보다 더한 지저귐이 이어졌다.

"그렇구나."

그제야 알았다는 듯 타미아가 매듭을 주웠다.

단순히 매듭인 줄만 알았던 타미아는 무심코 잡아당겼다가 방책의 틈에 낀 주머니를 보고 다시 힘껏 당겼다.

"어머나, 예쁘다."

바이올렛빛의 주머니를 본 타미아는 태어나 처음 보는 예쁜 주머니에 탄성을 질렀다.

"얘, 너도 나처럼 예쁜 걸 보면 가지고 싶어 하는…… 응?"

말을 하던 타미아가 머리까지 떨군 채 기절해 있는 판을 보고는 당황했는지 얼른 품에 안고는 냅다 달리기 시작했다.

"얘, 얘, 정신 차려!"

토도도도도도…….

굴렁쇠마저 내팽개친 채 득달같이 달려가는 타미아에게 코핀의 목소리가 들려왔다.

"야, 타미아! 어딜 가는 겨? 일루 오래니깨!"

"나 급해! 아주 급하다구! 이따 봐!"

코핀을 거들떠도 안 보고 뛰던 타미아는 집에 당도하자마자 문을 거칠게 여닫으며 실내로 들어섰다.

탕!

이어 잽싸게 침실로 가더니 판을 가만히 놓았다.

"얘, 대체 왜 그래? 죽었니? 눈을 떠 보라고."

판은 당혹한 타미아의 다급한 음성에 정신이 조금 들었는지 실눈을 뜨고는 부리를 힘없이 움직였다.

찌르……. 찌르르…….

"헤헤헤, 살아 있었구나?"

판의 반응에 금세 안색이 핀 타미아가 다시 물었다.

"얘, 배가 고파서 그런 거야?"

재차 묻는 타미아의 말에 판이 힘없이 머리를 주억거렸다.

어린아이의 단순한 물음이었지만 기실 판은 한 달 가까이 굶었던 터였다.

그도 그럴 것이 쫓기는 세프의 품에서 음식은커녕 물 한 모금도 제대로 얻어먹지 못한 탓에 지금은 아사 직전인 상태였다.

세프 역시도 다급하게 쫓기는 와중이라 제대로 먹지 못한 것은 마찬가지였지만, 그래도 조금씩 음식을 섭취하긴 했다.

그러나 워낙 총망한 탓에 정작 판에게까지 생각이 미치지 못했던 것이다.

판을 떠나보낼 때도 생사가 간당간당한 탓에 마음이 엉뚱한 곳에 쏠려 있어 판이 쫄쫄 굶었다는 사실을 잊고 있었던 것이다.

제아무리 영물이라 할지라도 오랫동안 섭식을 하지 않고서야 어찌 살 수 있을까?

여태껏 견딘 것 자체가 기적일 따름이었다.

그렇게 보면 타미아의 말은 메마른 땅에 단비요 캄캄한 어둠 속의 한 줄기 빛이었다.

"어떻게 알았냐고? 그걸 왜 몰라? 나도 배가 고프면 힘이 하나도 없으니까 그렇지. 조금만 기다려."

저 혼자서 재잘대듯 묻고 대답하던 타미아가 잽싸게 침실을 나갔다.

다섯 살배기 여아의 단순한 생각이 판을 살리는 순간이었다.

기실은 세프가 판이 배를 곯고 있다는 생각을 하지 못한 것도 문제였지만, 판에게도 심각한 문제(?)가 있긴 했다.

어쩌면 그 문제가 굶게 된 사연에 결정적인 역할을 했는지도 몰랐다.

어쨌든 잠시 후, 타미아가 판에게 종지에 수프를 떠 와 내밀자, 실눈을 뜨던 판이 머리를 젓고는 눈을 감아 버렸다.

"엉? 왜 안 먹어? 배고프지 않아?"

도리도리.

타미아가 묻는 말에 판이 힘없이 머리를 저었다.

"근데 왜……?"

찌르르…….

"아하, 고기를 달라고? 알았어, 우리 집에 고기가 무진장 많으니까 당장 가져올게."

타미아의 단순한 생각이 또 한 번 빛을 발해 판의 절박한 마음과 제대로 맞아떨어졌다.

기실 세이버윙인 판은 채식주의가 아니라 육식에 가까운 잡식동물이었던 것이다.

당연히 멀건 수프를 먹을 리가 없었다.

"헤헤헤, 여기 고기 가져왔어."

타미아가 가져온 접시에는 제법 큰 덩어리의 고기가 놓여 있었다.

물론 판이 먹기에 충분하다는 것이지 타미아가 먹으면 간에 기별조차 가지 않을, 판의 몸집만 한 것이었다.

"배가 많이 고플까 봐 엄청나게 많이 가져왔어. 나, 잘했지?"

파닥.

타미아가 고깃덩이를 내려놓자마자, 발딱 일어선 판이 긴 부리로 덥석 집더니 한입에 삼켜 버렸다.

그러고는 '벌러덩!' 자빠지더니 조금 전처럼 눈을 감아 버렸다.

"잉? 또 왜 그래?"

찌르르. 찌르르르.

이제 조금 살 만했는지 지저귐이 또렷해지고 커졌다.

"모, 모자라?"

끄덕끄덕.

신통방통하게도 타미아의 말을 알아듣는지 고개를 연방 주억거리는 판이다.

하지만 타미아는 그걸 당연하게 받아들이는지 의혹도 의

아심도 전혀 내비치는 기색이 없다.

아직은 순진한 아이라 의심이란 단어 자체를 모르기도 했지만, 지금은 판을 살리는 데만 온 정신을 쏟고 있기에 다른 생각을 할 겨를이 없었다.

"그럼 더 가져올게."

재차 쪼르르 달려 나간 타미아가 이번에는 자신이 먹어도 배부를 만큼의 고깃덩이를 가져왔다.

다시 발딱 몸을 일으킨 판이 긴 부리로 고기를 삭둑삭둑 썰더니 눈 깜짝할 사이에 먹어 치워 버리고는 또다시 벌러덩 누워 버리는 것이 아닌가?

"어? 또야?"

끄덕끄덕.

천연덕스럽게 고개를 주억거린 판이 더 애기를 섞고 싶지 않은지 눈을 아예 감아 버렸다.

"알았어. 또 가져올게. 근데 너, 먹보였구나?"

타미아는 조그만 체구의 판이 몸집의 열 배가 넘는 고기를 먹어 치운 것에는 관심이 없었다. 그냥 판이 배가 고픈 것에만 신경이 쓰여 또다시 고기를 가지러 나갔다.

곧이어 낑낑거리며 아예 멧돼지 다리 하나를 통째로 가져오는 타미아다.

"우히히히, 이 정도면 배가 안 고플 거야."

털썩! 찌르르. 찌르르르르르······.

맷돼지 다리를 본 판이 호들갑을 떨며 대뜸 올라타더니 정신없이 먹어 대기 시작했다.

"에그, 대체 얼마나 굶은 거니?"

그야말로 게걸스럽게 먹어 대는 판을 쳐다보던 타미아가 종알거렸다.

"그러게 왜 엄마와 떨어져서 고생을 해? 나처럼 말을 잘 들어야지. 너, 나쁜 아이구나?"

타미아의 잔소리가 시작됐지만 판은 먹는 데만 열중해 벌써 반을 해치우고 있었다.

일반 새처럼 쪼아서 먹는 것이 아니라 부리를 칼처럼 사용해 썽둥썽둥 잘라 한입에 털어 넣고 있었다.

실로 기이하게도 먹는 것이 어디로 가는지 판의 배는 불러오지도 않았고, 동작 또한 둔해지지 않았다.

하지만 그런 것에 아무런 의심도 없는 타미아는 옆에서 턱을 괴고는 재미있다는 듯 쳐다보고 있었다.

잠시 후, 고기를 게 눈 감추듯 먹어 치운 판이 '커억!' 하고 트림을 하고는 생기가 도는지 날개를 파닥였다.

"이제 배 안 고파?"

찌르르. 찌르르르……

한바탕 신 나게 지저귄 판이 옆에 두었던 주머니를 입에 물고는 타미아의 어깨에 내려앉았다.

이어 타미아의 볼을 마구 비벼대며 나름대로의 고마움을

표시했다.

"호호, 간지러워."

찌르르. 찌르르. 찌르르.

훌쩍 난 판이 타미아의 머리를 빙글빙글 맴돌다가 딱 멈췄다.

엥엥엥엥엥엥…….

날개는 보이지 않고 날갯짓 소리만 요란하게 울리는 판이 타미아와 눈높이를 같이했다.

"호호호, 신기해. 거기서 딱 멈췄네."

필요 이상으로 많이 먹어 대는 것에는 관심이 없던 타미아가 판이 허공에 정지하듯 멈추자, 신기한 듯 바라보았다.

이는 본시 세이버윙이 새 중에서 유일하게 허공에서 정지비행이 가능한 것을 몰랐기 때문이었다.

"그 예쁜 주머니 네 꺼니?"

끄덕끄덕.

타미아의 물음에 머리를 주억거리던 판이 주머니를 떨어뜨렸다.

톡.

"어머? 나 가지라고?"

찌르. 찌르. 찌르.

머리를 연방 끄덕이던 판이 다시 날아오르더니 타미아의 머리 위에 내려앉았다.

"호호호, 고마워."

주머니를 받아 든 타미아가 막 매듭을 풀려고 할 때 밖에서 부르는 소리가 들려왔다.

"타미아—!"

"쳇, 코핀이잖아? 아까부터 왜 날 부르……. 아참, 내 굴렁쇠!"

그제야 내팽개쳐 놓고 온 굴렁쇠를 떠올린 타미아가 주머니의 매듭을 다시 묶었다.

이어서 실내를 두리번거리더니 한쪽 구석에 삐딱하게 누워 있는 장난감 목마를 발견하고는 재빨리 가져왔다.

그것의 크기는 타미아의 머리통만 했다.

"트로이 목마에다 넣어 두고 이따가 혼자 봐야지."

트로이 목마란 이름은 아빠인 루카가 지어 준 것이었다.

딸깍.

타미아가 고리를 풀자 목마의 배가 열렸다.

주머니를 목마의 배 속에 넣으려던 타미아가 판을 불렀다.

"얘, 너도 여기 들어가 있을래?"

찌르르.

실내를 비행하던 판이 날아들더니 목마의 배 속으로 쏙 들어갔다.

"헤헤헤, 피곤할 텐데 한숨 자고 있어. 내가 나중에 깨워 줄게."

고리를 잘 잠근 타미아는 목마를 한쪽 구석의 선반에 올려 놓고는 실내를 빠져나갔다.

한데 타미아의 모습이 막 실내에서 사라질 때다.

갑자기 선반에 올려 둔 트로이 목마에서 '징징징' 하는 울림이 일더니 이내 바닥으로 툭 떨어졌다.

그러고도 울림은 그치지 않고 계속됐다.

스밀로돈(검치호)

"루카 성님, 여기서부턴 마신이 사는 지역이라고 알려진 곳이여유."

말콤의 말에 의아한 표정을 띠던 루카가 곧바로 되물었다.

"헐, 마신이라니?"

"뭐, 마신을 봤다고 한 사람은 아무도 없쥬. 하지만유 이곳으로 들어갔다가 살아 나온 사람이 아무도 없어서 그렇게 불러유."

"흠, 그래?"

"저 앞에 희뿌옇게 뭉쳐 있는 연기 같은 것이 바로 독장이쥬."

"……?"

루카는 의문의 기색을 띤 눈빛으로 그나마 약간 트여 있는 공간을 통해 전방을 살펴보았다.

말콤의 말대로 전방은 엷은 운무가 흩어지지 않고 뭉쳐 온통 휩싸고 있는 것이 보였다.

'독장이라면 장독瘴毒을 말하는 거로군.'

루카는 운무가 장독이 뿜어낸 독기라는 것을 알아챘다.

장독이란 독초에서 뿜어진 독연으로, 축축하고 더운 땅에서 생기는 독한 기운을 말한다.

억겁의 세월을 지나오면서 층층이 쌓인 낙엽이 썩다 못해 뜨거운 열기에 발효되어 자연스럽게 생성된 독이었다.

정글은 당연히 열기가 많은 지역이었고, 독장이 만연한 곳에는 생명의 기운을 찾아볼 수 없음도 당연했다.

있다면 독을 먹이로 삼고 살아가는 독물들뿐이다.

루카의 뇌리로 얼핏 지난 생의 아마존이나 베트남의 정글 지대가 떠올랐다.

물론 독장 지역이라고 해서 당장 감염되는 것은 아니다.

단지 오래 머물다 보면 폐에 치명적인 손상을 가져와 목숨을 잃게 되는 경우다.

독장 지역은 독이란 독이 모두 합쳐진 상태라 해독약이 있을 리 없어 중독되면 죽음은 필연적이었다.

이를 잘 알고 있는 루카가 눈살을 찌푸리며 물었다.

"저길 꼭 지나가야만 하는가?"

"그럴 리가유. 죽음의 지대라 테오도 비켜 갔을 거예유."

착! 착! 차악!

정글도를 몇 번 휘두르던 말콤이 이내 손바닥같이 생긴 잎사귀를 따 왔다.

"성님, 손가락으로 짓눌러 진액을 코와 입술에 바르셔유."

"장독에 해독초가 있었던가?"

"장독에 특별한 해독제란 없쥬. 단지 잠시 견딜 수 있게 해 주는 역할만 할 뿐이에유."

"알았네."

장독에 특별한 해독제가 없다는 것을 알고 있는 루카였기에 말콤이 권하는 이파리가 임시방편임을 알았다.

밀림에서 살아가는 사람들은 곤란한 상황을 해결하는 그들 특유의 방비책과 대비책이 있기 마련이다. 이 역시 그런 방편의 하나라 여긴 루카는 군말 없이 진액을 내어 코와 입술에 발랐다.

몸의 냄새를 숨기기 위해 온몸에 풍초의 진액을 바른 이후 두 번째다.

"지금부터는 길이 엄서서 맹글어 가야 허니께 조심혀유."

"여긴 한 번도 온 적이 없는가?"

"주워 먹을 것도 없는 곳에 뭐하러 온대유? 더구나 마신이 웅크리고 있다는 불길한 지역인디……."

"하긴……."

"근동에서 제법 심깨나 쓴다고 허는 사람들이 호기심이나 경쟁심 때문에 들어갔었지만 단 한 사람도 돌아온 적이 없다고 해유. 그래서 언젠가부터 자연히 금지 구역으로 정해졌쥬. 뭐, 무척 오래된 얘기지만서두유."

"흠."

'장독 때문인가?'

그럴 수도 있지만 아닐 수도 있었다.

장독이 만연해 있는 지역임을 모르고 들어가지는 않았을 터이고 보면 아마도 마신 때문일 것 같았다.

밀림에서 살아가는 사람들은 태생적으로 하나같이 전사나 다름없는 강인한 정신과 체력을 지니고 있다. 태어나면서부터 야수들과 싸워야 하는 그들로서는 신체가 강인해야 했고 정신적으로는 그 어떤 야수에게도 굴하지 않는 용맹성을 지녀야 했다.

그런 그들이 금기시하고 있는 지역이라면 꼭 마신이 아니더라도 뭔가 특별한 이유가 있을 것이다.

살짝 호기심이 동했지만 지금은 그럴 계제가 아니었다.

"표식은 봤는가?"

"조금 더 나가 봐야 알 것슈. 하지만 여기서부터는 테오도 저도 모르는 길이라 표식을 해 놨을 거유."

"그럼 어서 가세."

"대거를 손에 드는 것이 좋을 건디유."

"그러지."

대답을 해 놓고도 허리에 꽂힌 대거를 뽑지 않는 루카의 모습에 말콤이 다시 한 번 재촉했다.

"성님, 지금부터는 굉장히 위험한 지역이구먼유. 어서 대거를 뽑아 위험에 대비하셔유."

"내가 알아서 할 테니 걱정하지 말고 자넨 길 안내나 잘하시게."

"참말루 괜찮겠슈?"

끄덕끄덕.

대답 대신 고개만 까닥이는 루카를 본 말콤이 고개를 갸우뚱하더니 마뜩지 않은 눈빛을 하고는 돌아섰다.

'당최 뭔 심산지 모르것구먼.'

내심으로 불만이 없지 않은 말콤은 루카가 아직 된맛을 보지 않아서 그런다고 여겼다.

그도 그럴 것이 새벽 댓바람부터 나서는 그를 보고 난데없이 따라가겠다고 해서 동행해 온 처지다 보니 은근히 짐이 되고 있는 실정이었다.

말콤은 3일 전 새벽의 일이 떠올랐다.

말콤이 테오를 찾아 나선다는 소리에 일찍부터 나와 기다린 사람은 테오의 아버지인 카투였다.

"말콤, 정말 고맙다. 조심혀."

"아저씨, 너무 염려 마셔유. 테오는 지가 더 잘 아니께 하는 말인디유, 반드시 무사할 것이구먼유."

"그려그려, 그래도 혹여 녀석이 죽어 뿌렀으면 뼈다구만 찾아와도 괜않으니께 쎄게 댕겨 와야 헌다."

"쯧쯔쯔……. 카투, 거 재수 없는 소리 좀 하지 말게나."

"이 사람아, 테오 땜에 말콤까지 위험에 빠뜨릴 수는 없잖여."

"그려두 그렇재. 정글로 들어가는 애한테 그런 소리 하는 것 아녀. 될 일도 안 되겠코롬 말이여."

"그려, 미안허구먼."

그렇게 아버지와 카투 아저씨가 말콤 자신을 걱정하는 사이 어느새 나타난 루카 형이 밀림으로 향하고 있었던 것이다.

"어? 서, 성님, 지금 어딜 가시는 거여유?"

"테오 찾으러."

"……?"

말릴 사이도 없이 그 한마디만 던져 놓고 막무가내로 밀림에 진입하는 루카를 말릴 수 없어 기어이 동행이 되고 말았다.

뒤늦게 만류해 보려 했지만 아무리 말린다고 해도 들을 기색이 아니어서 그만 포기하고 말았다.

혼자 행동하기보다는 동행하는 것이 나쁜 것은 아니었지만 말콤의 걱정은 다른 데 있었다. 그건 루카가 밀림에 대해

아는 것이 많지 않다는 점이었다.

루카가 아무리 탄탄한 몸매에 건장한 체격이라고 해도 델라 마을에서 생활한 지 기껏해야 5년이었다. 자연 밀림의 경험이 일천할 수밖에 없다 보니 도움을 받기보다는 오히려 거추장스러운 혹밖에 되지 않았던 것이다.

그나마 이곳까지 오는 동안 딱히 위험스러운 일이 없었다고 해도 밤에 교대로 불침번을 서 준 것과 쉬 지치지 않고 잘 따라와 준 것만으로도 고마운 일이었다.

정글도로 수풀을 헤쳐 나가는 것은 당연히 말콤의 몫이었다. 테오와 자신만이 아는 표식 때문에라도 루카에게 맡길 수는 없었다.

이곳까지도 무작정 온 것이 아니라 테오가 남긴 표식을 따라온 것이었다.

'쯧, 맹수라도 나타나면 그때는 뽑아 들겠지.'

지난 3일 동안은 익숙한 길이라 흉폭한 야수들을 피해 다녔기에 망정이지 만약 사자 따위의 흉맹한 야수라도 나타났다면 기절은 하지 않았어도 기함하다 못해 혼이 반쯤은 나갔을 것이다.

하지만 말콤은 꿈에도 생각지 못하고 있었다. 루카가 주변의 동정에 얼마나 촉각을 곤두세우고 있는지를 말이다.

물론 여태껏 아무런 일이 없었던 덕에 별다른 행동은 취하지 않았다.

그것만으로도 밀림에서 살아가는 사람들의 생존력이 얼마나 대단한지를 알 수 있었다.

어쨌든 루카에게 신경을 끊은 말콤이 정글도를 휘두르며 앞으로 전진해 나가기 시작했다.

촤락! 촤라락! 촤락!

정글도로 수풀을 헤쳐 나가는 건 상당히 고된 일이다. 여릿여릿한 풀이 아닌 억새보다도 더 억센 넝쿨들을 쳐 내는 일이라 웬만한 힘이 없으면 금세 지치고 만다.

말콤도 다르지 않아 팔뚝 하박부의 장무, 단무지신근이 연방 불뚝거리며 골이 깊이 파이고, 그 사이로 땀이 내를 이루며 흘러내리고 있었다.

민소매의 상의는 땀에 절어 소금기가 하얗게 말라 있었다.

조용히 말콤의 뒤를 따르던 루카는 정글이 점점 어둑해지고 있음을 알 수 있었다.

어둠이 깔리듯 우거진 정글은 너무도 조용했다.

그 어떤 움직임도 없었고 새들의 울음소리조차도 들리지 않는 적막만이 감돌고 있다.

촥! 촤악!

앞장서 정글도로 풀숲을 헤치며 나아가고 있는 말콤의 동작만이 정적을 깰 뿐이다.

구릿빛으로 번들거리는 말콤의 팔이 움직일 때마다 굵직한 덩굴들이 가차 없이 베여 나갔다.

이어 끈적끈적한 체액들이 고무줄처럼 늘어나면서 동강 나는 허리를 끝까지 붙잡고 늘어지는 현상이 생겨났다.

이를 바라보던 루카의 이마에 골이 지는 것은 지독한 화학 약품 같은 시큼한 냄새가 맡아졌기 때문이다.

'점작초!'

루카는 자신도 모르게 심장이 '쿨렁!' 하고 크게 뛰는 것을 느꼈다.

'엄청나군.'

굵직한 줄기가 얼핏 덩굴나무처럼 보이지만, 이름에서 느껴지는 것처럼 정글도로도 쉽게 끊어지지 않는 강한 점액질의 넝쿨 잡초다. 더불어 강력한 독을 품고 있는 독초이기도 하다.

정글에 지천으로 널려 있는 독초 중 하나라 익히 보아 왔고 간간이 맡아 왔던 냄새이긴 했지만, 이토록 큰 넝쿨은 처음인 루카다.

고로 그만큼 밀림 깊숙이 들어왔다는 증거다.

밀림에 들어선 지 벌써 사흘째였으니 그럴 법도 했다.

하늘을 완전히 가린 정글은 점점 가공스러워지고 있었다.

독장 탓인지 도처에 해골 같은 관목들이 빽빽이 들어서 있었고, 가지에는 독가시가 삐죽삐죽 돋아나 있었다.

살찐 구렁이 같은 뿌리들이 사방으로 뻗어 발목을 잡았고, 거미줄처럼 쳐진 덩굴들로 인해 한 발자국 떼는 것조차 쉽지 않은 환경이었다.

거기에 나머지 공간은 사람 허리만큼 자란 잡초가 차지하고 있어 더더욱 전진이 어려워지고 있었다.

사각. 사가각.

칼날처럼 뻣뻣한 잎이 전신을 훑는 데다 독까지 함유되어 있으니 여간 신경이 쓰이지 않았다.

'최악이로군.'

날씨가 얼마나 후덥지근한지 비라도 한바탕 내렸으면 싶었다.

찌는 듯한 더위로 줄줄 흐르는 땀에 옷이 흥건하게 젖었다가 널빤지처럼 바짝 마르기를 반복해 소금기 자국이 뚜렷했다.

전생에 특임대의 정예 중에서도 정예였고 지난 5년 동안의 경험도 적지 않은 루카였지만, 죽 끓듯 변화무쌍한 정글의 변덕에는 적응이 쉽지 않았다.

지옥의 정글이 따로 없음에도 말콤은 여전히 정글도를 휘두르느라고 여념이 없었다.

말콤의 고행자 같은 참을성과 끈질김에 루카도 은근히 감탄하고 있는 중이었다.

'한창 때의 군인이라서 그런가? 대단하구나.'

이제 갓 스물을 넘긴 나이라지만 3일 동안 계속해서 정글도를 휘두르면서도 한 번도 불만을 내색하지 않는 말콤의 체력은 결코 무시할 것이 아니었다.

격렬한 격투의 흔적이 없다는 점은 테오가 자신들처럼 무난하게 정글을 지났다는 뜻이었다.

한데 마신이 산다는 전인미답의 지역을 빙 둘러가는 느낌이 든다 싶더니, 주변이 조금씩 시끄러워지고 있다는 것이 루카의 기감에 감지됐다.

멈칫.

말콤도 이를 느꼈는지 별안간 휘두르던 정글도를 멈추더니 자세를 낮췄다.

루카도 몸을 숙이며 살짝 긴장한 채 전면을 주시할 때, 말콤의 나지막한 음성이 들려왔다.

"주변의 공기가 이상한디요?"

"응?"

정글인 특유의 본능으로 뭔가를 느낀 말콤의 말에 루카는 어리둥절한 표정만 지었다.

"너무 조용해유."

"......?"

고개를 갸웃하는 말콤의 말에 루카가 귀를 기울여 주변의 동정을 살필 때다.

스슥! 스스슥!

뭔가 바쁘게 움직이려는 소리가 뚜렷하게 들려왔다.

이어서 화들짝 놀란 새들이 푸드득거리며 나는 모습도 보였다.

"이런! 동물들이 무언가에 놀란 모양이여유. 새소리가 급박하게 나는 것도 그렇구요."

"......?"

말콤의 긴장된 말에 루카가 의문의 기색을 띨 때다.

콰아앙! 콰러러렁!

갑자기 전면에서 귀를 먹먹하게 만드는 엄청난 포효가 터져 나왔다.

포효가 시발점이었던가?

후두두. 후두두두······.

엄청난 포스를 머금은 포효에 정글이 때아닌 폭풍을 만난 듯 지축이 울리는 소음이 들려오고 온갖 짐승들의 소리로 요란해졌다.

끼오! 끼오! 끼익! 끽!

"젠장 할! 이쪽으로!"

크게 당황했는지 말콤의 안색이 확 변하더니 재빨리 아름드리 고목에 바짝 붙었다.

"성님, 빨리 저 나무에 바짝 붙어유!"

"뭐, 뭔가?"

"스, 스밀로돈smilodon(검치호)이여유."

커다란 고목에 몸을 바짝 붙인 루카가 묻는 말에 말콤이 두려움에 찬 음성으로 이상한 이름을 댔다.

"스밀로돈?"

루카는 처음 듣는 이름에 곤혹스러운 표정을 지었다.

하지만 말콤이 대번에 공포에 찌드는 것으로 보아 엄청난 무게를 느끼게 하는 존재라는 걸 알 수 있었다.

"야, 무시무시한 맹수니깨 숨소리도 내지 말아……. 헉! 맹수들이 스밀로돈에게 쫓겨 우리 쪽으로 오고 있슈."

밀림인의 유전자를 지닌 말콤은 본능적으로 위기가 닥치고 있음을 감지해 냈다.

본능은 오감과는 달리 표징이 없어도 심적으로 체감하는 감각인데, 루카에게는 그런 것이 없었다. 그것이 정글에서 오롯이 말콤에게 의지해야만 하는 이유다.

정글에서의 루카는 걸음마도 떼지 않은 초보였던 것이다.

말콤의 본능을 추호도 의심하지 않은 루카가 나무 위를 가리켰다.

"그럼 나무 위로 올라가면 안전하지 않은가?"

"거긴 더 위험해유."

"아니, 왜?"

"두고 보면 알아유. 쉿!"

말콤이 검지를 입술에 갖다 댈 때였다.

쿠두두. 쿠두두두두…….

말콤의 본능이 감지한 위기를 확인시키기라도 하듯 느닷없이 지축이 울리는 커다란 소리가 들려왔다.

우직! 우지직!

짐승들이 정신없이 달아나느라 온갖 잡목들이 부러지는 소리로 주변이 요란해지더니 급기야 두 사람의 곁을 스치는 생명체들이 눈에 띄기 시작했다.

'엉?'

루카의 눈이 화등잔만 해졌다.

이유는 얼핏 눈에 띈 것이 까만 곰과 황적색의 표범이었기 때문이다.

'뭐야? 곰과 표범이 달아나?'

먹이사슬의 상층부를 장식하는 짐승들이 정신없이 내달리는 모습에 루카의 표정이 굳어졌다.

그뿐이 아니었다. 똥줄이 타게 달아나는 곰과 표범의 곁으로 치타, 자칼, 들개뿐만 아니라 심지어 초원에서만 산다는 하이에나까지 보이고 있었다.

짐승들은 패닉 상태에 들었는지 달아나는 이 순간만큼은 먹이사슬마저 배제한 채 서로를 거들떠도 보지 않고 내달리고 있었다.

끼악! 끼악! 끼아악! 우수수수수…….

'응?'

난데없이 이파리들이 떨어지는 것에 루카의 시선이 위로 향하자, 무리를 지은 원숭이들이 난리가 난 듯 떠들어 대며 곡예를 하듯 나뭇가지를 타고 달아나는 모습이 들어왔다.

이어서 '텅!' '터텅!' 하고 심한 타격을 받은 고목이 뒤흔들리더니 엄청난 덩치의 유인원들이 원숭이들의 뒤를 따랐다.

'허어, 고릴라와 오랑우탄까지?'

인간의 눈에 쉽게 띄지 않는 고릴라와 오랑우탄 떼였는데, 루카가 막연히 연상하던 체구보다 훨씬 컸고 몸놀림도 무지하게 빨랐다.

고릴라 정도면 맹수나 다름없음에도 눈이 벌겋게 충혈될 정도로 공포를 느꼈는지 정신없이 달아나고 있었다.

루카는 그제야 나무 위가 더 위험하다는 말콤의 말을 이해했다.

새까맣게 달라붙듯 무지막지하게 도망가는 놈들에 의해 피할 공간이 없었던 것이다.

크릉! 크르릉!

'어? 이 소리는……?'

평소에 익히 들어 보던 우렁우렁한 포효에 루카의 시선이 확 돌았다.

하지만 포효만 들어 보았지 그 주인공들은 단 한 번도 본 적이 없었다.

'헛! 사, 사자까지?'

놀랍게도 밀림의 왕이라 불리는 사자들 역시 무리를 지어 두 사람의 옆을 스쳐 가는 것이 아닌가?

사자라도 루카가 전생에서 보던 사자와는 비할 수 없는 엄청난 덩치였다.

밀림의 왕이라 불리는 녀석들임에도 불구하고 안간힘을 다해 뒤따르는 어린 새끼들마저 돌보지 않은 채 내달리는 데만 열중하고 있었다. 스밀로돈에게 백수의 왕이라는 사자도 지독한 공포를 느낀 탓이리라.

아무튼 주변의 밀림은 사나운 파도로 변해 버린 온갖 짐승들에 의해 마구잡이로 휩쓸리고 있었다.

"풋! 성님, 놀랄 것 없슈. 스밀로돈에게는 메머드만 예왼 걸유."

표정이 석고상처럼 굳어지는 루카를 본 말콤이 공포의 와중에도 바람 빠지는 소리를 내며 말했다.

"뭐? 메, 메머드도 있는가?"

"야, 메머드가 흔하게 볼 수 있는 야수는 아니지만, 엄청나게 크고 사납지유."

'헐, 메머드라니!'

메머드는 흔히 맘모스라 불리는 현대 코끼리의 조상이다.

한데 전생에서는 빙하기 때 멸종된 것이 이곳은 아직 버젓이 존재하고 있다는 말이었다. 화석으로나마 얼핏 봤던 것을 실제로 보고 싶은 생각이 절로 드는 루카다.

하지만 맹수들이 극도의 공포로 인해 쫓기고 있는 마당이라 한가한 생각은 금세 사라졌다.

"스밀로돈이 얼마나 큰지 아는가?"

"본 적이 없으니깨 알 턱이 없쥬."

머리를 젓던 말콤이 말을 이었다.

"하지만 전해 듣기로는 엄청난 크기라고 하던디유. 아매 두 황소의 배는 될 것이구먼유."

'하긴 메머드만이 상대할 수 있다고 하니 짐작은 된다 만……'

사실 메머드를 본 적이 없으니 짐작은 그저 짐작일 뿐이다. 그렇지만 확실하지도 않고 막연하기까지 한 정보라도 많을수록 좋았다.

"스밀로돈의 가죽은 어때?"

"그거라면……. 촌장님 댁에 있다고 하던디유?"

"우리 집에?"

처음 듣는 이야기였다.

"야, 울 아버지가 그러던디 거 뭐시냐……. 정문과 뒷문 처마에 달아 놓은 손바닥만 한 게 바로 스밀로돈의 것이라고 하데유."

말콤의 말을 듣고 보니 루카도 생각나는 것이 있었는지 고개를 끄덕였다. 마치 절간의 풍경처럼 매달려 바람에 흔들리던 가죽 조각이 뇌리에 떠오른 것이다.

쓸데없이 그걸 달아 놓은 이유가 뭔지 의문인 루카였지만, 물어볼 가치가 없어 지나친 터였다.

말콤의 말이 사실이라면 언제인지는 모르지만 스밀로돈을

잡은 적이 있다는 얘기다.

"스밀로돈은 야수들의 제왕이라 근처에 가죽만 달아 놔도 맹수들이 접근을 못한다고 하데유. 그래서 문에 달아 놓은 거구만유."

"......?"

여전히 의문의 표정을 짓는 루카에게 말콤의 말이 이어졌다.

"아매두 100년은 족히 되았을 거라고 하데유."

"그래?"

고개를 갸웃한 루카는 가죽의 상태가 아직도 원형을 유지하고 있음을 기억해 냈다.

100년 동안 굳거나 비틀리지 않았다면 대단한 성능을 지닌 가죽이 아닐 수 없었다.

그만큼 가죽이 질기다는 의미다.

'흠, 치우비蚩尤ヒ를 꺼내야 하나?'

치우비란 한 쌍의 핏빛 대거로, 루카가 즐겨 사용하는 비수ヒ首였다.

과거 한때, 임무를 완수한 공로로 제국의 황제가 하사한 물품 중 하나다.

단지 명칭만 루카 마음대로 지었을 뿐이었고, 주는 대로 받다 보니 애초 재질이 뭔지도 몰랐다.

외양으로는 특이한 점이 없는 평범한 대거였지만, 검신이 피를 연상케 할 정도로 짙은 붉은색이라 붉은 악마를 상징하는 치우비라고 명명한 것이다.

아무튼 루카가 내심으로 중얼거릴 때다.

별안간 '캐앵!' 하는 단말마의 비명이 들리더니 이내 '퍽!' 하고 루카와 말콤이 있는 곳으로 덩치 하나가 날아왔다. 이윽고 그놈은 고목에 처박히자마자 바닥에 떨어졌다.

'헛! 재, 재규어!'

루카는 옆구리에 호박 구덩이만 한 살점이 뭉텅 떨어져 나간 것도 모자라 갈비뼈까지 아작 난 채 즉사한 짐승이 맹수 중의 맹수인 재규어라는 것을 알아챘다.

가끔 어슬렁거리며 돌아다니는 것을 본 적이 있어 금세 알아본 것이다.

상처의 흔적으로 보아 단 한 방에 나가떨어진 느낌이었다.

찢겨진 내장까지 튀어나온 사체였는데, 그제야 피비린내를 물씬 풍기는 피가 바닥을 흥건히 적시고 있었다.

'헐! 재규어 같은 맹수를 단 한 방에 즉사시키다니!'

"비, 빌어먹을! 하필이면……."

"왜?"

정글로 들어온 이후 처음으로 말콤의 안색이 백지장처럼 변했고 몸도 경직됐다.

"노, 놈의 먹잇감이 바로 앞에 떨어졌잖아유."

"그, 그렇군."

말콤의 말대로 놈의 먹이가 바로 코앞에 떨어져 있으니 위험이 시시각각으로 다가오는 것은 틀림없는 일이었다.

"이젠 피하기도 글렀슈. 지금 움직이면 우리 냄새를 알아차리고 대뜸 공격할 거구먼유."

그렇게 말하고는 잠시 암담한 표정을 짓던 말콤이 정글도를 고쳐 잡으며 이를 앙다물었다.

그러나 루카의 눈에는 정글도를 잡은 손이 떨리고 다리가 후들거리는 것이 보였다.

더구나 죽음을 코앞에 둔 사람처럼 말콤의 표정은 비장하기까지 했다.

말콤의 말은 일리가 있었다.

지금처럼 은신하고 있을 때는 주변에 만연해 있는 노린내로 인해 표가 나지 않았지만, 조금이라도 움직이게 된다면 노린내와는 전혀 다른 인간의 냄새는 금세 후각에 잡힐 것이다.

아무튼 스밀로돈의 등장은 밀림의 전사마저 단숨에 전의를 상실케 할 정도로 극도의 공포 분위기를 조성했다.

바짝 얼어 있는 말콤을 쳐다보던 루카가 품에서 윤기가 번지르르한 검은 장갑을 꺼내더니 재빨리 손에 꼈다.

장갑은 끼자마자 한 치의 틈도 없이 손에 착 감기듯 달라붙었다.

'묵린갑을 오랜만에 껴 보는군.'

5년 전 어느 날을 마지막으로 벗어 두었던 장갑의 촉감이었지만 그리 생경하지는 않았다.

정글로 들어오면서 나름 준비하느라 서너 가지의 아이템과 함께 챙겨 온 묵린갑이었다.

묵린갑 역시 치우비처럼 제국의 황제가 내려 준 하사품이었다.

눈에 띄게 흔들리는 말콤의 상태를 확인한 루카의 눈이 좁아지면서 날카롭게 빛났다. 언제나 그렇듯 자신이 서 있는 주변 환경을 습관처럼 살펴 둔 뒤였다. 이는 야마카시를 하는 트라세들의 기본자세인 것이다. 게다가 위험이 상존하고 있는 정글이라 긴장의 도는 더했다.

그래서인지 긴장의 끝에 걸리는 살기가 더더욱 짙어지는 기분은 머리카락이 쭈뼛 설 만큼 공포스러웠다.

아울러 계속해서 밀려드는 지독한 피어의 기세에 절로 정신이 까마득하게 멀어지는 기분이었다.

루카는 퍼뜩 정신을 수습해 버릇이 되어 버린 날숨과 들숨으로 마음을 가다듬며 발꿈치를 슬며시 고목의 밑동에 갖다 댔다.

'놈이 아직 우리 냄새는 맡지 못했을 것이니 속전속결만이 살길이다.'

주변은 온갖 야수들의 노린내로 진동하고 있는 상태라 달랑 두 사람뿐인 인간 냄새는 묻혔을 것이 자명했다. 또한 놈은 먹이 사냥에 골몰하고 있는 상황이었으니 기습을 하기에는 더할 나위 없이 좋은 기회다.

쿠아앙-!

갑자기 엄청난 포효와 함께 심장을 멎게 하는 피어가 온몸을 짓누르듯 조여 왔다.

수십 배의 공포 때문에 마치 대기의 밀도가 짙어진 느낌이었다.

고목의 밑동을 딛고 있는 루카의 발에 힘이 잔뜩 실린 것도 그때다.

후두두둑!

토악질 나는 노린내가 먼저 맡아지고 뒤이어 무언가 쾌속하게 달려오는 느낌과 동시에 '콰드득!' 소리를 내며 아름드리나무들이 쓰러져 고목의 우듬지 부분이 루카와 말콤의 앞까지 닿았다.

곧이어 코를 감싸 쥐게 하는 노린내가 확 풍기면서 거대한 그림자가 비쳤다.

밀림에서도 구전으로만 회자되던 스밀로돈이 마침내 그 모습을 드러낸 것이다.

쓰러진 재규어 앞에 스밀로돈의 앞발이 착지하려는 찰나, 루카의 신형이 쏜살같이 튀어 올랐다.

스밀로돈의 모습을 눈여겨볼 틈도 없어 순전히 감각에 의존한 시간 차 움직임이었다.

넋이 나간 말콤이 굳은 몸으로 입만 쩍 벌릴 때, 루카의 명상으로 단련된 눈은 스치듯 착지하는 스밀로돈의 까만 꼬리를 놓치지 않았고 이어 손이 그것을 꽉 거머쥐었다.

'무지하게 딱딱하군.'

묵린갑으로 전해지는 꼬리의 감촉은 마치 강철봉을 쥔 것 같은 느낌이었다.

하지만 절묘하게도 단번에 꼬리의 끝을 움켜쥔 루카는 엄청난 덩치임을 감안해 잡자마자 비틀 듯이 있는 힘껏 잡아당겼다. 스밀로돈의 중심을 흩트리려면 놈의 무게를 제어할 만큼의 힘이 가해져야 하기 때문이었다.

휘청.

압도적인 무게감에 루카의 신형이 오히려 스밀로돈 쪽으로 쏠렸다.

쿠웡!

느닷없이 꼬리를 잡힌 스밀로돈은 기습이 의외였던지 포효부터 내질렀다.

그러나 허공에 뜬 상태에서는 그 누구라도 약간의 충격에도 균형을 잃는 게 당연한 일.

털썩!

스밀로돈도 예외가 아니어서 거대한 동체가 중심을 잃고 쓰러질 수밖에 없었다.

파팟!

루카의 발이 고목을 박차고 돌아선 것은 그때였다.

이른바 180캣이라는 야마카시 동작 중 하나다.

180캣은 고양이가 벽면을 타고 오르는 동작인 캣립 수법에 180도 회전이 추가된 동작이었다.

더불어 언제 꺼내 들었는지 보기에도 섬뜩한 핏빛 대거, 즉 치우비를 역수로 거머쥔 채 스밀로돈을 향해 그대로 내리꽂혔다.

촘촘한 잔근육들이 퉁겨 내는 스프링 같은 반탄력은 가히 섬전을 방불케 했다. 즉, 대퇴이두근에 이어 내외 장딴지근과 가자미근, 족척근, 후경골근 등의 단련된 근육들이 한꺼번에 폭발한 속도는 엄청났다.

쿠아앙-!

스밀로돈은 거대한 덩치답지 않게 그 동작이 민첩하기 그지없어 넘어진 동체를 바로 세우는 데 촌각도 걸리지 않았다.

오히려 넘어진 상태에서도 포효를 내지르며 솥뚜껑 같은 앞발을 휘젓는 기민함마저 보여 주고 있었다.

찰나의 시간이었지만 루카는 스밀로돈을 정면으로 볼 수 있었다.

'헉! 거, 검치 호랑이!'

난데없는 검치 호랑이의 등장에 내심 크게 놀란 루카였다.

신생대의 빙하기에서나 나올 법한 검치 호랑이라니!

그것도 지척에서 맞닥뜨린 상황이라 어이가 없었다.

얼핏 본 덩치는 무지막지할 정도로 거대했고, 족히 50센티미터는 될 법한 송곳니를 훤히 드러나도록 쩍 벌어진 아가리는 시뻘겠다.

가히 인간을 통째로 삼키고도 남을 정도로 큰 아가리였다.

루카는 그 짧은 순간에 사자 등이 정신없이 달아난 이유를 비로소 알았다.

심히 당황스러웠지만 멈출 수 없는 기호지세인 입장이다.

칼 이빨이라 불리는 빙하기의 맹수답게 낫같이 생긴 송곳니를 있는 대로 드러내고는 고꾸라진 동체를 퉁기듯 세우고 있는 중이다.

루카는 쏜살같이 스밀로돈에게 쇄도하면서 왼손으로 뒷덜미를 거세게 움켜쥐었다.

검은 장막 같은 가죽은 딱딱하게 굳은살처럼 뭉툭했지만, 루카의 악력은 그렇게 약하지 않았다.

뒷덜미를 움켜쥐는 순간, 몸을 일으키는 스밀로돈의 등짝에 달라붙듯 올라탄 루카가 오른손을 한껏 추켜올리더니 번개같이 내리쳤다.

상박과 하박의 상완삼두근, 장단요추수근신근, 지신근이 올올히 곤두서 강력한 힘을 발휘했다.

푸욱!

스밀로돈의 오른쪽 눈을 여지없이 파고든 치우비는 가드까지 깊이 박혀 버렸다.

쿠와아앙—!

고통을 대변하는 엄청난 포효와 동시에 스밀로돈이 마치 길들이지 않은 말이 사람을 퉁겨 내듯 점프를 하며 펄쩍 뛰어올랐다.

그와 때를 같이하여 루카도 스밀로돈의 등을 벗어나 나뭇가지를 잡고 빙글 돌았다.

이어서 다리를 차면서 허리의 반동을 이용해 이제 막 바닥에 착지해 또다시 뛰어오르려는 스밀로돈의 등을 향해 신형을 튕겼다.

이것이 야마카시 동작 중 릴리즈 수법이라는 것이다.

시간 차를 이용해 정확히 착지한 루카가 일시 야수 특유의 예민한 감각을 잃어버린 스밀로돈의 왼쪽 눈을 나머지 치우비로 가차 없이 찔러 버렸다.

그러나 본능적으로 위험을 감지한 스밀로돈이 대가리를 틀어 버리는 통에 빗나간 치우비는 눈언저리에 박혀 버렸다.

쿠와아앙—!

연이은 고통에 있는 대로 포효를 내지른 스밀로돈은 더욱 포악해져 크게 점프를 하더니 번개 같은 속도로 나뭇가지를 옮겨 다니며 몸부림을 마구 쳐 댔다.

'떨어지면 죽는다.'

급습으로 용케 두 번의 공격을 할 수 있었지만 더 이상은 어렵다는 것을 직감한 루카는 두 자루 치우비를 손잡이 삼아 스밀로돈의 등에 찰거머리처럼 달라붙었다.

그때부터 스밀로돈과 일체가 된 루카는 놈이 난동과 몸부림을 치는 대로 정글을 누비고 다녀야 했다.

우직! 우지끈! 쿵! 쿠쿵!

스밀로돈의 발광에 웬만한 고목들은 들이받는 대로 꺾이고 부러지는 사태가 벌어졌다.

스밀로돈은 고목을 일직선으로 오른 뒤 다른 고목으로 훌쩍 건너뛰고 몸을 비틀듯 점프를 하는 등 루카를 떨어뜨리려 별의별 몸짓을 다 해 댔다.

하지만 루카는 스밀로돈과 한 몸이라도 된 양 미동도 하지 않은 채 착 달라붙어 있었다.

하지만 수시로 전해지는 강력한 충격에 루카라고 영향을 받지 않는 것은 아니었다.

점프를 할 때마다 복부로 전해지는 충격에 오장육부가 울렁거렸고 무지막지하게 등짝을 쓸고 가는 잎사귀와 나뭇가지들로 인해 상의는 이미 걸레처럼 변해 너덜거렸다.

더불어 정신없이 흔들리는 통에 혼미해질 대로 혼미해져 가는 정신을 다잡느라 애를 써야 했다.

더욱이 머리 부위에 매달린 터라 떨쳐 내려는 힘을 감당하기가 너무도 벅찬 실정이었다.

야마카시로 단련된 근육이 없었다면 더 버티지 못해 먹잇감이 돼도 벌써 되었을 것이다.

놈은 치우비의 상처에도 전혀 영향을 받지 않는 듯 지칠 줄 모르는 체력을 보여 주고 있었다.

그러나 루카는 알고 있었다. 치우비에 당한 상처는 결코 아물지 않는다는 것을. 아니, 시간이 갈수록 상처가 덧나는 현상이 지속되면서 종국에는 과다 출혈로 인해 사망에 이른다는 사실을 모르지 않았다.

치우비에 당한 스밀로돈 역시 예외가 될 수는 없었다.

문제는 루카가 스밀로돈이 지쳐 쓰러질 때까지 매달릴 체력이 되느냐다.

루카의 입장에서는 시간이 너무도 더디게 흐르는 기분이었다.

벌써 한 시간은 족히 지났을 시간임에도 스밀로돈의 난동은 처음 그대로 변함이 없었다.

스밀로돈의 힘이 아직도 완전히 소진되지 않았음은 등짝에 찰싹 달라붙어 있는 루카 본인이 더 잘 알고 있었다.

이대로라면 하루가 지나도 지치지 않을 것 같은 느낌이었다. 고로 자신의 체력이 바닥나기 전에 생명을 건 승부를 해야만 했다.

두 손이 모두 묶인 상태라 묘수를 생각해 내야 했다.

뼛속까지 박힌 치우비는 꽉 물린 채 꿈쩍도 하지 않아 뽑을 수도 없었다.

뽑을 수만 있다면 목을 땄을 테지만 마음만 있을 뿐 그럴 수가 없었다.

쿠웡!

한 소리 포효를 내지른 스밀로돈이 냅다 달리더니 고목을 향해 그대로 부딪쳐 갔다.

'이크!'

놈의 의도를 알아챈 루카가 오른손을 놓더니 몸을 비틀어 놈의 옆구리를 꽉 잡고는 몸을 바짝 밀착시켰다.

쿵—! 후드드드…….

둔탁한 충격과 함께 고목이 뒤흔들리는 소리가 귓가를 스칠 때, 왼손에 힘을 준 루카가 재빨리 몸을 퉁겨 잠시 놓쳤던 치우비를 잡았다.

'휴우! 하마터면…….'

스밀로돈의 의도를 알지 못했다면 아마도 피 떡이 되었을 것이다.

'이대로는 곤란해.'

모종의 결심을 한 루카의 눈빛이 전에 없이 날카로워지더니 주변을 예리하게 살폈다.

주위는 스밀로돈의 난동으로 인해 초토화되어 꺾이고 부러지고 으스러진 나무들이 지천으로 널려 있었다.

그런 와중에서도 유난히 눈에 띄는 나무가 있었다.

스밀로돈의 난동에 의해 허리부터 쪼개졌는지 우연히도 뾰족하게 날이 선 나무였다.

마치 누군가 검으로 사선 베기라도 한 것처럼 예리하기 짝이 없었다.

'저걸 이용하면…….'

마음의 결정을 내린 루카는 스밀로돈이 언젠가부터 일정한 패턴을 그리며 주변을 돈다는 것을 관찰해 두고 있었다.

놈도 나름대로 머리를 굴린 것이리라.

부상당한 상황에서 더 이상의 위험에 노출되지 않으려고 그새 익숙해진 통로만 고집하고 있는 스밀로돈이었다.

다행히도 날 선 나무 역시 그 통로 속에 자리하고 있었다.

이제 어떻게 날 선 나무를 효과적으로 이용하느냐가 관건이었다.

'치우비가 꿈쩍이라도 해 주면 좋을 텐데…….'

사람에게는 감이라는 것이 있다. 즉, 눈으로 대중하고 손으로 만지는 것만으로도 가능과 불가능을 판단할 수가 있는 것이다.

루카도 순전히 감으로 치우비가 뽑히지 않을 것이라 짐작했다.

'으음, 힘이 점점 빠지는걸.'

손아귀에 힘을 잔뜩 가한 시간이 오래되자 이제는 어깨부터 마비가 되어 오는 느낌이다.

등짝을 꽉 조이고 있는 사타구니가 쓰린 것도 한계에 이르고 있었다.

아마도 피부가 벗겨져도 한참 벗겨졌을 것이다.

강침처럼 뻣뻣한 스밀로돈의 털 때문이었으니 보지 않아도 빤했다.

더 늦기 전에 생사를 건 모험을 해야 할 때였다.

'응?'

이제나 저제나 하고 기회를 엿보던 루카는 문득 뭔가를 깨달았다.

'일정한 속도?'

그랬다.

스밀로돈은 웬일인지 몸부림을 쳐 대던 처음 잠깐을 제외하고는 지금까지 일정한 속도를 유지하고 있었던 것이다.

나무를 건너뛸 때도 바닥에 착지할 때도 속도는 변함이 없었고, 단 한순간도 멈칫거림 없이 줄기차게 내달리기만 하고 있었다.

때때로 정글이 숨을 죽일 정도로 포효가 이어지는 것이야 당연했지만 내달리는 속도는 전혀 줄지 않았다.

'이것 봐라?'

루카의 뇌리로 번개같이 스치는 것이 있었다.

일정한 속도를 유지한다는 것은 속도에 변화가 생기면 몸에 이상이 생길 수 있다는 의미가 아니겠는가?

퍼뜩 생각난 것은 치우비였다.

'그러면 그렇지.'

치우비가 놈의 상처를 끊임없이 덧나게 하고 있기 때문이었다.

루카는 더 생각할 것도 없다는 듯 왼손을 당기며 동시에 오른손을 밀어 보았다.

쿠앙! 쿠아아앙─!

그렇게 힘을 가하지 않았음에도 놈의 성난 포효는 정글을 쩌렁쩌렁 울릴 정도로 커졌고, 몸부림도 더욱 거세졌다.

내달리는 속도도 더 빨라졌다.

물론 이것만으로 근본적인 해결책이 될 수 없다는 것을 모르지 않았다.

그러나 체력이 바닥을 드러내기 직전이었기에 더 기다릴 수는 없었다.

물론 루카가 놈의 체력을 느끼듯 스밀로돈 역시 루카의 체력이 다하고 있다는 점을 감지하고 있을 터였다.

놈은 그만큼 영물인 것이다.

이제 결과는 루카 자신이 정한 함정을 어떻게 이용하느냐에 달려 있었다.

'후우훅!'

심호흡으로 초조해지는 마음을 다스린 루카는 마지막 힘을 짜내 끈기 있게 기다렸다.

스밀로돈은 잠깐 동안 쾌속으로 달리다 점차 속도가 줄더니 조금 전처럼 일정하게 돌아왔다.

주변을 지그재그로 돌던 녀석은 마침내 루카가 눈여겨봐 둔 나무로 향하고 있었다.

루카는 다시 한 번 돌게 되는 경우 치우비를 잡은 손에 절로 힘이 빠질 것임을 알았다.

더는 버티기 어려웠던 루카는 마지막 기회라고 여겼다.

어려운 점은 시간 차가 절묘하게 맞아떨어져야 한다는 것이다.

하지만 루카에겐 그렇게 어렵지도 않았다. 어차피 야마카시 자체가 시간 차를 이용한 스포츠였기에 여건만 된다면 충분히 가능했다.

함정(?)은 나무와 나무 사이를 건너뛰는 공간의 중앙에 자리하고 있었다.

후두둑! 후두두둑!

나뭇가지들은 여전히 스밀로돈의 묵직하고도 쾌속한 동체를 견디지 못하고 한낱 풀잎처럼 꺾이고 부러져 나갔다.

그러다가 한순간, 나뭇가지를 박찬 스밀로돈이 점프를 했다.

뿌지직!

스밀로돈의 무게를 이기지 못한 나뭇가지가 부러지는 소리가 들릴 때, 그때를 기다렸다는 듯 루카의 몸이 하체가 번쩍 들리면서 물구나무를 섰다.

이어서 치우비를 꽉 잡은 채 스밀로돈의 주둥이 쪽으로 텀블링을 하면서 힘차게 하강했다.

허공에 붕 뜬 스밀로돈의 동체가 루카의 무게를 이기지 못하고 상체가 아래로 향하면서 빙글 돌아 벌렁 뒤집어지더니 그대로 낙하했다.

마치 레슬링의 스냅 스플렉스snap suplex 기술을 응용한 것 같은 모습이었지만, 이는 애크러배틱스의 펜스 스프링이라는 수법이었다.

급기야 급속도로 하강한 스밀로돈의 등짝이 루카가 의도한 대로 뾰족하게 날이 선 나무에 꿰뚫리면서 뼈가 으스러지는 소리가 났다.

빠가각!

동시에 스밀로돈의 고통스러운 울부짖음이 정글을 떨어 울렸다.

크아앙-! 퍽!

"크윽!"

울부짖음과 동시에 스밀로돈의 앞발이 루카의 등짝을 쳐 내자, 억눌린 신음을 흘린 루카가 저만치 나가떨어져 처박혔다.

쿵!

고목에 제대로 처박힌 루카였지만 벌떡 일어선 그는 말콤에게 소리쳤다.

"말콤, 정글도를 던져!"

그러나 얼이 빠져 있는 말콤은 루카의 말을 알아듣지 못하고 멍청하게 서 있을 뿐이었다.

"이런!"

그사이 스밀로돈이 발버둥 치는 통에 나무가 90도로 휘어 지더니 결국 부러지는 사태가 발생했다.

우지끈!

등짝부터 꿰뚫은 나무가 복부로 튀어나온 상태에서도 즉 사하기는커녕 더욱더 흉악한 기세로 버둥거리는 스밀로돈이 금세라도 일어나 루카를 덮칠 기세다. 아니, 거의 몸을 빼내 고 있는 상황이라고 해도 과언이 아니었다.

그야말로 흉흉한 분위기가 따로 없다.

"빌어먹을!"

시간이 없다고 여긴 루카가 잽싸게 말콤에게로 다가가 정 글도를 빼앗는 것과 동시에 뺨을 때리며 고함을 질렀다.

철썩!

"정신 차려!"

한 소리 고함을 지른 루카가 스밀로돈을 향해 득달같이 달 려가더니 점프로 쇄도하며 기합성을 내질렀다.

"이야아아ㅡ!"

크아아앙ㅡ!

정글도를 높이 쳐들고 쇄도하는 루카의 험악한 기세에 본 능적으로 위기감을 느낀 스밀로돈이 버둥거리던 행동을 멈 추고 앞발을 내세워 마구 휘저었다.

갈퀴 같은 발톱이 툭 튀어나와 올올히 곤두선 것은 당연한 일이었다.

하지만 가속도가 붙은 정글도는 곤두선 발톱을 일절 아랑곳하지 않고 목만을 노려 사정없이 내려쳤다.

퍼억!

그러나 스밀로돈의 목덜미는 정글도의 길이보다 훨씬 굵었던 탓에 절반만 잘리고 말았다.

그럼에도 불구하고 스밀로돈의 포효는 계속됐고, 버둥거림도 멈추지 않았다.

하지만 처음의 기세와는 천양지차로 줄어든 것도 사실이었다.

퍽! 퍼억! 퍽!

기회를 놓칠 새라 재차 3차 이어진 루카의 정신없는 칼질은 난도질이나 마찬가지였다.

내려칠 때마다 튀어 오른 피가 온몸을 적셨지만 루카는 난도질을 멈추지 않았다.

완전히 숨통을 끊을 놓아야 안심이 되는 듯 난도질은 모가지가 덜렁거릴 때까지 이어졌다.

끄르르르……

마침내 스밀로돈이 가래 끓는 소리를 마지막으로 고개를 떨구고 말았다.

가죽이 얼마나 질겼던지 아직도 미련처럼 남은 심줄이 한

가닥 이어져 있었다.

사체가 된 후에도 가죽 조각만으로 뭇 야수들을 공포에 떨
게 한다는 스밀로돈이 루카의 생사를 건 기습에 마침내 그
생을 다하고 만 것이다.

"헉! 헉! 허억!"

털퍼덕!

기운이 완전히 소진된 루카가 힘없이 주저앉으며 연방 가
쁜 숨을 토해 냈다.

"서, 성님!"

얼이 빠져 있던 말콤이 득달같이 달려오더니 얼른 루카를
부축했다.

"헉! 허억! 무, 물 좀 다오."

"예, 예. 여, 여기……."

재빨리 물주머니를 건넨 말콤이 모로 쓰러져 있는 스밀로
돈을 쳐다보았다.

'헛!'

흠칫한 말콤이 자신도 모르게 뒤로 물러섰다.

그도 그럴 것이 바로 코앞에 집채만 한 덩치가 널브러져
있었다. 그리고 아직도 빨간 눈을 뜬 채 노려보는 스밀로돈
의 눈빛이 너무도 공포스러웠다.

게다가 피가 내를 이룰 정도로 흘러나와 더운 김을 무럭무
럭 피어올리고 있으니 웬만한 간담을 자랑하는 말콤도 기가

질릴 수밖에 없었다.

'으아! 이, 이런 놈을 잡다니!'

탄성이 절로 흘러나왔다.

금세 가쁜 호흡을 가라앉히고 조용히 눈을 감고 있는 루카를 바라보던 말콤은 그가 과연 인간인가 싶었다.

아울러 눈앞의 번연한 현실조차 쉬 믿기지 않았다.

그러나 곧 루카가 3일 동안 함께 동고동락했던 사람이라 생각하니 심신이 조금 안정이 됐다.

하지만 그때부터 루카를 바라보는 말콤의 눈빛은 존경을 넘어 경이롭다는 빛을 띠기 시작했다.

그도 그럴 것이 자신은 정글도 한 번 휘두르지 못하고 꽁꽁 얼어붙었을 때, 스밀로돈과 생사투를 벌여 결국에는 쓰러뜨리고만 사람이 아니던가?

더불어 비록 내심이긴 했어도 자신이 그동안 그를 얼마나 얕잡아 봤는지를 생각하니, 절로 미안한 마음이 들면서 심히 부끄러워졌다.

루카에게 내심 미안한 심정이 된 말콤의 시야에 기이한 현상이 잡혔다.

바로 두 자루의 핏빛 대거가 홍광을 발하고 있었다.

두 자루의 대거는 마치 피를 흠뻑 섭취한 흡혈귀의 입술처럼 새빨갰다.

그러고 보니 대거가 꽂힌 자리에 핏자국이라곤 전혀 보이지 않았다.

흡사 피를 빨린 것처럼 탈색의 흔적마저 보이고 있었다.

'저거…… 귀물인 것 같은데……?'

이제는 스밀로돈을 쓰러뜨리는 능력에 범상치 않은 귀물까지 지닌 루카의 정체가 궁금해지는 말콤이었다.

'성님은 원래부터 우리와는 달랐던 사람인가?'

자신들과 똑같이 평민인 데다 그리 특출해 보이지도 않아서 그저 그런 평범한 사람인 줄로만 알았던 루카였다.

하지만 말콤은 지금부터라도 눈을 비비고 또 비빈 후 봐야 할 사람이라는 것을 절실히 깨달았다.

말콤이 아무리 멍청하다고 해도 루카가 신분을 숨긴 사람이라는 것을 짐작하는 건 그리 어려운 일이 아니었다.

그렇지 않으면 일련의 일들이 도저히 이해가 되지를 않는다.

그렇게 말콤이 존경스러운 눈빛으로 루카를 바라보고 있을 때, 숲 속에서 부스럭거리는 소리가 났다.

"……!"

퍼뜩 정신을 차린 말콤이 허리에서 대거를 꺼내 들고는 루카를 가로막으며 경계에 들어갔다. 이윽고 고양이 걸음으로 살며시 고목에 기댄 말콤이 이파리 사이로 소리가 들려온 쪽의 동정을 살폈다.

정글이라 몇 걸음만 걸어도 수풀과 덩굴로 인해 시야가 막

히니 은신하게는 안성맞춤이었다.

물론 반대로 상대를 경계하기도 쉽지 않았다.

'응? 조용한데?'

이제는 저쪽에서도 더 이상 기척이 들려오지 않았다.

그러다가 흔들리는 덩굴 사이로 얼핏 드러난 인영이 재빨리 고목으로 숨는 모습이 잡혔다.

"엉?"

인간이 분명하다고 여긴 말콤의 눈이 의외의 빛을 띠며 부릅떠졌다.

'테오?'

인적이 끊어진 곳에 있을 사람이라곤 친구인 테오밖에 없었으니 당연한 생각이다.

그때 수풀 사이로 엉거주춤하면서도 조심스럽게 얼굴 하나가 내밀어지는 것이 눈에 들어왔다.

"테, 테오?"

망막에 잡힌 사람은 다른 누구도 아닌 테오였다. 말콤은 반가운 마음에 성급하게 소리부터 질렀다.

"어? 마, 말콤?"

말콤의 이름을 부르며 선뜻 숲을 나서는 사람은 온갖 오물로 뒤범벅이 된 테오였다.

또한 그동안 못 먹어서 그런지 볼따구니가 훌쭉해져 있었다.

그렇지만 아무려면 어떤가? 살아 있다는 것만큼 중요한 것은 없었다.

자연 환호성이 터져 나올 수밖에.

"이야, 테오! 이 자슥아, 사, 살아 있었구나!"

"말콤!"

서로를 부른 말콤과 테오는 누가 먼저랄 것도 없이 달려가 뜨거운 포옹으로 해후를 했다.

와락!

"이 자식아, 난 네가 죽었는지 알았다구."

"하하하, 죽음 직전까지 가긴 했지."

그제야 긴장이 풀렸는지 테오의 입에서 웃음이 터져 나왔다.

"아무튼 살아서 다행이여. 너거 아버지가 올매나 걱정했는지 알기나 혀?"

"짐작이야 허지. 하지만 어쩔 것이여. 이왕지사 들어온 거니께 약초는 캐 가야재."

"그렇긴 혀. 캐긴 캤어?"

"고롬. 여기 있잖여."

탁탁탁.

테오가 어깨에 비끄러맨 가죽 주머니를 두드렸다.

가죽 주머니에 든 것은 아마도 엔도드라는 약초일 것이다.

"엔도드를 구혔으면 빨랑 올 것이지 왜 이리 늦은겨?"

"그, 그게 말이여. 돌아오는 길에 갑자기 스밀로돈이 나타나는 통에 이틀 동안 숨도 못 쉬고 숨어 있느라 그랬재. 까닥했으면 너도 못 볼 뻔했다."

"그랬구먼."

"근디……?"

다시금 살짝 긴장한 테오가 주변을 두리번거리는 것을 보고 말콤이 물었다.

"왜 그래?"

"혹시 말이여. 방금 스밀로돈이 포효하는 소리 못 들었는감?"

"엥? 스밀로돈?"

"그려, 금방까지도 야단법석을 치는 소리가 들렸는디 말이여. 엄청난 포효라 니가 못 들었을 리는 없을 테고……. 근디 우째 조용허다? 어찌 된 겨?"

"우히히히……."

"……?"

자신은 긴장이 되어 말하는데 말콤이 뜬금없이 웃어 대는 것을 보고 인상을 찌푸리는 테오다.

"야, 지금 웃을 때가 아니란 말이여."

"그럼, 웃지 않음 울까?"

"농담은 그만허고 그놈 어디로 간겨? 아니, 보긴 한 겨? 아는 거 있음 말 좀 해 보래니깨?"

"일루 와 봐. 다 아는 수가 있응깨."

대뜸 테오의 손을 잡아끈 말콤이 루카가 있는 곳으로 갔다.

"어? 서, 성님."

"아, 아니, 루카 성님도 왔……. 으, 으아악!"

말콤은 루카가 멀쩡하게 서 있는 것을 보고 다소 놀란 표정을 지었다. 반면 테오는 루카를 보고 서먹했다가 곧 스밀로돈의 거대한 사체를 발견하고 기겁을 하며 정신없이 뒤로 물러났다.

대번에 백짓장처럼 창백해진 테오의 얼굴을 본 말콤이 파안대소를 하며 마구 웃어 댔다.

"하하하하……."

말콤이 웃어 대는 의미를 뒤늦게 깨달은 테오가 그제야 스밀로돈이 죽었다는 것을 알았다.

"씨불 놈, 진작 말해 주지."

머쓱해진 테오가 말콤을 째려봤다.

"무사한가? 다친 덴 없고?"

"야, 덕분에유. 근디 성님은 어째 이 위험한 곳엘 왔는감유?"

"어르신이 걱정을 하시는데 당연히 와 봐야지 않겠나?"

"글치만 정글이 어떤 곳이라고 목숨을 건단 말여유."

"하하, 내가 무사하고 자네도 무사하면 됐지 뭘 더 바라겠나? 어서 돌아가세. 어르신들이 잠도 못 이루고 계실 게야."

"야, 빨리 돌아가야쥬."

"그리고 귀대할 날짜도 지났지 아마?"

"그걸 생각하면 큰 걱정이여유."

"젠장, 죽이기야 할라구. 그냥 몇 대 맞든지 아니면 감옥에서 며칠 썩으면 해결될 것이구먼."

"너무 걱정하지 말게. 내가 따라가 줄 테니까."

"말씀은 감사허요만 지들 일은 지들이 알아서 할 게유. 근디 저놈은 어찌 된 거래유?"

"말콤, 놀라지 말어. 저놈은 루카 성님이 잡은 거여."

"뭐? 그게 정말……. 에이, 농담할 게 따로 있재. 시방 그걸 말이라고 하는 거여?"

말콤의 말에 터무니없다는 반응을 보이는 테오였다.

"허어, 진짜라니께 그러네."

"설마?"

"그럼, 여기 누가 있어서 저놈을 잡았겠어?"

"……?"

그렇게 말하니 한편으로 그럴 법하다는 생각이 든 테오가 루카와 스밀로돈을 번갈아 쳐다보았다.

하지만 여전히 반신반의하는 눈치였다.

"자 자, 이제 가도록 하세."

"아이구! 성님, 잠시만유. 이대로 가다니유. 말도 안 되는구먼유."

짝!

"그려, 맞어. 저놈이 얼마짜린데 그냥 두고 간단 말여유? 조께 지달려 주셔유. 지들이 금방 끝낼 테니깨유."

대뜸 대거를 뽑아 든 말콤이 재빨리 스밀로돈에게 다가가자, 손뼉까지 친 테오가 뒤따르며 호들갑을 떨어 댔다.

곧이어 두 사람은 능숙한 솜씨로 스밀로돈을 해체하기 시작했다.

가슴에 묻다

평화로운 마을에 한 떼의 인마가 들이닥친 것은 루카와 말콤이 밀림으로 들어간 지 3일째로 접어드는 여명 무렵이었다.

쿠두두두두…….

"허억! 이, 이게 뭔 소리여!"

"이잉! 뭐, 뭐여!"

밤새도록 조용하다가 별안간 지척에서 들려오는 말발굽소리에 마을 한가운데 우뚝 서 있는 망루에서 느긋하게 앉아 담소를 나누며 번을 서던 하만과 카투가 혼비백산하며 벌떡 일어섰다.

"하, 하만! 어, 어여 종을 쳐!"

"그, 그려."

쐐액! 쐐애액! 퍽! 퍽!

두 사람의 행동은 그리 느리지 않았지만, 불행히도 날카로운 파공성이 들린다 싶은 순간 가슴 한복판으로 화살이 정확하게 틀어박혔다.

"우욱!"

"컥!"

강력한 펀치를 얻어맞은 듯한 충격에 하만과 카투가 잠시 주춤거리더니 이내 몸을 빙글 돌리며 쓰러졌다.

하만은 종을 타종하지도 못했고, 카투는 침입자의 정체조차고 확인하지 못한 상태였다.

두 사람이 쓰러지는 때를 같이하여 지축을 울리는 말발굽 소리와 함께 숲 속을 질풍처럼 내달아 나오는 일단의 인마들.

바로 판이 물어 온 물건에서 난 진동 신호를 감지하고 달려온 칸츠 친위대였다.

어느새 불을 붙였는지 횃불까지 쳐든 그들은 어둠 속에 묻혀 있는 방책을 향해 무자비한 속도로 돌진해 왔다.

그 순간, 말발굽 소리를 뚫고 큰 소리로 주문을 읊는 목소리가 터져 나왔다.

"에어 밤air Bomb(압축공기 폭발)!"

슈아아악─!

캐스팅에 이어 돌연 하얀 솜을 뭉친 듯한 한 덩이 백색의 구球가 어둠을 가르며 방책을 향해 쇄도해 갔다.

추적 전문 마법사 데올이 지닌 최고의 공격 마법, 3서클의 에어 밤이 발현된 것이다.

콰앙ㅡ!

굉음과 함께 델라 마을의 보호막이 되어 주었던 방책은 그 쓸모를 상실하고 산산조각이 나 여명의 하늘로 비산했다.

"팔토, 한 놈도 빠져나가게 하지 마라!"

"옛! 노반, 판톤, 나를 따르라!"

팔토가 전마의 고삐를 주욱 내밀며 앞으로 치고 나가자, 나머지 대원들이 박차를 가하며 뒤를 따랐다.

"불화살 준비!"

칸츠가 나머지 대원들에게 명령하고는 팔토의 뒤를 이어 뻥 뚫린 방책 안으로 진입했다.

컹! 컹! 컹!

아닌 밤중의 소란에 화들짝 놀란 개들이 낯선 침입자들을 향해 마구 짖어 대며 난리를 피웠다.

그러나 무지막지한 칸츠 친위대의 질풍 같은 침입에 델라 마을은 거대한 폭풍 앞의 모닥불일 수밖에 없었다.

❧ ❧

갑자기 땅거죽이 뒤집어지는 소리가 들리고 동시에 지진 이 난 듯 지축이 뒤흔들리는 느낌이 들자 벤푸와 쁘라냐가 화들짝 놀라 잠에서 깨어났다.

"헛! 이, 이게 뭔 소리래?"

"그, 글씨유? 모, 몬스턴가 벼유?"

"헉, 모, 몬스터! 어, 어여 일어나!"

"아, 알았슈."

벌떡 일어난 두 부부는 얼른 겉옷을 걸치고는 방문을 나섰다.

벌컥!

"무, 무슨 일……."

콰앙—!

방문을 연 포르테의 묻는 말이 채 끝나기도 전에 귀를 먹먹하게 만드는 폭발음이 들려왔다.

"허억! 이게 대, 대체……!"

"아이구머니!"

굉렬한 폭발음에 벤푸가 혼비백산하고 쁘라냐가 기겁하다 못해 엉덩방아를 찧었다.

포르테가 기둥을 부여잡고 몸서리를 칠 때, 타미아가 지르는 뾰족한 비명 소리가 들려왔다.

"악!"

"타, 타미아!"

"어, 엄마! 앙앙앙……."

단잠을 자다가 폭발 소리에 놀란 나머지 경기가 들린 타미아가 엄마를 찾으며 울어 대기 시작했다.

"니, 니들은 꿈쩍도 말고 집에 있어라!"

황급히 벽에 걸쳐 놓은 정글도를 든 벤푸가 득달같이 내달아 문을 거칠게 열어젖히고는 밖으로 나갔다.

그때였다.

쪽창을 뚫고 날아든 불화살들이 '퍽!' '퍼퍽!' 소리를 내며 기둥과 벽에 틀어박혔다.

"아악!

느닷없이 들이친 불화살에 경악한 쁘라냐가 또다시 엉덩방아를 찧고 말았다.

"엄마ㅡ!"

"오오! 여, 여보! 루카ㅡ!"

황급히 달려 나온 타미아를 끌어안은 포르테가 어쩔 줄을 몰라 하며 곁에 없는 남편을 목청껏 불러 댔다.

그러나 밀림까지 들릴 리가 없는 목소리는 공허하기만 했다. 그것이 포르테의 가슴을 속절없이 무너지게 만들었다.

"아빠! 아빠ㅡ! 빠알리 와! 앙앙앙⋯⋯."

포르테가 남편을 부르자, 아빠를 부르는 타미아의 애절한 울음소리도 점점 더 커져 갔다.

그렇게 두 모녀가 감당하지 못할 겁화 속에서 오들오들 떨고 있는 사이 불화살에서 시작된 불길이 온 집 안으로 번져 뱀의 혓바닥 같은 새끼들을 수도 없이 싸지르고 있었다.

타닥! 타탁! 타타타탁!

지붕에도 언제 불이 붙었는지 천장이 벌써 시뻘겋게 화해 버렸다.

그와 더불어 집 안은 연기로 가득 찼고 열기는 점점 지옥의 겁화로 화해 갔다.

밀림에서 얻을 수 있는 나무와 이파리로 지은 가옥인 탓에 불길은 걷잡을 수 없을 정도로 번졌다.

"아이고─! 시방 이기 무신 조환겨?"

뒤늦게 정신을 차린 쁘라냐가 입술을 깨물더니 다급하게 소리쳤다.

"포, 포르테! 얼라 델꼬 어여, 어여. 나가거라. 뒷문으로 가! 싸게 도망치란 말이여!"

"아, 아버지는유!"

"이것아! 이건 몬스터 짓이 아녀! 도적들이 쳐들어온 거란 말이여! 그른깨 싸게 가삐란 말여!"

"기럼, 오메라도 같이 가유!"

"난 니 아버지랑 같이 있을 겨. 그러니 싸게 가란 말…….오메!"

후둑! 후두두둑!

쁘라냐의 말이 채 끝나기도 전에 불붙은 천장이 무너지면서 불길이 더 거세졌다.

"아이구머니!"

얼른 가장자리로 피한 쁘라냐가 걸쳤던 겉옷을 벗더니 곁에 있던 물통에 잽싸게 집어넣었다가 건졌다.

놀란 가슴을 진정시키지 못한 쁘라냐였지만 그 순간에도 기지를 발휘하고 있었다.

만만치 않은 삶의 연륜이 황망 중에도 그녀의 등을 떠민 것이다.

"이걸 덮어!"

탁!

재빨리 포르테와 타미아를 싸잡아 씌운 뒤 등을 떠밀고는 울먹이며 소리쳤다.

"어, 어여 가! 이것아, 제발 좀……."

"어, 엄마!"

"이것아! 시방 타미아까지 쥑일 겨?"

"흑! 어, 엄마……."

눈물을 펑펑 쏟던 포르테가 내키지 않는 발걸음으로 좁은 통로를 지나 양 떼 우리가 있는 뒷문으로 달려갔다.

타미아까지 죽일 것이냐는 말에 차마 떨어지지 않는 발걸음을 내디딘 그녀의 눈에서 하염없이 눈물이 흘러내렸다.

갑작스러운 변란에 아무런 준비도 없이 밀림으로 들어가 뭘 어쩌겠다는 생각도 나지 않았다.

'여보―!'

그저 지금의 상황에서 남편이 없다는 것만 서러울 뿐이

었다.

"엄마! 내, 내 목마―! 아아앙……."

그 와중에도 철없는 타미아는 자기가 아끼는 장난감만 찾으며 울어 댔다.

걸쇠를 따고 문을 연 포르테가 뒤도 돌아보지 않고 내달리기 시작했다.

그러나 동이 채 트기도 전인 새벽은 매정하게도 두 모녀의 도주마저 숨겨 주지 않았다.

마을은 이미 불길로 인해 대낮처럼 환하게 밝아져 울부짖으며 도망치는 아녀자들과 아이들을 무정하게도 속속들이 비추고 있었던 것이다.

칸츠 친위대가 불부터 지른 이유가 바로 이런 도주자들을 처단하기 위해서였던 것이다.

마을에 불을 지른 것은 은밀한 공간에 숨어 있을 두더지를 나오게 하는 것과 더불어 두더지가 애초에 없었다면 추격할 시간을 줄이기 위함이었던 것이다.

물론 이 한 마리 잡기 위해 초가삼간을 태우는 격이었지만, 렉커(파괴자)라 불리는 이들에게는 목적을 이루기 위한 한 가지 수단일 뿐이었다.

마을은 그야말로 화염이 넘실대는 불바다 속의 아비규환이었다.

뱀의 혓바닥 같은 화염에 이어 집집마다 아우성이 끊임없이 흘러나왔고, 말발굽 소리에 이은 속절없는 단말마의 비명은 어둠 속에서 메아리쳤다.

원하지 않아도 귀를 파고드는 아우성과 비명 소리에 극도의 불안감을 느낀 포르테는 기도하듯 읊조렸다.

두두두두…….

"아아! 제발, 제발 주신이시여—! 타미아, 우리 타미아만이라도……. 아아아!"

급격히 다가드는 전마의 발굽 소리를 들은 포르테의 입에서 절망 어린 탄식이 흘러나왔다.

죽음 앞에서 간절히 기도하는 그녀의 소원이 주신에게 닿기도 전에 거친 전마의 발굽 소리에 묻혀 버리는 안타까운 현실이었다.

그저 부모를 모시면서 남편과 딸을 위해 헌신하며 살아가던 시골의 평범한 아낙, 포르테.

주체할 수 없는 공포에 그녀가 할 수 있는 일이라곤 울부짖는 딸을 안고 오로지 내달리는 것뿐이었다.

"아빠! 아빠—! 빨리 와! 앙앙앙……."

"아아—! 여, 여보, 루카……."

죽음을 직감한 포르테가 아빠를 애타게 찾는 타미아를 꼭 껴안으며 마지막으로 남편의 이름을 울부짖듯 불렀다.

투드드드…….

'아—!'

그녀의 본능은 직감적으로 죽음을 예감하고 있었다.

말발굽 소리가 지척에 다가들었다는 것을 감지한 순간, '서걱!' 하는 느낌도 없는 감각이 몸을 스쳐 지나가는 것을 알았다.

감각이 없으니 비명도 없다.

그러나 전마의 발굽이 지나간 자리에 장검에 동강 난 포르테와 타미아가 흥건한 피바다를 만들고 있었다.

순간 착각인가? 착시인가?

육신을 떠난 두 모녀의 영혼이 불타는 마을을 애달픈 눈으로 내려다보며 이생에서 멀어져 가는 듯했다.

풀잎처럼 쓰러져 간 두 모녀의 뒤로 마을 전체가 거센 불길에 휩싸여 활활 타오르며 화려한 배경이 되고 있었다.

화염에 휩싸인 집을 뛰쳐나오던 사람들의 시체가 곳곳에 널브러져 있는 가운데, 정글도를 들고 집을 나섰던 벤푸는 칸츠의 강인한 손에 목이 쥐여 있었다.

한낱 촌로일 뿐인 벤푸가 정글도를 들었다고 해서 현실이 바뀌는 건 아님을 여실히 보여 주는 장면이었다.

"커커킥!"

"빨리 불어!"

칸츠의 우람한 팔에 달랑 들린 채, 숨도 쉬지 못하고 사색이 된 벤푸는 사시나무처럼 떨고 있었다.

그러나 압도당할 듯한 두려움을 떨쳐 내려는 듯 입에서는 분노한 음성이 터져 나왔다.

"커컥! 도, 도대체……. 뭐, 뭘……. 불란 말이냐!"

"이런, 개자식!"

서걱!

"크아악!"

왼팔이 단번에 뎅겅 잘린 벤푸의 비명이 막힌 숨통을 뚫고
터져 나왔다.

"끄으으……. 이, 이놈들아! 온통 다 죽여 놓고 네놈들이
뭘 듣겠다는 것이냐!"

팔이 잘린 고통도 치미는 분노에는 미치지 못했는지, 지킬
것이 없어진 벤푸는 마지막으로 발악을 해 댔다.

벤푸는 예감했다. 오늘의 이 화는 면할 수 없다고. 더불어
자신의 힘으로는 아내도 딸도 손녀도 모두 지킬 수 없다는
것을…….

불현듯 맥없이 죽어 가는 것이 서럽다는 생각이 들었는지
벤푸는 태어난 이래 처음 악을 바락바락 썼다.

"이 악마 같은 놈들아! 우리가 네놈들에게 뭘 잘못했더냐!
주신의 신벌을 받아도 시원치 않을 악귀 같은 놈들아—!"

"이런 우라질 놈이! 마을로 들어온 놈을…….'

"끄으으……. 그, 그런 사람이 있지도 않지만, 설사 있다
고 해도 너 같은 악마 따위에겐 못 내준다!"

"흥, 안 되겠군. 나도 네놈 따위와 실랑이할 시간은 없다."

푸욱!

"우우욱!"

철퍼덕!

단번에 가슴이 꿰뚫린 벤푸가 신음도 흘리기 전에 칸츠의 손에서 내동댕이쳐지고 말았다.

"팔토!"

"옛!"

"다른 놈을 끌고 와!"

"알겠습니다!"

⚜ ⚜

"후아! 훅!"

무장 친위대의 추격에서 어렵사리 몸을 피할 수 있었던 세프는 뭐가 그리 급했는지 멀리 검은 연기가 치솟는 곳을 향해 쉬지 않고 달음박질을 해 댔다.

"제발, 제발……."

마음속으로 간절히 비는 바가 있었는지 세프의 표정은 초조와 당혹감으로 점철돼 있었다.

촌각도 쉬지 않고 내달린 덕분인지 마침내 방책이 눈에 들어왔다.

그러나 방책까지 불타고 있는 것으로 보아 마을 전체가 화를 면하지 못한 듯했다.

"이런! 겨, 결국……."

마음속으로 우려하던 일이 발생한 걸 보고 세프의 낯빛이 대번에 창백해졌다.

'헛! 데, 델라 마을!'

방책의 출입구에 일주문처럼 높이 솟아 덜렁거리고 있는 표지판을 본 세프가 눈을 휘둥그렇게 떴다.

반쯤 타다 만 표지판에 마을이란 글은 사라지고 '델라' 라는 글만 쓰여 있었던 것이다.

얼핏 눈에 들어온 마을은 시뻘건 불길과 검은 연기로 뒤덮여 있었다.

"이럴 수가!"

빠른 걸음으로 다가간 세프가 방책 너머로 마을을 자세히 살펴보았다.

'으으……. 처참하구나.'

수십 채에 이르는 가옥의 잔해들이 어지럽게 널려 있는 가운데 아직도 꺼지지 않은 불길이 뱀의 혓바닥처럼 날름거리고 있었다.

한마디로 잿더미나 다름없다.

가까이 다가가니 매캐한 연기에 이어 죽은 가축들이 타는 냄새가 진동을 했다.

"자, 잔인한 놈들 같으니……."

범인은 그를 쫓던 무장 친위대임이 틀림없었다.

그렇게 생각하니 고의는 아니었어도 더없이 평화로웠을 마을이 자신으로 인해 무너졌다는 자괴감이 물밀듯이 밀려오는 세프였다.

판이 이 마을로 왔다면 십중팔구일 것이다.

평생 씻을 수 없는 죄를 지었다고 생각하니 세프는 오장육부가 싸늘해지면서 다리에 힘이 빠졌다.

하지만 아직 희망은 있었다.

판을 보기 전에는 아직 죄를 지었다고 볼 수 없는 것이다.

"엉?"

재만 쌓여 가는 마을은 처참하기 그지없었지만 어딘가 이상했다.

"어라? 그러고 보니 사, 사체들이 없어!"

마을이 잿더미가 된 마당에 나뒹굴고 있어야 할 시체가 단한 구도 보이지 않는 게 이상했다.

"……?"

슬며시 호기심이 동한 세프가 방책 안으로 조심스럽게 발을 들여놓으며 주변을 살폈다.

성한 가옥 하나 없이 완전히 불타 버린 마을이라지만, 하다못해 사체 조각이나 뼈가 하나는 보여야 함에도 눈을 씻고 찾아봐도 없었다.

'어찌 된 일이지?'

혹시라도 잔해 속에 있을까 하고 들춰 보았지만 역시나 없었다.

'누군가 치웠거나 아니면 모두 압송해 갔다는 얘긴데……'

그것밖에 생각나지 않았지만 잔인한 무장 친위대의 성격상 압송해 가는 건 좀처럼 없는 일이었다.

하지만 찾을 물건이 있는 상황이라면 예외일 수도 있었다.

불탄 잔해들을 살피며 마을을 한 바퀴 돌던 세프의 걸음이 딱 멈췄다.

'어라? 뭔 소리지?'

들릴락 말락 할 정도의 숨죽인 흐느낌은 분명 인간이 내는 울음소리였다.

흐느낌이 들려온 쪽으로 귀를 기울이던 세프가 까치발을 하고 살금살금 다가갔다.

반파된 방책을 넘은 세프가 점점 뚜렷하게 들려오는 흐느낌에 몸을 바짝 숙이고는 살며시 나뭇잎을 젖혔다.

'어?'

가장 먼저 눈에 들어온 것은 나무로 만든 수많은 묘비였다.

방금 만들었는지 묘비는 아직 싱싱함이 가시지 않은 생나무였고, 그 앞에는 정성스럽게 장식된 각종 꽃들이 가지런히 놓여 있었다.

얼핏 보아도 금방 생긴 공동묘지였다.

그것도 흙이 채 마르지 않은 크고 작은 무덤들로 즐비했다.

무덤들은 급조해서 만든 태가 분명했고 얼핏 보아도 그 숫자가 100여 개는 족히 되어 보였다.

더 생각하지 않아도 100여 명이 한날한시에 떼죽음을 당했다는 얘기다.

그것도 어린아이까지 포함됐는지 작은 무덤들도 적지 않았다.

'무장 친위대 놈들이라면 아이들뿐만 아니라 강아지 한 마리 남기지 않았을 것이다. 신벌을 받을 놈들 같으니.'

눈에 들어온 사람은 건장한 청년들로, 모두 세 명이었다.

숨죽인 채 어깨를 들썩이며 오열하는 것으로 보아 가족이나 친인을 잃은 것이 분명했다.

행색으로도 델라 마을 청년들임을 알 수 있었다.

공동묘지가 엄숙한 분위기인 것이야 당연했지만, 세 청년에게서 풍기는 오열의 기운은 세프마저 마음을 뭉클하게 할 정도로 비통했다.

세 청년의 입에서 흘러나오는 가는 흐느낌은 울부짖음이나 진배없었고, 사람의 마음을 찢어 놓는 통곡같이 느껴졌다.

'이거…… 나서야 하나 말아야 하나?'

분위기가 너무도 짠했던 탓에 낯짝이 철판이라고 알려진 천하의 세프도 선뜻 나서기가 저어됐다.

'쯧, 판의 상황이 아무리 궁금하다고 해도 지금은 아니야.'

세 청년의 심정이 어떨지는 분위기만으로도 감이 왔다.

그 어떤 대화도 소통되지 않을 상황임을 짐작한 세프는 다시 기회를 보기로 하고 살며시 물러났다.

❄ ❄

나란히 박아 놓은 네 개의 묘비.

그 앞에서 고개를 푹 숙인 루카는 그중에서도 가장 작은 묘비에 손을 얹어 놓은 채 석상이 되어 있었다.

그러나 마음까지 굳어 버린 석상일 수는 없기에 루카는 심장을 칼로 도려내는 아픔을 삭이고 또 삭이고 있는 중이었다.

어린 천사, 타미아. 여기 잠들다.

묘비에는 그렇게 쓰여 있었고, 평소 타미아가 즐겨 가지고 놀던 굴렁쇠가 비스듬히 걸쳐져 있었다.

어린 딸아이의 무덤 앞에 석고가 되어 버린 루카의 손이 가늘게 떨렸다.

숨죽인 속울음으로 울고 있는 루카의 심정은 비통하기 짝이 없었다.

그러나 애간장이 타도록 눈물을 쏟아도, 밤낮없이 목 놓아 울어도, 아니 눈 주위가 눈물로 벌겋게 짓무르도록 운다고 한들 하늘로 올라간 딸이 돌아올 수 없는 것은 기정사실이었다.

"끄으윽."

북받치는 슬픔을 더 이상 억누를 수 없었던 루카의 입에서 신음과도 같은 울음이 터져 나왔다.

꽃봉오리가 채 피기도 전에 져 버린 금쪽같은 딸이었으니 어찌 참고만 있을 수 있단 말인가?

"끄윽! 타미아, 타미아, 미안하다. 미안하다, 미안하다. 이 아빠가 미안해. 정말 미안해."

급기야 묘비를 끌어안은 루카가 처참하게 죽어 간 딸아이에게 유일하게 하고 싶은 말이었는지 '미안하다'를 연거푸 쏟아 내며 어깨를 들썩거렸다.

바보처럼…….

딸아이는 공포에 떨며 무자비한 칼에 심장이 마비되어 갈 때, 아비란 자는 무심하게도 그 가녀린 딸아이 곁을 떠나 밀림을 헤매고 있었다니……. 자신은 통곡하며 땅을 치고 후회할 가치도 없는 아비라 생각했다.

천사야, 내 영원한 천사야!

너와 맺은 너무도 짧은 지상의 인연 앞에 이 못난 아비는 억장이 무너지는구나.

이제 막 5란 숫자의 나이테로 영글어 가던 나의 천사야.

그렇게 1,600일 남짓 살다가 하늘로 훌쩍 올라가 버리면 이 아빠는 어떡하니?

네 해맑은 웃음은 또 언제 볼 수 있는 거니?

이렇게 울며 보채는 아빠가 눈에 밟혀 어떻게 눈을 감았니?

결코 편안한 죽음이 아니었을 내 천사야.

죽음의 공포 앞에서 곁에 없는 아빠를 애타게 찾으며 목놓아 울었을 가녀린 내 딸아.

얼마나 고통스러웠더냐?

내 사랑하는 딸, 타미아. 이 아빠가 정말……. 정말 미안하구나.

내 천사 타미아, 이 아빠가 약속하마. 네가 원하지 않는다 해도 아빠는 내 딸이 받은 고통의 수백 수천 배를 그들에게 돌려줄 것이다.

그러니 잔인해지는 이 아빠를 결코 용서하지 마라.

이제 이 아빠에게는 먼저 떠나 버린 네게 죄짓지 않고 살아갈 자신이 없구나.

다만……. 이 아빠가 너와 다시 만나기까지 누워 있어도 앉아 있어도 서 있어도 늘 네게 미안해할 것이란 건 알아 다오.

내 딸, 타미아. 오늘은 비록 황량한 벌판에 거친 포대기로 너를 감싸서 묻지만, 엄마와 너의 원한이 풀리는 날 세상에서 가장 포근한 포대기로 너를 감싸 온갖 짐승들이 노닐며 즐거이 노래하는 낙원에다 묻어 주마.

그래, 내 천사에게 아빠란 이름의 포대기만 한 것이 어디 있을 것이며, 아빠의 품보다 더 안락한 곳이 또 있을까 싶구나.

먼 훗날, 아빠가 숙제를 마치는 날 영원한 포대기가 되어 너를 내 품으로 감싸 주마.

더도 덜도 말고 그때까지, 그때까지만……. 이 아빠를 기다려 주렴.

내 천사, 내 딸 타미아. 잘 가거라.

꼭, 꼬옥 엄마랑 같이 아빠와 다시 만나자꾸나.

안녕.

❦ ❦

수풀 속에 웅크리고 있는 세프의 눈에 어둠을 물리는 모닥불이 타닥거리는 소리를 내며 타고 있는 것이 보였다.

타닥. 타닥. 타닥.

모닥불은 어둠을 물리는 것과 동시에 걸개에 걸쳐 놓은 고기까지 익히고 있었다.

모닥불을 사이에 두고 두 청년이 앉았고, 나머지 한 청년은 조금 떨어져 고독을 씹는지 멍하니 하늘만 올려다보고 있었다.

아마도 그가 우두머리(?)인 듯싶었다.

찌직. 찌지직.

두 청년이 가로질러 놓은 꼬챙이를 돌릴 때마다 불꽃을 피우며 산화하는 기름이 연방 떨어졌다.

아울러 기름이 타는 고소한 냄새가 사방으로 퍼졌다.

자연 회가 더 동할 수밖에 없다.

꾸르륵.

'엥?'

고소한 냄새를 맡은 배 속에서 난데없이 시냇물 흐르는 소리가 나더니 먹을 것을 달라고 보챘다.

세프는 일찍부터 심한 시장기를 느끼고 있던 참이었다.

'젠장, 그날부터 아무것도 먹질 못했으니…….'

그날이란 세프가 블러드 캣의 배 속에 삼켜진 날이었다.

'이거 배가 고파서라도 상황극을 만들어야 하나?'

해가 저물도록 흐느끼던 청년들은 죽은 가족들과 마지막 인사를 한 뒤 비교적 멀쩡한 방책 옆에 자리를 잡았다.

비바람을 막아 줄 만한 집 한 칸도 남아 있지 않았던 탓이었다.

자리를 잡은 후, 두 청년이 부산하게 움직이더니 산더미 같은 짐을 가져왔다.

이어서 능숙한 솜씨로 모닥불을 피우더니 곧 고기를 굽기 시작했다.

가족들이 죽은 슬픔이 아직 가시지 않았는지 종내 말이 오가지는 않았다.

여기까지 청년들을 주욱 지켜본 세프는 그 어디에서도 판을 발견할 수 없었다.

영물인 판이 지저귀며 주변을 날아다녀야 정상일진대 아무런 기척이 없었다.

정말 델라 마을로 왔었는지조차 의심스러웠다.

하지만 판이 날아간 방향을 정확히 기억하고 있는 세프라 의구심을 가지기엔 아직 이르다는 생각이었다.

자신감의 근거는 아이러니하게도 마을이 잿더미가 된 데 있었다.

필시 화근덩어리인 판이 이곳으로 날아들었을 것임이 분명했다.

무장 친위대가 잔인하다고는 하지만 아무런 이유도 없이 타 영지의 마을을 초토화시킬 리는 없었다.

보지 않아도 판이 날아들고 얼마 지나지 않아 귀물의 진동이 있었을 테고, 그 결과가 바로 눈앞에 보이는 광경이란 추론이 성립됐다.

무척이나 재빠른 녀석이라 무장 친위대에 잡히지는 않았을 것이다.

'이놈이 어딜 갔지? 혹시 마법에?'

세프는 자신이 생각해 놓고도 곧 도리질을 쳤다.

태생적으로 마력에 내성이 있어 마법에도 쉬 잡히지 않을 놈임을 자신이 더 잘 안다.

'낯을 심하게 가리는 놈이 아무에게나 날아들지는 않았을 테고…… 놈들을 따라갔나?'

따라갔다면 귀물이 놈들의 손에 들어갔다는 의미가 된다.

'젠장, 당최 감이 잡히질 않는군. 그나저나 이거 기가 막힌 냄샌걸?'

선뜻 나서지 못하고 염두만 굴리는 세프의 코로 환상적인 냄새가 맡아졌다.

배가 고프다고는 하나 기막힌 냄새는 시장기와는 별개로 흔히 맡아 볼 수 없을 정도로 독특했다.

'대체 무슨 고기이기에……?'

절로 군침을 돌게 하는 냄새는 뭐라고 표현할 수 없을 정도로 매력적이었다.

양념만으로 낼 수 없는 고기 특유의 냄새에 세프는 몇 번이고 나서려다가 멈칫해야 했다.

세프가 좋은 냄새를 풍기는 고기가 현세에 보기 드문 스밀로돈이라는 것을 알았다면 아마도 결과는 뒷전으로 미루어 놓은 채 염치 불구하고 나섰을 수도 있다.

하지만 선뜻 나서지 못하는 것은 청년들 앞에 딱히 나설 만한 이유가 없었기 때문이다.

다 늦은 저녁에 길을 잃고 헤매던 여행자라고 하기엔 자신의 몰골이 너무 의심스러웠다.

배낭 하나 없는 거지꼴의 여행자라니!

보나 마나 믿을 사람이 아무도 없을 것이다.

조난당한 여행자?

마지막 수단으로 써먹을 법도 하다.

'배는 고파 오고……. 허 참, 뭐라고 한다?'

판만 아니라면 이따위 고민을 할 이유가 없는 세프로서는 곤혹스러울 수밖에 없었다.

아니, 판의 근황도 궁금했지만 판에게 들려 보냈던 물건의 정체가 더 궁금한 세프였다.

곧바로 제국을 벗어나려던 세프가 마음을 바꿔 돌아온 것도 그런 이유였다.

자신을 죽음 직전까지 몰아간 물건이었으니 어떤 것인지 궁금하지 않다면 그게 더 이상한 일일 것이다.

'미치겠군.'

그냥 지나가다가 고기 한 점 얻어먹고 갈 일이라면 고민할 필요가 없겠지만, 꿍꿍이가 있는 세프로서는 청년들과 약간이라도 가까워져야 했다.

하지만 조금이라도 의심을 받지 않아야 자연스러운 대화가 이어질 것인데, 도통 적당한 핑계거리가 떠오르지 않았다.

한참 동안 굳어 있던 우두머리 청년의 입이 열리는 것이 보였다.

거리가 먼 탓에 무슨 소리를 하는지는 알 수가 없었지만, 두 청년이 식사 준비를 하는 것으로 보아 이제 배를 채울 모양이었다.

꿀꺽!

얼마나 먹고 싶었으면 침을 넘기지도 않았는데 절로 목울
대가 움직였다.

'할 수 없다. 시기는 별로 좋지 않지만 이렇게 마냥 있을
수는 없지. 일단 부딪쳐 보자구.'

내심으로 마음을 정한 세프가 막 나서려던 찰나다.

'헛! 저, 저, 저것은?'

세프의 눈을 번쩍 뜨이게 하는 장면이 나타난 것이다.

'파, 판!'

눈을 한껏 치뜬 세프의 시선이 조금 떨어져 있는 청년에게
로 향했다.

청년의 손에 판이 오도카니 앉아 있는 것이 아닌가?

판은 재잘거리는 듯한 특유의 지저귐도 없이 얌전하게 앉
아 있었다.

'저, 저…… 지조도 없는 놈!'

판의 행동에 세프의 이마가 대번에 찌푸려졌다.

'뭐, 그럴 수도 있겠지.'

영물 중에 영물인 만큼 아마도 분위기를 읽고 얌전한 것이
리라.

더구나 판이 좋아하는 고기가 풍성할 만큼 구워지고 있으
니 까다롭게 굴지 않을 수도 있었다.

아무튼 지금은 판이 중요한 것이 아니었다.

'주, 주머니는?'

세프의 날카로운 눈초리가 청년의 아래위를 훑었다.

'필시 품속에 지녔을 테지.'

판을 확인한 이상 세프는 핑계고 뭐고 더 망설이고 있을 수가 없었다.

타닥. 타다닥. 타닥.

장작이 타면서 불똥이 나타났다가 사라지기를 끊임없이 반복하는 모닥불에서는 구수한 냄새가 진동하고 있었다.

하지만 애석하게도 분위기는 구수한 냄새와는 달리 깊은 상념으로 가득 차 있었다.

말콤과 테오와 동떨어져 하늘만 올려다보고 있는 루카는 자리를 잡은 이후 미동도 하지 않은 채였고, 모닥불을 사이에 둔 말콤과 테오는 애꿎은 부지깽이만 쑤셔 대고 있었다.

그도 그럴 것이 묘지를 떠나오면서 루카가 한 말이 두 사람의 뇌리에 화인처럼 박혀 있기 때문이었다.

ㅡ죽은 사람들을 추모하는 것은 자유지만 슬퍼하는 것은 오늘 밤까지다. 몸과 마음을 망치지 않도록 해라. 앞으로 할 일이 많다.

굳이 새겨듣지 않아도 복수라는 단어를 연상하게 하는 말임을 모르지 않는 두 사람이다.

간혹 오가는 눈빛에 각오가 새겨지는 것도 그 때문이었다.

밀림의 무법자라는 스밀로돈을 때려잡은 루카가 있는 한 복수가 결코 허망한 꿈으로 끝나지 않을 것이라는 점이 한 가닥 희망이었다.

그것은 두 사람에게 용기와 의욕을 불어넣어 주는 촉매제나 다름없었다.

그리고 이어진 한마디가 또 있었다.

–죽음은 살고 남은 빈자리일 뿐, 마음이 힘들 때는 더 치열하게 현실과 어울리는 것이 최선이다. 그것이 죽은 이들이 너희들에게 바라는 것임을 명심해라.

백 번 천 번 맞는 말이었다.

울상을 하고 죽치고 앉아 있다고 해서 자신들의 사정을 헤아려 대신해 줄 사람은 아무도 없다.

오롯이 일어서려면 스스로 해결해 나가야만 했다.

말콤과 테오는 루카가 건네는 한마디 한마디가 하나도 버릴 것이 없다는 것을 알고 가슴에 하나하나 새겼다.

그렇게 루카는 스밀로돈 하나로 말콤과 테오에게 전폭적인 신뢰를 받는 인물로 변해 있었던 것이다.

"……!"

말콤과 테오의 눈빛이 다시 한 번 허공에서 충돌했다.

눈빛만으로 서로의 속내를 알 정도로 죽마고우인 두 사람의 시선이 동시에 루카에게로 향했다.

동경이 가득 찬 눈빛이다.

그러나 두 사람의 마음과 별개로 루카는 깊은 시름에서 좀처럼 벗어나지 못하고 있었다.

'포르테, 타미아.'

지금은 곁에 없지만 평생토록 잊히질 않을 아내와 딸의 이름을 되뇌어 보는 루카의 심경은 참담했다.

문득문득 이 믿기지 않는 현실 앞에 가슴이 진탕되다 못해 참을 수 없는 고통이 엄습해 왔다.

말없이 순종만 하던 현숙한 아내의 환한 미소가 그리웠다.

눈에 넣어도 아프지 않을 딸이 당장이라도 '아빠!' 하고 부르며 달려와 품에 안길 것만 같은 기분이 시도 때도 없이 찾아왔다.

아비의 품에 안겨 한창 재롱을 부려야 할 어린 딸이 그렇게 꽃잎 지듯 가고 말다니 도무지 믿기질 않았다.

아내도 아내지만 딸이 너무도 보고 싶었다.

말콤과 테오에게 오늘만 슬퍼하자고 했지만 이런 식이라면 정작 자신이 더 지키지 못할 것 같았다. 가슴에 묻었다지만 딸아이가 차지한 자리가 너무 컸기 때문이다.

그러나 이 밤이 지나면 딸아이를 그리는 애틋한 감정마저 보내야 한다.

말콤과 테오에게는 추모하는 마음을 허락했지만 루카 자신은 그럴 수가 없다.

이런 사태를 저지른 자들을 결코 용서할 수 없기에 독기로 마음을 다져야 했다.

독기로 점철된 마음에 해맑은 딸아이를 품고 있을 수는 없지 않은가?

부르르르…….

울컥해진 마음이 격앙으로 치닫는지 루카의 꽉 쥔 주먹이 눈에 띄게 떨었다.

입술은 앙다물어졌고, 독기를 머금은 눈빛은 쇠라도 녹여버릴 듯 살기로 가득했다.

겁화가 활활 타오르는 듯한 착각마저 들게 하는 원한의 눈빛. 그 눈빛이 한을 토하고 있었다.

누가? 누가 나를 건드렸는가?

제국을 위해 할 일을 다 한 몸.

초야에 조용히 파묻혀 살고자 했다.

지난 생에서 못다 했던 사랑을 나누고자, 다시 찾아온 생에서 내 소중한 이들과 이 삶이 다할 때까지 오순도순 살고자 했다.

그런데 왜? 왜에?

내 삶의 안식처였던 아내와 내게 살아가야 할 의무를 지어 준 딸을 누가? 무슨 이유로……. 그리도 처참하게 죽였단 말인가?

누구더냐?

합당한 이유를 들어야겠다.

그놈이 뒷골목의 깡패든, 영주, 공작, 대공이든, 아니 놈이 황제라도.

지옥을……. 보여 주리라.

루카의 내심은 그렇듯 처절한 울부짖음으로 세상을 향해 원한을 쌓고 또 쌓아 가고 있었다.

그러다 문득 말콤과 테오의 눈빛이 점차 격앙되어 가는 자신의 감정을 뚫고 이입이 되고 있는 것을 뒤늦게야 알아챘다.

'……!'

눈치를 보니 두 사람은 벌써 안정을 찾았는지 경외 어린 눈으로 자신을 빤히 쳐다보고 있지 않은가?

제법 오래 그렇게 쳐다보고 있었던 듯 눈빛이 전에 없이 안정되어 있었다.

저들이라고 덜 슬퍼서 저렇듯 빨리 안정을 찾았을까?

부모와 형제들을 한꺼번에 잃은 저들이 그럴 리는 없지 않은가?

기감으로 느껴지는 눈빛이 이미 슬픔 대신 복수심을 담았음을 알 수 있었다.

두 사람의 눈빛이 이렇게 말하고 있는 듯했다.

정신을 차리라고.

그런 두 사람의 눈초리를 대하니 갑자기 자신이 못나 보였다.

'후우.'

슬픔을 좀처럼 떨쳐 버릴 수 없었던 루카는 맥없이 한숨만 내쉬었다.

25년 동안 차곡차곡 쌓아 두었던 능력을 채 5년도 안 되어 무용지물로 만든 거대한 무덤은 바로 다른 누구도 아닌 자신의 딸이었던 것이다.

물론 후회 같은 감정은 아니다.

'못났다. 못났다. 루카, 5년의 세월이 그렇게도 길었더냐?'

머쓱해진 마음에 루카는 자책하고 또 자책했다.

'미안하군.'

두 사람의 눈빛이 걷힐 기미가 없자, 루카는 억지로라도 정신을 수습해야만 했다.

그렇다고 해도 딸에 대한 그리움은 쉽게 떨치지 못할 것임을 자신이 더 잘 안다.

하나, 이제는 그렇게 흘러가도록 둘 수밖에 다른 도리가 없다.

'후우, 제 속으로 아이를 낳아 보지 않아서인가?'

그럴지도 몰랐다.

하지만 마냥 슬퍼하거나 우울해하지 않는 모습이 오히려 기꺼웠다.

'그래, 이왕 가슴에 묻은 것이니……'

내심으로 결정하자, 마음이 조금 편해지는 기분이다.

마침내 굳게 닫혔던 루카의 입이 열렸다.

"배가 고프군. 뭐 좀 먹지."

"예? 아! 예, 예, 금세 준비하지유."

"그럼요. 벌써 다 익었는걸유."

루카의 한마디에 말콤과 테오가 그 말을 기다렸다는 듯이 부지런히 움직였다.

언제 슬퍼했느냐는 듯 신 나 하는 행동이 다소 과해 보였지만, 둘은 그렇게 하기로 약속이라도 한 듯했다.

'여보, 찌푸린 하늘과 날리는 눈발 속에서도 나는 늘 당신의 모습을 그릴 것이오. 그러니 나를 믿고 편히 잠드시오. 그리고 내 딸 타미아, 휘몰아치는 폭풍도 한낱 가로수의 흔들리는 울음마저도 아빠는 네 짤랑거리는 목소리로 알고 유심히 들으며 위안을 얻을 거야. 믿어 주렴. 잘……, 자라, 내 딸아.'

속으로나마 그렇게 아내와 딸을 떠나보낸 루카가 품속을 뒤져 조그만 트로이 목마를 꺼냈다.

트로이 목마는 딸의 방에서 건진 유일한 유품이었다.

그슬린 자국이 없진 않았지만, 트로이 목마는 그토록 뜨거웠을 화염 속에서도 어쩐 일인지 멀쩡했다.

더더욱 놀라운 것은 트로이 목마 안에 있던 조그만 새까지 기적적으로 살았다는 점이었다.

딸깍.

배에 달린 고리를 열자, 조그만 새 한 마리가 튀어나와 루카의 손에 얌전히 내려앉았다.

바로 세프가 그렇게 찾던 판이었다.

'타미아.'

판을 보고 내심으로 불러 보는 딸의 이름이다.

그럴 만한 이유가 있었다.

새의 종류도 모르고 이름도 몰랐지만, 그저 딸이 아끼던 장난감에서 나왔으니 그녀의 분신이 아닌가 싶은 순수한 마음이었다.

또 새가 자신의 곁을 떠나지 않는다면 이름을 타미아라고 지을 생각도 했다.

그리고 한 가지 더 있었다.

타미아가 어디서 얻었는지 석류처럼 영롱한 심홍색의 보석을 트로이 목마에 넣어 두고 있었던 것이다.

루카의 얄팍한 지식으로도 알 수 있었던 보석은 가넷 garnet(석류석)이었다.

단지 예사 물건이 아니라고 여기는 것은 마법 문양이 어지럽게 각인되어 있었기 때문이다.

당연히 어린 타미아가 지닐 물건이 아니었으며 주인이 따로 있을 것임을 미루어 짐작할 수 있는 일이었다.

하지만 타미아가 어떤 경로로 손에 넣었든지 루카는 누구에게도 가넷을 내놓을 생각이 없다.

사랑하는 딸의 유품이라는 것이 첫째였고, 둘째는 혹여 이 물건으로 인해 참변이 벌어지지 않았나 하는 조심스러운 생각이 들었기 때문이다.

물론 단초가 될지 안 될지는 모르겠지만, 사람은 죄가 없지만 보물을 가진 게 화근이 될 수 있다는 말처럼 마냥 무시할 것만은 아니었다.

꾸욱.

'찾는다. 반드시!'

주먹을 힘껏 말아 쥐는 루카의 입이 하악골이 불거지도록 꾹 다물렸다.

"성님, 다 됐슈. 어서 오셔유."

"수고했다. 하지만 잠시 기다려야겠다."

말콤이 청하는 말에 대답하던 루카가 자리에서 일어서며 어둠 저편을 가만히 응시했다.

일찍부터 느끼고 있던 기척이었지만 별반 위험한 것 같지 않아 무시해 뒀었다.

하지만 자신들 쪽으로 오는 기척에 할 수 없이 반응을 보이는 것이다.

"……?"

말콤은 루카의 행동에 손이 저절로 허리로 향했다.

"말콤, 뭔 일이여?"

"쉿! 무기나 들어."

"잉?"

식사 준비를 하던 테오가 말콤의 말에 벌떡 일어서더니 대뜸 정글도를 뽑으며 앞으로 나섰다.

"아고고, 제발 공격하지 마시오. 난 조난을 당한 여행자라오."

손사래를 치면서 루카의 일행에게 다가오던 세프가 테오의 위협적인 모습에 걸음을 멈췄다.

그러나 세프를 알아본 판이 먼저 날아가 머리 위를 맴돌며 지저귀었다.

찌르르. 찌르르르……

'이런! 판, 제발 나를 모른 척해 다오.'

정글도를 든 테오보다 오히려 판을 보고 더 긴장하는 세프였다.

그도 그럴 것이 판이 세프의 소유물이라는 게 들통 나면 사태가 심각해지기 때문이다.

"테오, 장작 하나를 던져라."

"야."

루카의 뜻을 알아챈 테오가 불붙은 장작을 세프의 발치에 던졌다.

"이봐, 장작을 들고 얼굴에 비춰 봐."

"아, 그러지요."

세프가 얼른 활활 타고 있는 장작을 얼굴에 갖다 댔다.

예의 하관이 뾰족한 데다 조금은 익살스러운 인상의 얼굴이 드러났다.

정말로 몹쓸 일을 당했는지 땟국물이 완연한 얼굴에 후줄근한 몰골은 초췌하기 이를 데 없었다.

일견해도 동정심을 유발하는 몰골이었지만, 가족들이 떼죽음을 당한 상황이다 보니 낯선 이를 선뜻 들이기가 저어됐다.

말콤과 테오의 시선이 루카에게로 향했다.

세프의 얼굴을 보고 이맛살을 살짝 찌푸렸던 루카가 얼른 표정 관리를 했다.

'대도 세프.'

세프를 이미 알고 있었던 루카의 심사가 복잡해졌다.

한때 대륙의 이름난 인사들을 속속들이 조사해 직접 인명사전까지 만들었던 장본인이 바로 루카다.

인명사전에는 온갖 유명 인물들을 포함해 각 단체의 세력까지 망라되어 있었다.

당연히 대도로 유명한 세프가 포함되지 않을 수 없다.

초야에 묻혀 살았다고는 하나 불과 5년 전의 일이 기억에서 완전히 사라질 수는 없는 일.

셰프를 일견하자마자 셰프의 모든 이력이 루카의 뇌리에
떠오른 것은 당연했다.

더군다나 루카에게는 특이하게도 환생하면서 생긴 천부적
인 능력이 있어 더 기억이 뚜렷했다.

바로 조영력이다.

조영력은 책이나 신문 그밖에 모든 것을 사진처럼 기억하
는 능력을 말한다.

고로 셰프는 물론 수많은 인물들의 신상과 이력까지 세세
히 기억하고 있었다.

단 5년 전까지의 인물들이지 신진 인물들은 아니었다.

인명사전을 만든 것은 모두 루카의 전직에서 비롯된 일이
었다.

물론 셰프는 루카의 정체를 모른다.

'저자가 여긴 웬일이지?'

주워 먹을 것도 없는 오지 마을에 도둑이 찾아왔다는 것은
아귀가 맞지 않았다.

좀도둑도 아닌 대도라면 더욱 그렇다.

'혹시……? 아니지, 매사를 그렇게 연관 지어 생각하면 혼
선만 온다.'

내심의 생각을 접은 루카는 셰프를 받아들이기로 마음먹
었다.

'곁에 둔다면 도움이 될 수 있겠어.'

하지만 먼저 진실성부터 알아볼 필요가 있었다.

"말콤, 정체부터 밝히라고 해."

"알았시유."

말콤이 정글도를 거두고는 물었다.

"들었지유? 댁의 정체를 밝혀 보슈."

말콤의 정체를 밝히라는 말에 세프가 잠시 망설이더니 이내 결심을 했는지 당당하게 말했다.

"좋소이다. 난 세프라고 하오. 직업은 도둑이오."

"엥? 도, 도둑?"

"그렇소."

"하면 시방 쫓기고 있단 말이유?"

"아니오. 방금 말했다시피 이곳으로 오는 도중에 조난을 당했다오."

"도둑이 조난을 당했다니……. 우리더러 그 말을 믿으란 말이유?"

"그럼, 어떻게 해야 믿겠소?"

"우리 델라 마을로 도둑질을 하러 왔다가 조난을 당했다면 믿겠소."

"쩝! 거……. 말 좀 가려서 합시다. 내가 도둑놈이긴 하지만 아무 때나 남의 것을 훔치지 않소이다. 꼭 필요할 때만 훔친다 말이오. 그것도 귀족이나 돈 많은 상인의 집만 터는 신사란 말이오."

"쳇! 도둑이 신사는 무슨······."

아니꼽다는 듯 고개를 외로 꼬는 말콤의 귀로 루카의 음성이 들려왔다.

"말콤, 도둑이라도 스스로 돌아보아 부끄럽지 않은 사람이면 됐다."

"헤헤헤, 지도 그렇게 생각했구먼유. 이봐요, 언능 이리 오슈."

"고, 고맙소."

"근데 그 새가 어째 당신 어깨 위에 올라앉았슈?"

"실은······. 이놈은 내 거요."

"잉?"

말콤이 시선을 루카에게로 보냈다가 금세 말을 이었다.

"아니, 어째서 당신 거란 말이유?"

버럭 대들었지만 작은 새가 스스럼없이 셰프의 어깨에 앉는 걸 보고 살짝 불안해진 말콤이었다.

'저거······. 타미아 방에서 나온 놈인데······.'

"에휴, 사정이 있소. 우선 먹을 거나 좀 주시오. 배고파 뒈지겠소."

"어? 그, 그러시유. 여기······."

말콤이 고기 한 덩이를 썰어 건넸다.

배가 등가죽에 붙었던 셰프는 받자마자 정신없이 고기를 뜯어 먹었다.

'으아, 기막힌 맛이로구나! 씹기도 전에 살살 녹는구나, 녹아. 대체 뭔 고기야?'

한 입 베어 물자마자 스르르 녹아 버리는 연한 살코기의 표현할 수 없는 맛에 셰프의 손과 입이 바빠졌다.

자연 삽시간에 셰프의 손에 들렸던 고기 한 덩이가 사라져 버렸다.

순식간에 뚝딱 해치우는 것을 본 말콤이 다시 한 덩이를 건넸다.

"배가 무지하게 고팠었나 보우."

"끄윽. 족히 7일은 굶었다오. 근데 수프는 없소? 갑자기 속이 채워지니 목이 메이오."

"쳇, 골고루도 찾네. 옛수."

"허허허, 이왕 신세를 지는 것 편하게 먹게 해 주구려."

"푸훗! 그러슈. 먹는 걸 가지고 뭐라고 할 사람 없으니깨."

넉살 좋게 웃는 셰프가 밉지 않았는지 말콤도 설핏 웃어 보였다.

"고맙소. 아 참, 판, 너도 좀 먹을래?"

깜빡했다는 듯 셰프가 어깨 위에 앉은 판에게 고기 한 점을 건넸다.

파닥. 찌르르. 찌르르르.

셰프가 건네는 고기를 본 척도 하지 않은 판이 훌쩍 날아 루카의 손에 들린 트로이 목마 속으로 쏙 들어갔다.

"엥?"

전혀 예측하지 못한 판의 행동에 얼떨떨해진 세프가 멍한 표정을 지었다.

"우히히히, 이제 당신이 싫어졌나 보우."

"그럴 리가 없소. 판, 이리 온."

그러나 들은 척도 않는지 판이 트로이 목마에서 나올 생각을 않는다.

"얼라리? 야, 판! 너……. 잠시 소홀히 했다고 나를 배신하는 거냐?"

"에이, 새가 사람 말을 어떻게 알아듣수."

"무슨 소리! 판이 얼마나 영리한데……. 판, 얼른 안 나와!"

버럭 화를 낸 세프가 연방 불러 보지만 판은 감감무소식이다.

'어라? 이럴 리가 없는데……?'

세프는 판이 삐쳐도 단단히 삐쳤다고 여겼다.

'썩을 놈이! 이젠 주인 말도 안 들어?'

당장이라도 달려가 요절을 내고 싶었지만 얻어먹는 주제에 나댈 수는 없는 일이었다.

"이보슈. 먹으면서 조난당한 얘기나 해 봐유."

"아, 그게……."

말콤이 묻는 말에 세프는 판을 잠시 더 두고 보기로 하고 얘기를 해 주기로 했다.

그 전에 요 한주먹거리도 안 될 젊은 놈이 자신을 부르는 호칭부터 다듬어야 했고, 앞으로의 행보를 위해서 서열 역시 명확히 할 필요가 있었다.

"이보게 젊은이, 난 이보슈가 아니라 세프라는 엄연한 이름이 있다네."

"아! 미안혀유. 난 말콤이라고 혀유. 저긴 내 친구인 테오구유. 그리고……."

말콤이 루카에게 소개를 해도 되느냐는 눈빛을 보냈다.

"루카요."

"어, 반갑소이다. 고르반 영지로 오다가 날이 저물어 잠을 자고 있는데 그만 솔저 앤트soldier ant(병정개미)의 기습을 받았지 뭐요."

"엑! 소, 솔저 앤트요?"

세프의 말에 충격을 받았는지 말콤의 안색이 확 변했다.

그만큼 솔저 앤트가 주는 공포가 큰 탓이리라.

"그렇소. 정말 무시무시한 놈들이었소이다. 소리도 없이 기습하는 통에 꼼짝없이 당했소. 무더기로 달라붙는 놈들을 떼고는 정신없이 내달렸소. 그 결과가 이 모양 이 꼴이오."

"그, 그게 언제 적 일이오?"

"7일 전이오."

"확실하오?"

"내가 무슨 득을 보자고 거짓을 말하겠소. 아! 이곳은 영향이 없을 것이오. 저기 바나 산 너머였으니까."

"휴우! 그렇다면 다행이지만……."

"그나저나 여긴 왜 이렇게 됐소? 당신들도 지나가던 길이었소?"

"……."

천연덕스럽게 묻는 세프의 말에 말콤의 표정이 숙연해졌다.

"혹시……. 델라 마을 사람이오?"

끄덕끄덕.

"저, 저런! 어쩌다가……?"

예상은 했었지만 직접 듣고 나니 세프도 안색이 헬쑥해지기는 마찬가지였다.

"밀림에 들어갔다가 와 보니 저렇게 되어 있었소."

말콤의 힘없는 말에 세프가 조심스러운 어조로 물었다.

"범인이 누군지는 아오?"

절레절레.

"으음, 잔인한 놈들이군. 저기……."

"……?"

"내가 비록 엉덩이 가볍고 행동도 진중하지 못하고 직업도 떳떳하지 못해 가끔 사고를 자초하기는 하지만, 적어도 남의 말에 쉽게 혹하지 않고 또 이렇게 신세를 진 사람의 뒤통수는 치지는 않소이다. 그래서 하는 말인데……. 원한다면 날이 밝는 대로 범인을 추적해 보리다."

"어, 어떻게……?"

"말콤이라고 했나?"

"야."

"내가 자네보다 나잇살이나 먹은 것 같으니 지금부터 편하게 대하겠네."

"그, 그러슈."

"이래 봬도 이 형이 제법 큰 도둑으로 알려져 있다네. 그러니 추적이라면 대륙에 나를 당할 자가 별로 없을 걸세."

"저, 정말이유?"

반존대에다 은근슬쩍 윗사람으로 자리매김을 해 놓는 세프의 말솜씨는 도둑질만큼이나 능숙해서 순진한 말콤은 그런 눈치조차 채지 못하고 범인 추적이라는 말에만 정신을 쏟았다.

이에 테오도 관심을 보이며 두 사람의 곁으로 슬며시 다가섰다.

'후후, 됐어.'

두 사람의 태도에 만족한 세프는 속으로 쾌재를 불렀다.

하나, 그래도 은근히 신경이 쓰이는 인물이 있었으니 바로 루카였다.

제법 나이가 있어 보이고 경륜도 만만치 않을 인상의 루카는 관상의 대가라 불릴 만큼 사람을 보는 눈이 여간 아닌 세프에게도 껄끄러운 존재였던 것이다.

"서, 성님, 범인 추적에 자신 있다고 하는디유?"

"들었다. 밤이 깊었으니 눈을 붙여 둬라. 불침번은 내가 먼저 서도록 하마."

스윽.

루카가 자리에서 일어서더니 방책을 돌아 사라졌다.

이를 지켜본 세프가 말콤에게 속삭였다.

"원래 저렇게 말이 없는 사람인가?"

"야, 당신도 먹을 만큼 먹었으면 그만 주무슈. 담요는 저기 있으니 마음대로 덮어도 되유."

"어, 그, 그래, 고맙네."

전설, 깨어나다

습기가 잔뜩 밴 석벽의 통로는 몇 개의 토치로 겨우 어둠을 물리고 있었다.

감옥 특유의 퀴퀴한 냄새가 후각을 마비시킬 정도로 역한 그곳으로 이제 한창 젊음을 구가할 나이로 보이는 두 병사가 포승줄에 묶여 창칼을 든 병사들에게 끌려가고 있었다.

끌려가는 병사나 호송하는 병사 모두 피부가 진한 구릿빛으로 까무잡잡했다.

포승줄에 묶인 두 병사는 표정이 난데없는 날벼락에 억울함으로 가득했고 끌려가는 내내 목청껏 항변하고 있었다.

"백인장님, 대, 대체 왜 이러시는 겁니까? 우린 아무 죄도 없단 말입니다!"

"제발 이러는 이유라도 알려 주십시오."

절규하듯 부르짖는 두 병사의 호소였지만 백인장이라 불린 인물은 들은 체도 하지 않고 쇠창살 앞에 멈추더니 차가운 어조로 명령을 내렸다.

"열어라!"

"옛!"

철컹!

"처넣어!"

"옙!"

쇠창살의 문이 열리자마자 명령을 받은 병사들이 두 병사를 우악스럽게 밀어 넣으며 발로 찼다.

퍼억! 퍽!

"들어가!"

"악!"

"아악!"

철퍽! 철퍼덕!

병사들의 거센 발길질에 두 병사는 울퉁불퉁한 돌바닥에 그대로 고꾸라졌다.

그러나 거센 내던짐에도 불구하고 재빨리 몸을 일으킨 두 병사가 쇠창살에 매달리며 소리쳤다.

"백인장님, 대체 이유가 뭡니까? 죄가 있다면 죄명이라도 알려 주십시오!"

"그래요. 이렇게 가두는 이유를 알려 주십시오!"

진정 억울하다는 눈빛을 자아내며 애원하는 두 병사의 간절한 호소에도 백인장은 시종 차가운 눈빛만 발하며 옆에 대기하고 있는 병사에게 턱짓을 했다.

"문을 잠가!"

"옛!"

병사가 잽싸게 창살의 고리에 자물쇠를 걸었다.

"음식을 넣어 줘!"

"옛!"

이미 준비되어 있었는지 창살 밑으로 두 개의 그릇이 내밀어졌다.

"가자!"

더 이상 미련 없다는 듯 찬바람이 나도록 홱 돌아선 백인장이 뚜벅뚜벅 걸어갔다.

백인장을 따라 병사들 역시 뒤도 돌아보지 않고 가 버렸다.

쾅! 쾅! 쾅!

"야! 후안, 이 새끼야! 이유를 대란 말이다! 이유를!"

"후안, 이 썩을 놈아! 죄도 없는 부하를 이렇게 대해도 되느냐! 빨리 열지 못해!"

쇠창살을 부술 듯이 두드리며 악을 써 대는 두 병사는 이제 상대의 백인장이란 계급도 안중에 없는지 온갖 욕을 해 댔다.

하지만 백인장과 병사들은 들어올 때와 마찬가지로 일절 대꾸를 하지 않고 직각으로 꺾인 모퉁이를 기점으로 사라져 버렸다.

 두 병사는 절규와도 같은 악다구니를 한동안 계속하더니 제풀에 지쳤는지 힘없이 바닥에 주저앉았다.

 그렇게 한동안 멍하니 앉아 있던 병사 하나가 넋이 나간 목소리로 동료에게 말을 걸었다.

 "브린, 이게 대체 무신 사달인겨?"

 "씨불, 나도 뭐 아는 게 있어야재. 보초를 서고 돌아오니까 내가 오길 기다렸다는 듯이 다짜고짜 포승줄부터 내밀더라니깨."

 "썩을. 난 순찰 돌다가 후안한테 끌려왔구먼."

 "후안, 그 자식은 내 한주먹거리도 안디여."

 "그야 내가 힘이 없어서 끌려왔남? 명령이라니깨 순순히 말을 들은 것뿐이재."

 "씨불 놈들이 개뿔도 안 되는 실력을 가지고 백인장이랍시고 거들먹거리고 다니니, 아니꼬워서 원……."

 "그게 다 변방 출신이라 무시당해서 그런 거여. 우리만 그런 거 아니잖여."

 "하긴 우리 마을 출신이라면 모두 밀림의 전사들이라고 해도 과언은 아닐 거여. 실력만으로 따지면 기사장이라도 찜 쪄 먹을 거구면."

"말하면 뭐혀, 입만 아프지. 소문에는 진급을 아예 막아 버린다고 하더구먼."

"그거? 다 이유가 있는 거여."

"뭔 이유?"

"기사와 행정관 들이 우리가 진급해서 계급이 높아지면 부족들을 모아 반란을 일으킨다는 시답잖은 말을 영주한테 했다는 거여."

"그런 소문은 나도 들었어. 그 소문이 거짓부렁인 줄 알았는디 진짜였구먼. 그러니 허구한 날 말단 쫄병에다 군역이 끝날 때까정 뺑뺑이만 디립다 돌다가 제대하지. 씨불."

"이미 전통이 되어 버렸으니깨 그건 어쩔 수 없는 거여. 시방도 그렇잖여. 기사장 같은 빽만 있었어도 이런 일이 생겼었어?"

"하긴. 그나저나 참말로 이상허구먼."

"뭐가? 짐작 가는 거라도 있는겨?"

"짐작이라기보다 왜 하필이면 너와 나냔 말이여? 다른 놈들은 다 놔두고 말씨."

"그러고 봉께 그렇구먼."

"혹시 우리 마을에 무신 일이 있는 것 아녀?"

"델라 마을에 일이 있을 게 뭐가 있다는 거여? 모두 순박한 사람들이고 세금도 꼬박꼬박 잘 내는디."

"그 말이 아녀. 세일리프들 등쌀에 혹여 시위라도 한 게 아니냐는 거여.”

“에이, 설마하니 세금 때문에 그럴까?”

“고름 죄진 것도 없는디 시방 이 날벼락이 이해가 돼?”

“글씨, 암만 생각혀도 모를 일이구면.”

“야, 로만, 혹시 네 동생이 군역을 피해 달아난 건 아녀?”

“인마, 내 동생이 그럴 이유가 없잖여?”

“그려, 그럴 이유가 없재. 하지만 말이여, 워낙 뜬금없는 일을 당해 놔서 별게 다 의심스러워지는구면.”

“아!”

짝!

“잉? 뭔 이유인지 알아낸 거여?”

로만이 손뼉까지 치며 뭔가 떠오른 표정을 짓자 브린이 반색을 하고 물었다.

“말콤 성이랑 테오 성!”

“뭐? 그 성들이 왜?”

“바보야, 휴가 갔잖여.”

“맞어. 두 성이 시방 휴가 중이재. 근디 그게 왜?”

“나가 듣기로 어제까정 귀대해야 하는디 아직 도착하지 않았다지 아메?”

“뭐라? 그게 참말이여?”

“아무렴 참말이재. 어제 행정과에서 나더러 어찌 된 일이냐고 묻고 가지 않았겄어?”

"그려? 내겐 안 왔는디?"

"내게 왔다 갔으니깨 그랬겠재."

"그렇다문야. 허지만 그 성들이 그럴 리가 없는디……. 이 거야 참말로 무신 일이 있는 거 아녀?"

"에혀, 그렇게 생각해 보자니 도통 감이 잡히는 게 있어야 생각을 해 보재."

"아무리 그렇다고 혀도 이상혀. 설사 성들이 탈영을 했다 손 치더라도 우리랑 뭔 연관이 있다고 이런 대접을 받는단 말이여?"

"그렇긴 혀. 그건 대륙 어느 군법에도 없는 일이구면."

"그나저나 우린 어떻게 될 것 가텨?"

"죄도 없는디 죽이기야 하겠어?"

"아녀. 아녀. 백인장 놈의 얼굴에 서슬이 퍼런 걸 보면 그 렇게 장담할 것도 아니여."

"젠장맞을. 그래도 이렇게 끼니를 놓고 가는 걸 보면 꼭 그렇지도 않은 것 같기도 한디……. 씨파, 당장 어쩌겠어, 지 둘려 봐야재."

"그려. 근디 여긴 너무 축축혀서 지낼 수나 있겠냐?"

"까짓것 죄도 없는디 며칠이나 지내겠어? 금방 밝혀질 텡 게 편하게 생각허자고."

"젠장, 그게 억지로 되남?"

"에잉, 식사나 혀. 먹어 둬야 견디재."

"난 식욕이 엄서. 너나 먹어."

"쳇! 나라고 식욕이 있건남? 그래도 먹어 둬. 여긴 사방에 쥐가 들끓는 곳이잖어."

브린의 말에 로만이 새삼 주위를 둘러보니 인간 냄새를 맡은 쥐들이 벌써부터 몰려들어 눈을 번뜩이고 있었다.

"염병할. 자다가 쥐떼에게 뜯기지나 않으면 다행이겠네."

"그 전에 음식부터 다 뺏기겠다."

"아고고, 뻣뻣한 자세로 하루 종일 보초를 섰더니 다리도 뻐근하고 참말로 피곤하구먼."

"아ㅡ 함! 나두다. 밤새워 순찰을 돌았더니 눈이 저절로 감겨. 어여 후딱 먹고 한숨 자자고. 그러면 데리러 올지도 모르잖여?"

"고롬 올매나 좋을까. 그래, 먹자고. 죽더라도 때깔이라도 곱게 말이여."

그 말을 끝으로 브린과 로만은 자신들의 운명을 한 치 앞도 예견하지 못한 채 습기가 만연한 감옥에서 허겁지겁 식사를 했다. 그러고는 피곤했는지 곧바로 잠을 청했다.

한데 잠시 후, 브린과 로만의 몸부림이 조금씩 심해진다 싶더니 급기야 더 이상 견딜 수 없었는지 동시에 벌떡 일어났다.

"컥컥!"

"커어억!"

기도가 타들어 가는지 아니면 갑자기 급체가 왔는지 두 손으로 목을 움켜쥔 브린과 로만이 숨도 쉬지 못하고 연방 컥컥댔다.

"로, 로만, 도, 독……. 커억! 컥!"

"끄으윽, 도……옥……."

제대로 말도 하지 못하는 두 사람은 금방이라도 눈이 튀어나올 듯했고 동공이 점점 확대되어 갔다.

그러나 그것도 잠시 더 이상 견디기 어려웠던지 두 사람은 결국 무릎을 꿇었다.

이윽고 코에서 피가 나오는 것을 시작으로 얼굴이 파랗게 변색되더니 급격히 꺼먼색으로 화해 갔다.

"끄으으……."

"커……."

전신을 부들부들 떨던 브린과 로만은 서로를 한번 쳐다보는 것을 마지막으로 힘없이 쓰러졌다.

털썩! 털썩!

이어 마지막 생명의 기운이 빠져나가는지 서너 번 들썩거리던 두 사람이 마침내 잠잠해졌다.

꽁 꽁

똑똑똑.

"들어와."

덜컥!

노크 소리에 응답이 있자, 간편한 무장 차림의 기사가 집무실로 들어섰다.

"영주님, 말씀하신 대로 처리했다는 후안의 보고가 있었습니다."

"수고했다. 병사들이 알면 곤란하니 비밀을 유지하도록."

"알겠습니다."

"나가 봐."

"옛!"

척!

오른손을 가슴에 대는 것으로 예를 표한 기사가 밖으로 나가자, 영주라 불린 인물이 함께 있던 두 사람에게 말했다.

한 사람은 마법사인 데올이었고, 또 한 사람은 무장 친위대의 칸츠 기사장이었다.

"데올 경, 휴가를 간 두 명을 제외하고는 군역을 지고 있는 델라 마을 출신들은 모두 정리된 것 같소."

"수고하셨습니다, 영주님. 각 지역에 근무하고 있는 녀석들까지 처리되었겠지요?"

"처리하는 대로 속속 보고가 들어올 것이니 안심하시오. 이걸 참고하면 도움이 될 거요."

헤일리가 서류를 한 장 건네며 말을 이었다.

"X 자 표시가 처리된 자들의 명단이오. 저잣거리에서 상업에 종사하는 놈들까지 처리하고 있는 중이니, 오늘이 지나면 얼추 정리될 게요."

"모두 162명이군요."

"델라 마을의 전체 인원은 그렇지요. 다 죽고 이제 몇 명남지 않은 셈이오."

"영주님의 은혜가 큽니다. 반드시 백작 각하께 영주님의수고로움에 대해 말씀드리도록 하겠습니다."

"험험, 뭘 그렇게까지……."

데올의 말에 내심 좋으면서도 겸연쩍어하는 영주란 자는턱살이 세 개나 불뚝 튀어나올 정도로 피둥피둥하게 살이 찐비둔한 체구였다.

이자가 바로 델라 마을이 속해 있는 고르반 영지의 헤일리남작이었다.

귀족 사회에서는 남작의 작위에 붙이는 미들 네임인 '드'자를 포함해 헤일리 드 고르반이라 부른다.

비록 5등작 중 가장 낮은 작위인 남작이라지만, 고르반 영지에서는 왕이나 다름없는 무소불위의 권세를 지닌 인물이기도 하다.

하나, 클랜 회의에 참석할 자격밖에 없는 남작이 백작 같은 대영주, 즉 지배 영주와 인연을 맺는다는 것은 영광스러운 일이다.

백작 휘하의 마법사일 뿐인 데올에게 감히 하대를 하지 못하는 이유도 그 때문이다.

물론 5서클의 마법사인 데올의 직위가 그리 낮은 게 아니라는 점이 일부 작용하긴 했다.

기실 엄격한 신분 사회인 만큼 남작이 백작의 한낱 가신일 뿐인 데올에게 존대할 이유가 없다.

남작이라고는 하나 영지를 가지고 있는 한 영지가 없는 백작이 부러울 리가 없었고, 휘하에 막강한 기사와 병사 들을 보유하고 있으니 대영주라고 해서 함부로 대할 수는 없다.

외려 대영주 입장에서는 다소 못마땅해도 어르고 달래야 하는 남작인 것이다.

이는 유사시 세력을 강화할 때를 대비한 포석이다.

그러나 워낙 오지에 위치한 영지이다 보니 적극적이기보다 그냥 안면을 터놓는 식이 경제적이었다.

이를테면 그 흔한 개똥도 정작 약에 쓰려고 찾아보면 보이지 않듯이 오지의 영지라 하나 언제 도움이 필요할지 몰라 한 발 담가는 식인 것이다.

헤일리는 백작과의 인연 한 가닥도 감지덕지라 여긴 나머지 관할하에 있는 마을이 쑥대밭이 된 것도 모자라 주민들이 떼죽음까지 당했는데도 전혀 개의치 않았다.

전형적인 출세 지향의 성격인 탓에 자신 발가락의 때만도 못한 촌놈들이 몰살당한 것은 안중에도 없었다. 오히려 그걸 기화로 백작과의 인연이 맺어졌다는 점이 더 중요한 헤일리 영주다.

어리석은 헤일리는 데올이 그런 심리를 한껏 이용하는 것조차 눈치채지 못했다.

아무튼 맡았던 임무가 지지부진한 것이 종내 마음이 걸린 데올의 입장으로서는 다시 한 번 백작을 걸고넘어지더라도 얄팍한 수를 써야만 했다.

부탁할 것이 많은 데올은 헤일리를 시종 정중한 자세와 말투로 대했다.

자연 어깨가 으쓱해진 헤일리는 자신의 간이라도 빼 줄 만큼 마음이 흡족했다.

"영주님, 휴가를 간 녀석들을 처리해야 하는데, 군대를 내주실 수 있겠습니까?"

"허허허, 원하신다면 얼마든지 내어 드리지요. 원하는 바를 말해 보시오. 내 힘껏 도우리다."

"감사합니다. 그럼, 말씀드리지요."

정중하게 머리를 숙여 보인 데올이 진중한 어조로 말을 이었다.

"지금부터 드리는 말은 비밀이오니 반드시 지켜 주시기 바랍니다."

"허어, 일이 그토록 중요하다면 지켜야지요."

"실은 제국의 운명을 좌우할지 모르는 중요한 물건을 찾아야 합니다.”

“엉? 그, 그게 무슨 말이오? 제국의 운명을 좌우하다니요?”

중요하다는 말조차 별로 와 닿지 않던 헤일리가 제국 운운 하는 소리에 깜짝 놀라며 안색이 대번에 핼쑥해졌다.

‘쯧! 일개 남작에게 제국의 운명까지 들먹여 도움을 얻어 야 하다니.’

데올은 내심 쓴웃음을 지었지만 답답한 건 자신이라 그 어 떤 허풍을 쳐서라도 일을 마무리해야 했기에 대담해지기로 했다.

“혹시 대도라 불리는 세프란 놈을 아시는지요?”

데올은 제국의 운명 같은 용어는 뜨거운 감자가 될 수 있 기에 더 이상 언급하기가 싫어 화제를 슬쩍 돌렸다.

제국의 운명 운운은 처음이자 마지막으로 슬쩍 해 놓으면 그것으로 충분했던 것이다.

“대도 세프라면?”

“예전에 영주님께서도 한 번 당한 적이 있는 것으로 압니 다만…….”

“마, 맞소. 그놈……. 험험.”

더 이상 말하기가 주저됐는지 헤일리가 헛기침을 연방 해 댔다.

‘그런 사실을 어떻게 알았지?’

“아무튼 그, 그래서요?”

"그만큼 중요한 일이라 군대를 총동원해 델라 마을의 남은 잔당과 세프라는 도둑을 반드시 잡아야 합니다."

"군대를 총동원해야 한다고요?"

"가옥들을 낱낱이 뒤져서라도 놈을 반드시 찾아야 하니까요."

"헐! 그래도 그, 그렇게까지?"

계속되는 데올의 말에 조금은 떨떠름한 기색인 헤일리에게 결정타가 날아왔다.

"그 일이 중요하기 때문에 곧 블레어 자작께서 지원군을 데리고 오실 겁니다."

"헉! 브, 브리안 영지의 블레어 자작께서 오신다고요?"

"예, 그만큼 이번 일을 중시하고 있는 거지요."

"허어!"

탄성을 내지른 헤일리의 안색이 굳어지기 시작했다. 이유는 블레어 자작이 밀림을 벗어나자마자 바로 만나게 되는 브리안 영지의 영주였기 때문이다.

또한 블레어 자작은 헤일리와 달리 무명으로도 이름이 높은 기사 출신의 영주라 대하기가 무척 까다로웠다.

더불어 항간에 떠도는 소문에는 베르크 영지의 헬러 백작과 서로 형이니 아우니 하는 친밀한 사이라고 알려져 있기도 했다.

그 정도의 인물이 기사단장이나 기사장을 보내지 않고 직접 온다는 것은 이번 일이 보통 중차대한 일이 아님을 뜻했다.

기회인가, 아니면 위기인가?

일이 잘 풀린다면 기회겠지만 그 반대라면 위기일 수도 있었다.

그 정도의 식견이야 헤일리에게도 있어 뇌리를 빠르게 돌리고 있는 중이었다.

적극적으로 가담하느냐? 아니면 협조하는 차원에서 끝내느냐?

둘의 차이는 얼핏 생각해도 극명하다.

'으음, 이 기회에 중앙으로 진출해?'

평생토록 지긋지긋한 열대의 오지에서 지내는 것이 죽도록 싫은 헤일리였다.

작위와 영지를 조상 대대로 물려받다 보니 꼼짝없이 웅크리고 있을 수밖에 없는 처지인지라 중앙으로의 진출은 꿈에서도 원하는 바였다.

헤일리가 염두를 굴리는 동안 데올은 데올대로 심란할 대로 심란해져 있었다.

이렇게 가만히 시간을 보내고 있다는 것 자체가 고역인 데올이었다.

아티팩트의 진동이 울리자마자 델라 마을을 급습했음에도 그만 세프를 놓쳐 버린 것이 천추의 한이었다.

그리고 이제 더 이상 진동이 없는 상태라 추적의 근거마저

사라진 난감한 상황이다.

추적의 근거가 없다면 무장 친위대만 가지고 세프를 잡는다는 것은 어림 반 푼어치도 없다.

거미줄처럼 포위망을 깔아 놔도 놈을 잡을지 말지인 상황이었다.

당연히 그 어떤 허풍을 쳐서라도 헤일리의 도움을 받아야만 했다.

그까짓 탈영한 원주민 두 명 정도야 눈에 차지도 않았다. 명분을 얻고 생색을 내느라 할 수 없이 거론했을 뿐.

'놈을 잡으려면 당신의 도움이 반드시 필요해.'

갈등하는 헤일리에게 데올이 또 한 번 결정타를 날렸다.

"영주님, 이번 일만 잘 해결되면 백작 각하께서 그 공로를 높이 사 어떤 언질이 있을 것으로 압니다."

"험험험……."

결정타를 맞은 헤일리가 손으로 입을 가리며 헛기침을 해 댔다. 눈치가 빤한 헤일리도 곧바로 반응하기가 멋쩍었던 것이다.

"뭐, 꼭 그런 일을 바란다기보다……. 어찌 됐든 백작 각하의 일에 손을 놓고 있을 수만은 없지요. 하, 하면 데올 경의 말대로만 해 드리면 되겠소이까?"

"예, 자작께서 오실 동안 여기 칸츠 기사장님이 원하시는 대로만 해 주시면 됩니다."

"알겠소."

"감사합니다, 영주님."

"감사는 무슨……. 밖에 누구 있느냐?"

덜컥!

헤일리의 부름에 경계를 서던 기사가 들어섰다.

"옛, 영주님!"

"속히 단장을 불러오너라."

"옛!"

❦ ❦

작렬하는 태양 아래서 끝도 없는 밀림의 수풀을 헤치며 걷고 있는 여행자 파티는 루카와 그 일행들이었다.

네 사람은 색깔만 다른 간편한 튜닉 차림에 각각 자신들이 애용하는 무기를 지닌 상태였다.

도둑인 세프야 별다른 무기가 없어 호신용 대거만 한 자루 허리에 찔렀고, 테오는 정글도와 대거 외에도 어깨 위에 삐죽 솟은 막대기를 갖췄다.

막대기는 블로우 건blow gun이라는 바람총으로 독침을 쏘는 대롱이었다.

말콤 역시 테오와 같은 무기를 지참한 데다 어깨 위에는 바람총 대신 활과 화살을 멨다.

루카의 차림에도 약간의 변화가 있었다.

일행들과 다름없는 튜닉 차림이었지만 겉으로 드러난 무기는 보이지 않았다.

다만 오른쪽 허벅지에 마치 방독면 가방처럼 찰싹 달라붙는 가죽 주머니를 차고 있다는 점이 특이했다.

일행들은 수림이 워낙 무성한 탓에 길도 없는 곳을 용케도 헤매는 일 없이 무난히 걸어가고 있었다.

바쁘지도 그렇다고 느리지도 않은 속도는 네 사람 중 가장 바쁜 세프로 인해서였다.

세프는 그의 장담대로 범인들을 추적하며 가는 중이라 가다가 멈추고 가다가 멈추고를 반복했다.

그 뒤의 말콤은 바짝 붙어서 추적에 대해 조금이라도 배우려는 의지로 가득했다.

근데 조금 우스꽝스러운 모습이다.

본시 말콤은 전통적인 밀림인답지 않게 덩치가 있는 편이었고, 세프는 도둑답게 체구가 왜소했다.

그렇다 보니 왜소한 세프의 뒤를 바짝 따라붙는 덩치 큰 말콤이 마치 새끼를 보호하려는 어미 곰 같은 모습이라 누구라도 보면 웃음보가 터질 법도 했다.

테오는 좌우를 경계하느라 조심스럽게 따르고 있었다.

그리고 가장 뒤쪽엔 루카가 따랐다.

그렇게 한참을 앞서 가던 세프가 비명을 지르며 허리를

폈다.

"으아! 아이구, 허리야."

"에이, 고작 몇 킬로 왔다고 그새 엄살이유?"

"인석아, 너도 내 나이가 돼 봐라. 이게 엄살이 아님을 알 테니까."

피식!

바람 빠지는 웃음을 내비친 말콤이 이어 불퉁한 어조로 말했다.

"제대로 추적하고 있기는 한 거유?"

"말발굽 자국이 선명해서 굳이 추적이라고 할 것도 없어."

"정말 이놈들이 범인이 확실한 거유?"

다소 허탈해하는 세프의 말투에 말콤이 반신반의하며 물었다.

"이봐 아우, 이놈들이 범인이 아니라면 누구라고 생각하나?"

"내가 범인을 안다고 한 건 아니잖어유? 왜 내게 물어유?"

"질문한 사람이 누군데?"

"그야 그렇게 말하니 너무 쉽다는 생각이 들어서 그러쥬. 참말로 맹숭맹숭하잖아유."

"에잉, 아우는 그놈의 사투리부터 고쳐야겠군."

"태생이 그런 걸 어째유? 기냥 냅 둬유."

"그래도 고치려고 노력해 보게. 범인들을 추적하려면 반드시 그렇게 해야 돼."

"그래도 군대 있을 때는 말끝에 '다, 나, 까'를 붙인다구유."

"그건 군대니까 그렇지. 아무튼 노력하게, 이놈들을 어디까지 추적해야 할지 모르니. 그런 말씨로는 금세 추적자를 알아볼 게야. 노출돼서 좋을 건 없잖아?"

"알았시유. 그런데 범인들이 왜 그랬을까유?"

"잉? 또 물어?"

"추적하다 보면 그런 것도 알 수 있다문서유."

"초동 단계에서는 알기가 어렵다고 했잖아? 대체 몇 번이나 물어?"

"알았시유. 하던 말이나 계속혀유."

"……!"

은근히 남의 속을 긁어 놓고는 아무렇지도 않은 것처럼 구렁이 담 넘어가듯 하는 말콤의 태도에 세프의 속이 부글부글 끓었다.

'능구렁이야 아니면 모자란 놈이야?'

속이야 부글거렸지만 세프 역시 산전수전 다 겪은 사람이다 보니 성질대로 할 때가 아님을 모르지 않아 점잖게 말을 받았다.

"쩝, 그러지. 맹숭맹숭하다고 했지?"

"야."

"그건 지레 복잡할 것이라 생각해서 그래. 때로는 단순하게 생각할 줄도 알아야 해."

"테오라면 모를까, 내는 원래 단순해유."

'제길, 이놈은 어째 어눌한 것 같으면서도 할 말은 다 해.'

그것도 정곡을 찔러서 물어보니 꼬박꼬박 대답을 해 줘야 해서 여간 피곤하지가 않았다.

"크흠, 아우가 내 뒤를 바짝 따라오면서 뭔가를 배울 심산인 것 같으니 내 가르쳐 주도록 하지."

"기냥 그대로 가도 되는디……."

'염병할 놈, 확! 그냥!'

세프는 내심 울컥했지만 지은 죄가 있는 데다 귀물을 찾아야 했기에 내색하지 않고 꾹 눌러 참았다.

배우려는 자세가 가상해서 가르쳐 주려고 했더니 김새는 말만 골라서 하는 말콤이 시어미가 때릴 때 말리는 시누이같이 밉다.

'으이그, 내가 너와 더 대거리를 하면 더 이상 대도 세프가 아니다.'

속으로 단단히 마음먹은 세프가 쪼그려 앉더니 무성한 풀숲을 헤쳤다.

그러고는 곧 선명한 말발굽 자국을 드러내 보이며 말했다.

"이걸 보겠나?"

"여태까지 보던 말발굽 자국이잖아유."

"그렇긴 하지. 자네……. 말 탈 줄 아나?"

"아니, 날 어떻게 보고 그런 소릴 한대유?"

"탈 줄 안다는 말이군."

"테오와 내가 못 타는 짐승은 없슈."

"엥? 그게 무슨 소린가?"

"사자도 타고 치타도 타고 코끼리도 탈 줄 안단 말여유."

'썩을, 도시에서 그게 뭔 소용이 있다고……'

속내는 그랬지만 정작 세프의 입에서 나온 말은 칭찬이
었다.

대거리를 하자면 한도 끝도 없기에 나름대로 정한 규칙이
었다.

"헐, 대단하이. 아무튼 탈 줄 안다면 말발굽의 깊이로 보
아 이 말이 어떤 상태인지도 짐작하겠군. 그런가?"

"……?"

칭찬에 조금은 우쭐해진 말콤이 세프의 숙제 같은 말에 눈
을 모으며 말발굽 자국을 유심히 살피더니 말했다.

"전마이긴 한디……. 말발굽 자국이 깊은 걸 보먼 무장이
실한디요."

"크하, 역시! 잘 보았네. 그건 마갑을 입힌 전마라서 그래."

"마갑을 입힌 전마를 탔다카먼 기사들이라는 뜻이잖아유?"

"호오, 제법이군."

"잉? 하면 헤일리 영주가 그랬단 말이여유?"

"쯧! 잘 나가다가 옆으로 새는군. 헤일리 영주가 반란도 일
으키지 않았는데 세금이 줄어드는 일을 뭐가 좋다고 하겠나?"

"……?"

"이번엔 다른 걸 보여 주지."

잠시 주변을 두리번거리던 세프가 허리 높이에 걸리는 잎사귀에서 뭔가를 집어 말콤에게 보여 주며 말했다.

"이게 뭔지 아나?"

"짐승의 털 같은디요?"

"털 같은 것이 아니라 진짜 털일세. 그것도 여길 지나간 전마의 털이 묻은 걸세."

"아, 알겠구면유!"

"어때 보이나?"

"거칠어 보이는 디유?"

"맞아. 거칠고 윤기가 없어 보이지. 그건 곧 오래도록 전마를 관리하지 않았다는 뜻이지. 다시 말해서 뭐가 바빴는지는 몰라도 이곳 밀림을 많이 헤맸다는 증거야."

"쳇! 우리 마을을 해치느라고 그랬겠지유."

"그건 아니지."

"왜유?"

"말하긴 좀 뭐하지만, 기사들이 델라 마을을 섬멸시킬 목적으로 왔다면 30분도 많은 시간일 게야."

"그건……. 맞는 말이유."

힐끗.

처음으로 자신의 말을 인정한 말콤이 뒤쪽의 루카를 슬쩍 쳐다보더니 누가 들을 새라 속삭이듯 말을 잇는다.

속삭이는 이유는 테오 때문이었다.

"그때 말이유. 우리 성님만 마을에 있었다문 기사가 아니라 더한 놈들이라도 모두 쥑이 뻐릿을 거유."

"......!"

루카를 철석같이 믿는다는 말투의 말콤 눈에 경외심까지 묻어나는 것을 본 세프가 어이가 없다는 눈빛을 했다.

'우라질 놈이 이젠 허풍까지 쳐!'

척 봐도 야리야리한 체구인 그의 어디에서 그런 힘이 나온단 말인가?

100명이 더 있다고 해도 전멸을 면치 못할 것이 빤한 일이라 생각했다.

속으로야 천불이 났지만 또 꾹 눌러 참고는 마지못해 고개까지 주억거리는 세프다.

"크흐흠, 동네 형을 굳게 믿고 따르는 마음은 좋은 것이지."

"야, 테오와 난 루카 성님을 굳게 믿고 있쥬."

"헐, 굳게 믿는 이유라도 있나?"

"히히히, 아매도 범인들은 곧 잠자는 사자의 코털을 뽑았다는 것을 알게 될 거구먼유."

"엥?"

뭔가 조금은 기대하는 마음이 없지 않았던 세프는 역시나 계속된 허풍에 그만 김이 팍 새 버렸다.

'에라이, 썩을 놈아! 허풍도 어느 정도껏 해야 들어 주지. 흥, 사자의 코털을 뽑았다고? 개 꼬리를 밟았다면 또 모를까?'

  내심 코웃음을 친 세프는 말콤은 대화를 나눌 상대가 아니라 치부해 버리고는 화내는 것조차도 포기해 버렸다.

  "아우 말대로 정말……. 그렇다면야 다행이지."

  말은 그렇게 했지만 떨떠름한 표정까지는 숨기지 못한 세프다.

  자연 말은 느려 터졌어도 눈치 하나만큼은 빠른 말콤이 얼굴을 바짝 들이대고 따지듯 물어 왔다.

  "안 믿는 거쥬? 그렇쥬?"

  "아, 안 믿긴. 다만 쉽지는 않겠다고 생각은 했지."

  "그려유? 하지만 우리 성님한테는 무지하게 쉬운 일이니께 걱정하덜 말아유."

  '에효! 그래그래, 니 맘대로 생각하세유.'

  너무도 어이가 없었던 나머지 세프는 속으로 말콤의 말투까지 흉내 내어 비꼬았다.

  "인자 계속해야지유?"

  "뭘?"

  "아, 말 터래기가 어쨌다고 했잖아유?"

  "마, 말 터래기라니?"

  "아, 진짜 몬 알아듣네! 털 말이유, 털!"

  "아하, 난 또 뭐라고. 근데 어디까지 말했더라?"

"전마를 관리하지 않았담서 놈들이 밀림에서 바빴던 게 틀림없다문서요?"

"웅? 그, 그랬나?"

"야."

"에 또……. 그다음은 이 털을 가진 말이 무슨 종자냐에 따라 생산지를 알 수 있다는 거지."

"어? 저, 정말유?"

"그으럼."

"우와! 기렇다면 범인을 알아낸 기나 진배없네유."

"아아, 그, 그게 다가 아닐세."

"엥? 알아냈다문서 또 무슨 다른 게 있대유?"

'이 자슥아, 제발 앞서가지 좀 마라.'

이젠 더 대화를 했다간 돌아 버릴 지경이 된 세프다.

'정말 피곤한 놈이네.'

그렇게 진저리를 치던 세프가 말콤이 말하기 전에 얼른 입을 열었다.

"이 털을 가지고 말 전문가에게 가서 물어보면 금세 답이 나오지 않겠나?"

"아항, 그거 좋은 방법이유, 이리 주슈."

세프의 손에 들린 털 몇 올을 얼른 빼앗은 말콤이 행여 날아갈 새라 조심조심하며 주머니에 넣었다.

'쳇! 곰탱이가 여우 짓은 곧잘 한다니까.'

"인자 또 알아야 될 게 뭐……."

말콤의 말이 채 끝나지도 않았을 때, 루카의 조용한 음성이 들려왔다.

"모두 조용히."

"……?"

루카의 음성은 조용했지만 모두의 귀에 또렷이 들린 탓에 일행들은 일제히 침묵에 들어갔다.

"숨을 곳을 찾아 은폐해."

탁!

"언능 숨어유."

세프의 등을 친 말콤이 대뜸 뒷덜미를 잡고는 은신에 들어갔다.

'아니, 이놈이!'

말콤에게 볼품없이 달랑 들린 세프가 대롱거리며 맥없이 끌려갔다.

"이, 이봐, 대체 뭐, 뭔 일이야?"

"쉿! 우린 무조건 성님 말만 따르면 돼유."

"그래도 이유를 알아야……. 읍!"

"지송허지만 고대로 가만히 계셔유."

말콤이 솥뚜껑 같은 손으로 세프의 입을 막아 버렸다.

'윽! 이놈이 더러운 손으로……. 에퇴퇴.'

타다닥. 타다다다……. 스슥! 스스슥!

급박하게 내달리는 발걸음에 이어 수풀이 아우성치는 소리가 연방 들려왔다.

그러고는 이내 턱에 받친 가쁜 숨소리가 들린다 싶더니 곧 인영 하나가 엎어질 듯 달려오는 모습이 루카와 일행들의 시선에 들어왔다.

연방 뒤로 돌아보는 인영의 행태로 보아 누군가에게 쫓기는 듯했다.

얼핏 보아도 목숨을 건 도주라는 것을 알 수 있는 장면이었다.

인영의 얼굴이 확연히 들어올 때쯤 말콤과 테오의 입에서 동시에 이름이 튀어나왔다.

"그, 그렉 성!"

"헉, 그렉 성님!"

그와 때를 같이하여 '두두두' 하고 지축을 울리는 말발굽 소리가 급박하게 들려왔다.

"허억!"

느닷없이 자신을 부르는 소리에 화들짝 놀란 인영이 곧장 방향을 바꾸어 도주하려고 했다.

"그렉 성! 나야, 말콤이라구."

"엉? 마, 말콤?"

말콤이 재빨리 나서서 부르는 소리에 그제야 그렉이 놀란 눈으로 쳐다보았다.

"말콤, 한쪽으로 비켜 있어!"

"예. 그렉 성, 빨리 이쪽으로!"

루카가 그렉이 왔던 곳으로 달려가는 것을 본 말콤이 그렉의 잡아끌다시피 하며 숨었다.

"헉헉, 하, 하지만 놈들이⋯⋯."

"그런 걱정하지 말고 빨리 숨기나 해유."

가쁜 숨을 연방 몰아쉬는 그렉을 다독인 말콤이 으레 자리에 있을 것으로 여긴 세프 쪽으로 돌아보면서 주의를 줬다.

"도둑 성도 가만히⋯⋯. 얼레? 어, 어디 갔어?"

───❦ ❦───

투두두. 투두두두⋯⋯. 후둑! 후두둑!

돌진하듯 밀림 속을 파고든 전마의 무지막지한 속도에 나뭇가지와 수풀 들이 몸서리를 치며 꺾이고 휘날렸다.

"판톤, 좌측으로 돌아서 놈을 앞질러!"

"옛! 핫! 이랴앗!"

"노반, 놈이 더 깊이 들어가면 곤란하다! 속도를 내!"

"옛!"

철썩!

"이랴앗!"

키히힝―!

"탈영병들이 있는 곳을 아는 유일한 놈이다! 기필코 잡아야 한다!"

일사불란하게 명령을 내리는 기사는 칸츠 친위대의 부대장인 팔토였다.

"염려 마십시오! 끼럇!"

노반이라 불린 기사가 박차를 가하자, 전마가 펄쩍 뛰면서 앞으로 튀어 나갔다.

그때였다.

허공에서 '수욱!' '수욱!' 하는 음향이 들려왔다.

마치 대기를 가닥가닥 끊어 버리는 듯한 음향이 들린다 싶더니 곧이어 '거거걱!' 하고 뼈를 긁는 마찰음이 들려왔다.

"크아악!"

밀림 속으로 폭풍처럼 질주해 가던 노반이 느닷없이 비명을 지름과 동시에 춤을 추듯 허우적거리더니 전마 위에서 사라졌다.

"아니! 노, 노반―!"

갑작스러운 사태에 당황한 팔토가 노반을 불러 보았지만 대답이 없었다.

대답 대신 노반을 처치한 물체가 '츠츠츠' 소리를 내며 수풀 사이로 사라지고 있었다.

팔토가 언뜻 본 물체는 쿠크리kukri(부메랑처럼 생긴 단검)로 짐작됐다.

스릉!

"웨, 웬 놈이냐!"

급히 전마의 고삐를 잡아챈 팔토가 재빨리 장검을 뽑아 들며 사방을 살폈다.

그러다가 머리 위를 올려다보는 순간, 절로 '헉!' 하는 헛바람 소리가 터져 나왔다.

그도 그럴 것이 바로 머리 위의 나뭇가지에 난데없이 물구나무를 서고 있는 인영을 대했으니, 철담간장의 소유자라도 놀라는 것은 당연한 일.

그러나 헛바람을 내쉬는 그 순간, 양팔 사이로 다리를 통과시킨 인영의 두 발 당상 공격에 그만 피할 새도 없이 머리를 강타당하고 말았다.

"커억!"

강력한 격타에 아찔한 순간은 잠시였다.

철퍼덕!

"윽!"

그대로 나가떨어진 팔토는 머리부터 떨어져 이중으로 충격을 받은 나머지 재수 없게도 목이 90도로 꺾여 버렸다.

바로 야마카시의 물구콩이라는 수법에 당한 결과였다.

물구콩이란 물구나무서기를 한 후, 두 팔 사이로 다리를 통과시키면서 킹콩 동작으로 착지하는 수법이다.

어찌 보면 가속도를 붙여 공격에 응용한 것뿐이었지만, 루카가 전개한 물구콩은 그 위력이 통나무를 토막 낼 정도로 강력했다.

"으으……. 파, 판……톤……."

있는 힘을 다해 판톤을 불러 보지만 90도로 꺾인 목에서 목소리가 제대로 나올 리가 없었다.

"네놈들에게 편한 죽음이란 사치일 뿐이다."

고통으로 얼룩진 팔토를 내려다보던 루카는 안락사를 시키지 않고 냉정하게 몸을 돌렸다.

그에게는 아직 한 명을 더 처리해야 하는 숙제가 남아 있어 시간이 없었다.

"서, 성님―!"

"……?"

자신을 부르는 소리에 고개를 돌린 루카는 말콤이 활짝 웃으며 자신의 활을 흔들고 있는 걸 보았다.

행동으로 보아 화살로 나머지 한 명을 처리했다는 것을 알 수 있었다.

'쯧, 처리해 버렸군.'

조금은 아쉽다는 표정을 짓는 루카다.

자신이 직접 처리하지 못해서가 아니라 정보를 얻을 기회를 놓쳤다는 게 아쉬운 것이다.

그렇다고 나무랄 수도 없는 일이었다. 부모와 형제들을 한 꺼번에 잃은 말콤도 복수할 자격이 차고도 넘쳤기 때문이다.

말콤과 테오는 어렸을 때부터 밀림에서 단련됐던 체력에 다 밀림인 특유의 유연성과 파괴력 그리고 담력까지 지닌 전 사들이라 자타가 인정하는 정식 기사와 싸워도 밀리지 않을 전투력의 소유자들이었다.

더구나 평지가 아닌 밀림에서라면 친위대 기사 정도는 한 주먹거리도 되지 않는다.

루카의 시선이 근처에 있는 아름드리 고목으로 향했다.

"이제 더 구경할 게 없는 것 같은데 나오지."

"헤헤헤, 알고 있었소?"

지나가듯 말하는 루카의 딱딱하고도 건조한 어투에 쥐새 끼처럼 숨어 있던 세프가 실실 웃으며 기어 나왔다.

"세프, 경고 하나 하지."

"……?"

"또다시 내 눈에서 벗어나면 그날이 네 제삿날임을 명심 하도록."

"이……!"

루카의 경고에 격하게 반발하려던 세프는 눈이 마주치는 순간 갑자기 눈을 후벼 파는 듯한 통증을 느꼈다. 그래서 그 만 찔끔하고는 자신도 모르게 어깨를 움츠렸다.

"앞으로 두 번 기회는 없다."

"······!"

이어진 또 한 번의 경고성에 세프는 본능적으로 루카가 자신에 대해 잘 알고 있을지도 모른다는 느낌이 들었다.

⚜ ⚜

벌떡!

"뭐, 뭐여? 모, 모두 죽었단 말이여?"

"응, 나만 빼고 모두 죽어 뿐졌어."

"······!"

마치 죽을죄를 지은 것처럼 고개를 푹 숙이고 말을 내뱉는 그렉의 모습에 루카를 비롯한 일행들은 모두 벙어리가 되고 말았다.

"로, 로만도?"

"그렉 성, 브린은 어떻게 되었어?"

"둘 다 감옥에 갇힌 뒤 독이 든 음식을 먹고 죽었어."

말콤과 테오가 동시에 묻는 말에 그렉은 그들이 죽은 경위를 중얼거리듯 말했다.

"으아아아─!"

그렉의 말을 듣고 난 말콤이 있는 대로 고함을 지르며 분노를 표출했다.

말콤과는 반대로 테오는 차분하게 궁금한 것을 물었다.

"그렉 성, 성은 어떻게 탈출한 겨?"

"가게 주인이 알려 줬어."

"박제 가게 주인이 성을 살렸구먼."

"그려, 주인이 아니었으면 여기까정 오지도 못하고 죽어 뿐졌을 거여."

"참말로 고맙네. 헌디 거기 사정은 어떤 것 같어?"

"병사들이 총동원되았어. 자경대까정도 말이여."

"씨파, 일이 어렵게 되았 뿐졌네."

"그뿐이 아녀."

"잉? 또 뭐가 있는 겨?"

"브리안 영지에서 블레어 자작이 직접 군대를 몰고 온다는 소문이여."

"에? 그자는 또 왜 오고 지랄이래?"

"듣기로는 도둑놈 때문이라고 하던디……. 자세히는 몰러."

"아씨! 도둑 성, 혹시 성을 잡으러 오는 것 아녀?"

"나?"

다소 진정이 된 말콤이 쩨려보며 하는 말에 세프는 검지로 자신을 가리켰다.

"그려."

"뭐, 그럴지도 모르지. 어차피 난 1년 열두 달 현상 수배가 끊이질 않으니 거의 맞을 거다."

"씨불, 도움이 좀 되겠다 싶었더니, 알고 봉께 혹덩이었수?"

"어허, 너무 그러지 마라. 불편한 진실은 언제 어디서나 생기게 마련이니까. 혹시 아냐? 여기서야 별 도움이 안 되지만 도회지로 나가면 내가 큰 도움이 될지 말이다."

"그거야 살아나야 가능한 일이재. 아무튼 고자질은 하지 않을 텡께 능력껏 피해 보슈."

"그 정도로도 충분해. 누구 말마따나 난 당분간 너희들을 떠날 수도 없어."

"아니 왜?"

"그랬다간 바로 끽이거든."

말콤의 의문에 세프가 손날로 자신의 목을 긋는 시늉을 했다.

세프는 그런 식으로라도 은연중 자신의 불만과 자존심을 루카에게 내비친 것이다.

"놈들이 올지 모르니 웬만큼 쉬었으면 가도록 하지."

"아, 예."

루카의 조용한 한마디에 말콤이 씩씩하게 대답하더니 그렉에게 손을 내밀었다.

"그렉 성, 성도 이제 우리랑 같이 움직이는 게 좋겠어. 내게 기대."

"그려, 인자 갈 데도 없구면."

"세프, 앞장서."

"설마 화살받이로 내세우는 건 아니겠지?"

루카의 지시에 곧 죽어도 꽥 소리를 낸다는 식으로 깝죽대며 앞으로 나가는 세프였다.

"테오는 그렉을 부축하면서 간다."

"예."

"말콤, 세프와 떠벌일 시간이 없다. 뒤에서 말을 끌고 오도록 해."

"예, 성님."

맹수들이 우글거리는 밀림이라 본능적으로 위험을 느낀 전마들이 알아서 사람들 곁으로 다가와 있어 애써 찾아다닐 필요도 없었다.

죽은 시체들은 그냥 놔둬도 밀림의 포식자들이 알아서 처리할 것이다.

"좋아, 모두 출발해."

공포의 이름을
아무렇게나 입에 담는 자

고르반 영지의 영주 성.

먹물처럼 내려앉은 어둠을 힘겹게 물리는 대형 토치들이 요소요소에 배치된 성안은 병사들의 삼엄한 경계로 인해 생기라곤 전혀 느껴지지 않았다.

그러나 밤을 새우며 아무리 엄밀한 경계를 한다고 해도 도둑 하나를 잡지 못한다는 말처럼 어둠 속을 스며들듯 조용히 들어선 인영들은 이미 상가들이 즐비한 저잣거리에 당도해 있었다.

음영이 진 곳만 살금살금 걷던 그렉을 따라간 일행들이 멈춘 곳은 박제된 곰을 심벌로 내세운 가게 앞이었다.

딸깍!

지체하지 않고 재빨리 자물쇠를 딴 그렉이 손짓을 하자, 루카와 일행들이 안으로 들어섰다.

그렉이 박제 가게의 종업원으로 있었던 관계로 열쇠를 항시 지니고 있었던 덕분이었다.

온갖 짐승들의 박제를 파는 가게답게 어둠 속의 실내는 각종 오물들이 뒤섞인 듯한 야릇한 냄새에다 당장이라도 뭐가 튀어나올 것 같이 으스스한 분위기였다.

"여긴 언제 와도 정이 안 가."

자주 드나들었는지 제집처럼 나선 말콤이 의자를 가져다 루카 앞에 놓았다.

"성님, 피곤하실 테니께 잠시 앉으셔유."

"고맙다."

말콤의 성의를 생각한 루카가 의자에 앉았다.

"테오, 난 루손 아저씨를 데리고 나올 테니 잠시만 기다리고 있어."

소곤거리듯 말한 그렉이 막 안으로 들어가려고 할 때 루카가 말했다.

"그렉, 온기가 없는 걸로 보아 여긴 아무도 없다."

"루손 아저씨는 언제나 여기서 먹고 자고 하는디 갈 데가 어딨다고……?"

루카의 말을 외로 꼬아 들은 그렉이 안으로 들어갔다.

"루손 아저씨!"

그렉의 행동에 당황한 말콤이 얼른 나섰다.

"그렉 성이 루카 성님의 능력을 몰라서 저러는 거니께 이해하셔유. 원래는 너무 순박해서 탈인 사람이여유."

"테오, 내게 너무 마음 쓸 것 없다. 앞으로 자주 부딪치다 보면 자연히 해결될 일이다."

"야, 그동안 성님과 그렉 성이 자주 만날 기회가 엄서 놔서 당분간은 쪼깨 서먹할 거구먼유."

"네 마음은 알겠다만 그런 것에 너무 마음 쓰지 마라. 그보다 그렉에게 특기가 있느냐?"

"군역을 마쳤으니 기본적인 창칼질이야 당연허구유. 무엇보다 걸음이 무척 빨라유."

"걸음이 빠르다? 구체적으로 말해 봐라."

"그러니께……. 무지하게 빠르면서도 오래 달릴 수 있다고 보면 돼유."

빨리 달리는 데다 지구력까지 겸비했다는 소리다.

"전령을 했었더냐?"

"에구, 천만에유. 우리 같은 촌것들한테 비밀을 취급하는 전령을 맡기는 일은 없구먼유."

"그래?"

"야, 그날도 그렉 성의 걸음이 빠르지 않았다면 버얼써 잡혔을 거구먼유."

그날이란 밀림에서 팔토의 일행에게 쫓기던 때다.

"한마디로 빠른 발이 살려 준 거쥬."

"알았다."

루카와 말콤이 얘기를 하는 동안 안으로 들어갔던 그렉이 나오면서 고개를 갸웃거리며 중얼거렸다.

"거참 이상허네. 가게 외에는 갈 곳도 마땅치 않은 사람이 대체 어딜 갔지?"

"왜? 엄서?"

"응."

"그때 다른 말은 엄썼던겨?"

"엄썼지."

"됐다. 그만하고 모두 주목해 봐."

"야, 말씀허시지유."

루카의 말에 네 사람이 시선을 모았다.

"우리가 영주 성으로 잠입한 걸 모르고 있는 이때가 기회다. 지금부터 역할을 분담할 테니 맡은 일을 빨리 끝내고 이곳으로 모인다."

"알겠구면유."

"먼저 세프에게 묻지."

"나 말인가?"

루카가 대뜸 자신을 지목하자, 약간 놀란 눈빛인 세프다.

"그래."

"무, 물어보게."

"델라 마을을 그렇게 만든 자들이 누군가?"

"엥? 내, 내가 그걸 어떻게 알겠는가?"

"이곳으로 오면서 대충이라도 파악한 것 같은데 아니었나?"

"그건 조금 더 파악해 봐야……."

'이런, 씨파! 너무 빠르다!'

이미 다 알고 있는 사건들이지만, 버틸 때까지 버티다가 기회를 보아 슬쩍 흘리듯 하나씩 풀어 놓을 작정이었던 세프는 허리를 뚝 자르듯 물어 오는 말에 적이 당황했다.

'대체 이놈의 정체가 뭐야?'

무지렁이 촌놈이라고 하기엔 너무 노련했다.

마치 산전수전을 넘어 공중전까지 치른 노회한 능구렁이 같다.

"세프, 나를 화나게 하는 일은 가급적 하지 않는 것이 좋다. 수목에 묻었던 털이 아랍 품종이란 것쯤은 나도 알고 있는데 대도인 네가 모른다니, 우리가 더 이상 같이 다닐 필요가 있을까?"

'헛!'

눈을 가늘게 뜨고 싸늘한 어조로 말하는 루카의 말에 세프는 순간적으로 간담이 서늘해졌다.

'젠장, 그걸 어떻게 알고 있지?'

말의 털만 보고 품종을 알아내는 것은 웬만한 지식과 경험이 없다면 불가능한 일이었다.

그것도 오지 중에서도 촌구석이라 할 수 있는 델라 마을 사람이었기에 세프의 놀라움은 더 컸다.

'썩을. 까닥하다간 이 자리에서 목이 달아나겠군.'

문득 전신에 퍼져 있는 본능이란 세포가 올올이 곤두서서 '조심'이라는 단어를 연방 토해 내며 아우성치는 느낌이었다.

그것의 영향인지 갑자기 몸이 으스스해지면서 오한이 났다.

절대의 위기감이 엄습해 오는 것을 느낀 세프는 자신이 아는 바를 얘기해야 무사히 넘어갈 수 있다는 것을 알았다.

찰나라고 할 수 있을 정도로 극히 짧게 보였던 무위였지만 밀림에서의 활약은 결코 무시할 것이 아니었다.

난데없이 쿠크리가 날아가 기사의 목을 따고 촌각도 지나 않아 단 한 방으로 남은 기사의 목을 꺾어 버린 일은 아무나 할 수 있는 게 아니었다.

또한 말콤이 루카에 대해 언급했던 것까지 사실이라면 밀림에서의 일은 겨우 시작에 불과할 수도 있었다.

한마디 한마디 내뱉는 말투도 여간이 아니다.

상대에게 말로써 소름이 돋게 하는 기술이라도 지녔는지 말투마다 시퍼런 날이 서 있었다.

'씨파! 단어 하나하나에 살기를 실어 보낸다면 이런 느낌일까?'

누가 들으면 얼핏 일상의 대화처럼 생각하겠지만, 듣는 당사자는 말 속에 잘 벼린 날이 내포되어 있는 듯한 살벌한 기분을 느꼈다.

깜빡 실수라도 할라치면 말투가 가차 없는 칼로 변해 목을 칠 그런 느낌.

마음을 단단히 먹어도 이런 류의 협박은 기분이 영 찜찜하다.

목에 칼을 들이댄 채 우악스럽게 나대며 협박하는 것보다 저렇듯 언제 무슨 일이 일어날지 예측할 수 없는 조용한 협박이 더 두려운 법이다.

한낱 촌놈일 뿐인 자에게서 이런 카리스마가 나온다는 자체가 이해되지 않았다.

고로 대도인 그로서도 상대의 정체가 도무지 감이 잡히질 않아 점점 더 궁금해질 수밖에 없었다.

'빌어먹을. 대도 세프가 이런 촌구석에서 뭔 짓거리를 하고 있는지…….'

대도의 본능적인 직관력이 서서히 깨어나기 시작했음에도 은연중 느껴지는 상대의 카리스마에 절로 주눅이 든다.

제국에서 내로라는 자존심을 가진 유명 인사(?) 중 한 사람인 세프였지만, 웬일인지 루카 앞에서는 고양이라는 천적을 만난 쥐가 된 기분이라 가슴이 더 답답해졌다.

스스로 생각해 봐도 요상한 일이었기에 내뱉는 말이 조심스러울 수밖에 없다.

"그, 그대가 그 정도의 식견을 지니고 있었다니 정말 놀랍군. 자네 말대로 전마의 털이 가늘고 짧은 것으로 보아 남방계의 아랍종일 가능성이 농후하네."

북방계 품종이라면 추운 지방이라 털이 길고 두꺼워 확실히 구분이 가기에 거론할 가치가 없다.

하지만 그 말만으로 문제의 본질에 접근한 것이 아니라 판단했는지 정확하게 짚어서 물어 오고 있다.

"남방계라면 움브리 초원일 확률이 크겠군. 거긴 전마를 전문으로 양산하는 지역으로 알고 있는데 맞나?"

"맞네. 하지만 워낙 넓어 적게 잡아도 10여 곳은 될 것이네. 또 그들 중에 누가 언제 누구에게 어디로 팔았는지 조사하려면 일이 어려운 것은 차치하더라도 시간이 많이 걸릴 것이네."

"그야 하나씩 짚어 가다 보면 알 수 있는 일이다. 우린 모두 젊고 시간도 많으니까."

"……."

루카의 말은 세프를 꿀 먹은 벙어리로 만들어 버렸다.

'참, 할 말 없게 만드는군. 밀림인들은 다 그런가?'

"하지만 그 전에 알 수 있는 방법도 있지?"

"어, 어떻게……?"

슬며시 불안해진 세프는 내심 예상하던 것이 떠올랐다.

'설마……?'

정글에서야 지형적 이점이 있어 밀림 출신인 이들이 다소

Assassin
Soldier

유리했다지만 이곳은 도회지였다.

밀림인들이 설치고 다닐 곳이 아닌 것이다.

"셰프, 날이 밝아 오기 전까지 앞으로 우리가 움직일 자금을 좀 마련해 와."

"뭐? 지금 나더러 도둑질을 해 오라고?"

루카의 뜬금없는 요구에 셰프가 뜨악한 표정을 지었다.

"굳이 많을 필요는 없다. 현찰로 100골드 정도면 돼."

'이, 이⋯⋯.'

요구를 당연히 들어줄 것으로 단정하고 액수까지 말하는 루카의 태도에 셰프의 주먹이 부르르 떨렸다.

표정이 꼭 코 풀고 내팽개쳐진 휴지처럼 일그러진 셰프가 막 발작을 하려고 할 때, 루카의 입에서 지독히도 차가운 음성이 내뱉어졌다.

"셰프, 너는 그럴 이유가 없다고 생각하겠지만, 내 생각은 그렇지 않다. 그 이유가 뭔지 아나?"

"⋯⋯?"

루카의 쏘는 듯한 눈빛에 살짝 오금이 저린 셰프는 그때부터 심장박동 수가 빨라지기 시작했다.

"너란 놈이 여행자라고? 씨알도 먹히지 않는 소리! 넌 델라 마을의 일과 불가분의 관계임이 분명해."

칼로 무 자르듯 단언한 루카가 말을 이었다.

"사안이 밝혀질 때까지 넌 우리와 같이 행동해야 함을 명심해라."

'미, 미친······.'

자존심이 상할 대로 상한 세프였지만 어리석지 않아 발작을 삭였다.

하지만 반발심이 극심한 상태라 겉으로 드러날까 싶어 얼른 돌아섰다.

"흥! 조, 좋다. 100골드를 마련해 오도록 하지. 하지만 고기값치고는 너무 비싸다는 것만 알아 두도록. 난 누가 시킨다고 도둑질하는 사람이 아니니까."

저벅저벅. 저벅저벅.

스스로 알아서 뒷문으로 향하는 세프의 귀로 루카의 싸늘한 음성이 들려왔다.

"세프, 네가 벅시를 안다면 반드시 기억해 놓는 것이 신상에 이로울 거다."

우뚝!

뒷문으로 향하던 세프가 '벅시'라는 이름에 얼어붙은 듯 멈춰 섰다.

'뭐라? 버, 벅시라고!'

벅시의 '벅'자만 들어도 머리가 쭈뼛 설 수밖에 없는 세프의 동공에 얼핏 공포의 빛이 나타났다가 사라졌다.

'저, 저자가 어찌 벅시를 알고 있단 말인가?'

세프의 얼굴은 당황과 곤혹스러움이 번갈아 교차하더니

종내에는 황당한 표정으로 변했다.

그도 그럴 것이 벅시란 이름을 아는 사람이 극히 드물었기 때문이었다.

기껏 많이 안다고 해야 다크 룰러dark ruler, 즉 밤의 지배자라는 칭호다.

여기서 조금 더 깊이 들어간다고 해야 소울 킹soul king이란 닉네임 정도였지 본명까지는 아니었다.

벅시도 세프도 밤의 세계를 움직이는 자들이다.

하나, 밤의 지배자인 벅시에 비하면 세프는 한 갈래일 뿐, 잽으로도 견주어지지 않는다.

한데 이런 촌구석에서 그런 공포의 이름이 거론되다니!

그것도 마치 수하나 되는 것처럼 아무런 거리낌도 없이 입에 올리고 있다.

벅시 같은 자가 수하라면 저자는 대체 누구란 말인가?

만약 아니라면 그저 어쩌다 이름만 알게 된 희대의 사기꾼일 것이다.

하지만 상대의 기도로 보아서는 진실에 더 가깝다.

어쨌든 이거나 저거나 도저히 묵과하고 넘어갈 일이 아니었다.

홱!

심사가 어지러워진 마음만큼이나 빠르게 돌아선 세프가 물었다.

"그, 그를 이, 입에 올리는 이유가 뭐, 뭐요?"

얼마나 놀랐는지 세프의 입에서 떨리는 음성에다 존대까지 흘러나왔다.

"달아날 생각을 말라는 경고다. 내겐 너의 죽음보다 네게서 알아내야 하는 일들이 더 중요니까. 벅시의 이름을 빌린 것은 너의 행동에 대한 경고일 뿐이다."

"애, 애초부터 그럴 생각은 하지도 않았소."

말은 그렇게 내뱉었지만 새빨간 거짓말이다.

어차피 본격적인 추적이 시작되는 시점이라 이곳을 나가는 순간 흔적도 없이 사라질 예정이었던 세프였다.

그런데 '벅시'란 이름 하나가 발목을 잡는 것도 모자라 목줄까지 죌 줄이야.

올가미도 완벽한 올가미였다.

여벌의 목숨을 지니고 있지 않는 한 저자의 곁을 떠나는 것은 불가능했다.

아무리 머리를 굴려 봐도 '벅시' 위에 있는 인물이 누군지 파악되질 않는다.

'같이 다니다 보면 알겠지.'

탈출을 포기하고 나니 갑자기 호기심이 왕성해진다.

"난 분명히 돌아올 거요."

씹어뱉듯 말한 세프가 실내를 빠져나갔다.

루카의 시선이 번연히 듣고도 무슨 말이 오가는지 영문을 모르고 있는 말콤과 테오에게로 향했다.

"말콤, 테오."

"야, 성님."

"병사들 중에 평소 친하게 지내던 동료들이 있겠지?"

"그야 많지유."

"그냥 잘 알고 지내는 정도가 아니라 두 사람의 일이라면 목숨도 걸 수 있는 동료여야 한다."

"그 정도로 친한 동료라면 많진 않지만 더러 있시유."

"좋아, 그들을 이용해서 델라 마을의 참상과 소리 없이 사라진 친구들에 대해 소문을 내."

"말뜻은 알겠는디……. 내용을 뭐라고 하쥬?"

"델라 마을의 참상이 헤일리 영주의 짓이 아니라는 건 알겠지?"

"야."

"아직 누구의 짓인지 명확하게 밝혀진 것이 없으니 우선 이렇게 소문내라."

"……?"

"델라 마을의 원주민들이 정체불명의 기사단에게 전멸을 당했는데도 헤일리 영주는 오히려 그들을 환대하는 것도 모자라 델라 마을 출신 병사들을 감옥에 가둬 독살시키고 영주성에 나와 있던 원주민들을 붙잡아 죽였다고 말이다."

"그런다고 믿어 줄까유?"

"물론 쉽지는 않겠지. 하지만 그중에는 의심하는 자들이 있게 마련이어서 그 일에 대해 알아보려고 할 게다. 그렇게 되면 진실이든 억측이든 굳이 원하지 않더라도 델라 마을에 대한 소문이 무성하게 되지. 소문이란 시작이 '몸이 좋지 않다.'라고 알려졌다면 불과 얼마 되지 않아서 멀쩡하게 살아 있음에도 죽은 게 기정사실화되는 것이다."

"아! 무슨 말씀인지 알겠시유."

"알아들었다니 안심이 되는군."

"하면 당장 시작할까유?"

"미룰 건 없겠지. 부디 조심하고."

"야, 염려 마세유. 여긴 무려 7년을 근무한 곳이니께 지리는 훤하구먼유."

"그 일이라몬 나도 끼워 줘유."

"그렉 성, 성은 루카 성님을 모시고 계슈."

"아니다. 그렉도 하고 싶으면 해."

"아니, 성님. 성님은 여그가 낯선 곳일 틴디 우찌 혼자 계실라고 한디유?"

"나도 할 일이 있다."

"그, 그렇다문 몰라도……."

"그렉, 어떻게 할 작정이냐?"

"오다가 봉께 자경단도 많더구먼유. 지가 잘 아는 성님들도 더러 보이구유."

"그래, 통제가 덜한 자경단이 오히려 소문을 더 잘 낼 수 있겠군."

"고롬, 허락하는 거여유?"

"허락하고 말고 할 것도 없다. 우리 모두의 일이니까. 대신 늦어도 여명 전까지는 이곳에 모이도록 해."

"알겠구만유."

"거듭 말하지만 신중하게 접근해. 잘 안다고 해도 혹 상금이 걸려 있기라도 하면 또 모르는 일이니까."

"야, 지두 그 정도의 깜냥은 있구먼유. 염려 마셔유."

"또 한 가지 유념할 게 있다. 그렉 너처럼 숨어 있는 델라 마을 사람들이 있을지도 모르니 같이 알아봐. 평소 행실이 바르고 이웃 간에 서로 친하게 지냈다면 사람들이 숨겨 줄 수도 있으니까."

"아! 그, 그려유. 그럴 수도 있겠구먼유. 명심하겠시유."

"그럼, 속히 움직여!"

잠입

편하게 드러누워 보지도 못한 침상에 걸터앉아 수심에 가득 차 있는 칸츠는 밤새 한숨도 자지 못했다.

이유는 자정이 넘어서야 들어온 수하의 보고에 큰 충격을 받았기 때문이다.

그 탓에 밤을 꼬박 새운 칸츠는 데올이 일어나는 시간만을 기다리고 있는 중이었다.

마법사들은 본시 새벽 일찍 일어나 명상 수련으로 마나를 다스려 심장에 마력을 축적시키는 일을 빠뜨리지 않는다.

아울러 많은 시간을 할애해 마법 수식을 계산하고 또 그날 쓸지도 모를 마법을 메모라이즈해 두는 일은 반드시 해야만 하는 일상이었다.

데올이라면 추적과 수색이 전문인 마법사라 수식이 꽤나 까다로운 편이어서 다른 마법사들보다 시간을 많이 잡아먹는 편이었다.

당연히 수련에 들어가기 전에 만나 고민거리를 의논해야만 했다.

고민거리는 다름 아닌 팔토 일행이 여태껏 돌아오지 않았다는 것이었다.

원주민 한 명을 추적해 간 팔토 일행은 세 명.

만약 좋지 않은 문제가 생겼다면 전력의 30퍼센트에 해당하는 손실이라 칸츠 친위대로서는 심각한 상황이다.

잠을 설친 것은 두 가지 문제 때문이었다.

하나는 추적해 간 곳이 익숙지 못한 정글이라 여태 소식이 없다는 사실이 불안을 가중시켰다는 점이었고, 다른 하나는 만에 하나 문제가 발생했다면 수색이 무척이나 지난하리라는 것이었다.

그렇다고 사정을 알아보지 않을 수도 없는 일.

수색을 하려면 자신들만으로는 어림도 없는 일이다.

헤일리 영주의 도움을 받아야 했다.

고작 무장 친위대의 한 개조를 이끄는 기사장일 뿐인 그가 영주인 남작에게 도움을 요청할 수는 없어 이제나저제나 데올이 깨기만을 기다리는 것이다.

잠시 더 초조한 시간이 흘렀을 때 '똑똑똑' 하는 노크 소리가 들려왔다.

"알았다."

미리 약속된 노크에 응답을 한 칸츠가 얼른 일어나 한달음에 출입문으로 향했다.

수하 기사가 노크를 한 것은 데올이 잠에서 깼다는 뜻이었기에 지체할 이유가 없었다.

※ ※

"뭐요? 팔토 일행이 아직도 귀환하지 않았단 말이오?"

"그렇소."

"벌써 며칠짼데 여태……?"

"아무래도 사달이 생긴 것 같소."

"고작 원주민 하나를 추적하면서 여태 오지 않았다면 문제가 생긴 것은 필연이오. 그래, 어찌할 생각이오?"

"데올 경께서 날이 밝는 대로 헤일리 영주에게 도움을 요청해 주시면 고맙겠소."

"하긴……."

데올은 대번에 무슨 뜻인지 알아들었다.

'친위대로서는 그 넓은 정글을 수색할 엄두가 안 나겠지.'

"델라 마을로 향했을 테니 범위가 그리 넓지는 않을게요."

"알겠소. 부탁하는 입장에서 첫새벽도 되지 않은 시각에 영주를 깨워 난리를 칠 수는 없으니, 초조하더라도 조금 더 기다리시오. 그 일로 잠도 제대로 자지 못했을 테니 눈을 좀 붙여 두시오."

"수하들의 생사가 불분명한 판국에 어찌 잠이 오겠소."

"수색도 쉽지 않은 일이오. 지휘관이란 자가 정신이 흐릿해서는 될 일도 되지 않소. 영주에게 부탁하고 병사들을 모아 출발하려면 아무리 빨라도 족히 서너 시간은 걸릴 테니, 두 시간만 눈을 붙이시오."

"그렇게 하리다. 나만 서둔다고 될 일도 아니니……."

⊰ ⊱

루카는 영주관을 병풍처럼 무성하게 둘러싸고 있는 고목의 까마득한 우듬지에서 팔짱을 낀 채 아래를 내려다보고 있었다.

건물의 형태는 부속 건물을 제외하면 'ㄷ' 자의 일반형이었다.

달도 없는 그믐밤이고 꽤나 넓은 지역임에도 비상 상황이라 그런지 눈에 들어온 영주관은 구석구석에 마련된 토치로 인해 대낮같이 밝았다.

더불어 언뜻 보아도 삼엄해 보이는 경계는 경비병들이 보보를 옮기기 어려울 정도로 촘촘한 간격으로 이뤄져 있었다.

그러나 루카는 경비병들은 눈에 들어오지 않는지 주변을 구간 구간으로 나누어 세밀하게 살피고 있는 중이었다.

이유는 도둑질을 하러 온 세프를 찾기 위함이었다.

'이곳으로 오지 않았나?'

그럴 리가 없었다.

오지에 위치한 영지이다 보니 부자들이 많은 곳이 아니어서 도둑질할 데라고는 영주관밖에 없었기 때문이다.

더욱이 100골드라는 거금을 요구한 것도 세프가 머리를 쓸 것도 없이 영주관을 택하도록 유도하려는 의도였다.

루카의 잠입 능력이 설사 절대의 경지라 하더라도 쉽지 않은 특급 경계령이라 만에 하나를 위해 세프를 이용한 것이다.

'흠, 여기는 사각지대가 많군. 가려진 곳도 적지 않고.'

위치를 중앙의 첨탑으로 옮겨야 사방을 두루 살필 수 있을 것 같았다.

첨탑이란 글자 그대로 상단 끝부분이 장창의 스파이크 spike같이 뾰족한 형식의 탑으로, 효용성보다는 권위를 나타내는 상징물이다.

거리는 제법 멀었고, 높이는 루카가 올라선 고목의 우듬지와 거의 비슷했다.

'50미터 내외.'

플러스 마이너스 알파의 차이가 있더라도 많아야 1미터 안쪽일 것이다.

이는 수많은 수련과 경험에서 얻은 결론으로 루카의 목측은 생명을 건 것인 만큼 정확했다.

첨탑과의 거리를 잰 루카가 허벅지에 부착한 가죽 주머니에 손을 대더니 중얼거리듯 읊조렸다.

"매직 월릿magic wallet(마법 지갑) 가동."

곧이어 허벅지에 '브르르' 하는 옅은 떨림이 일자, 튜닉 자락으로 매직 월릿을 가리고는 재차 읊조렸다.

"배터랭Batarang(부메랑 형태의 무기) 소환."

먹물 같은 밤이라도 눈에 띄지 않을 옅은 빛이 일렁인다 싶더니 어느새 루카의 손에 부메랑 형태의 물체가 쥐여 있었다.

놀랍게도 허벅지에 부착한 가죽 주머니가 아공간이었던 것이다.

아공간을 열 수 있다는 것은 곧 루카가 하위급 유저든 고위급 마스터든 일단은 마법사라는 의미다.

왜냐하면 매직 월릿이란 아티팩트는 마력이 없으면 꿈쩍도 않는 마법 물품이기 때문이다.

아무튼 배터랭을 손에 쥔 루카는 예비 동작도 없이 첨탑을 향해 날렸다.

루카의 손을 떠난 배터랭은 잘 연마된 유선형이라 파공음도 내지 않고 날아 첨탑을 휘감았다.

팅팅.

배터랭에 달려 있는 줄의 장력을 시험해 본 루카는 지체

없이 몸을 던졌다.

이어서 빠른 속도로 양손을 번갈아 가며 줄을 잡아당겨 첨탑과의 거리를 줄이더니 벽체에 부딪치기도 전에 지붕 위로 사뿐히 올라섰다.

줄을 재빨리 추스른 루카는 그 즉시 첨탑으로 기어올라 일체가 되듯 딱 붙더니 연방 주변을 살폈다.

한눈에 들어온 영주관 전체의 광경은 가히 불야성이었다.

몰래 잠입하는 것이 불가능해 보일 정도로 촘촘한 경계에다 관내에 음영이 진 곳을 찾아볼 수 없을 정도로 밝았다.

'세프가 늦는 건가? 아니면 이미 잠입한 건가?'

시간상으로 적당하다 싶은 시각에 뒤따라왔음에도 종적을 찾을 수가 없었던 세프다.

그래서 고목의 우듬지에서 잠시 동정을 살펴보고 있던 참이었다.

루카는 세프를 의심해서 뒤따른 것이 아니라 나름의 목적을 보다 편하게 이루기 위해 따랐던 참이었다.

그런데 세프의 동정이 전혀 감지되지 않고 있었다.

'벌써 잠입했을 리가 없을 텐데……. 다른 곳으로 갈 리도 없고…….'

그렇게 확신하는 것은 세프가 먼저 출발했다고는 하나 그 간극이 무색하리만치 루카의 움직임이 빨랐고, 100골드라는 금액도 영주관 외에 달리 있을 만한 곳이 없음을 알기 때문이었다.

10골드면 그리 풍족하다고 할 수는 없어도 평민 가족 네 사람이 1년은 거뜬히 생활할 수 있는 금액이다.

고로 100골드면 10년 동안 하는 일 없이 호사를 누릴 수 있는 금액이라 결코 적지 않은 돈이었다.

그것도 수도인 테베의 기준으로 봤을 때의 얘기이니 어마어마한 돈이 아닐 수 없다.

워낙 거금이라 남부 오지의 영지라면 그런 돈을 쌓아 놓고 있을 것이라 확신하기도 어려웠다.

이것이 세프가 영주관으로 올 수밖에 없는 이유다.

'어?'

안력을 돋운 채 살피기를 게을리하지 않던 루카의 시선에 오른쪽 건물에서 뭔가 이질적인 움직임이 감지됐다.

조영력은 한 번 본 것을 잊지 않는 것뿐만 아니라 시야에 들어오는 범위 내의 움직임까지 파악하는 능력 역시 겸비하고 있었기에 금세 발견할 수 있었다.

눈에 들어온 위치는 본채와 직각으로 꺾어지는 구석진 곳이었다.

지금 그곳에 안개가 뭉클거리듯 이질적인 현상이 나타나고 있었다.

뭉클거리던 안개는 기이하게도 서서히 인간의 형태로 화해 가는 중이었다.

그곳에서 얼마 떨어지지 않은 정원수를 사이에 두고 석고 상처럼 서 있는 경계병들은 아무런 낌새도 느끼지 못하는 듯했다.

'호오, 제법이군. 위글링wiggling(꾸물꾸물) 마법까지 사용하다니.'

설사 그쪽으로 눈을 돌렸다고 해도 정원수가 절묘하게 가로막고 있어 쉽게 눈에 띄지 않을 장소였다.

'근데 세프에게 저런 능력이 있었나?'

문득 의문이 드는 순간, 루카의 뇌리로 세프에 관한 내용이 주마등처럼 지나갔다.

이름 : 세프

출신 : 암피온 제국 내 벨몬 영지

나이 : 35세로 추정

신장 : 160센티미터가량

인상착의 : 갈색 머리카락에 하관이 뾰족하고 익살스러운 인
상이나 실체인지는 알 수 없음.

직업 : 도둑

조직 : 도둑 길드(장로)
　　　—나이보다 능력으로 오른 자리로 보임.

무기 : 암홀 다트armhole dart(무기용 작은 깃털 화살) 외에
는 특기할 만한 무기 없음.

무력 : 몸이 빠르며 위기 시 암홀 다트와 마법 아티팩트를 사
      용함.

마법 능력치 : 2서클 유저(마나 친화력이 없어 2서클이 한계
           임)

아티팩트 : 매직 셸터magic shelter(마법 은신 천), 배니쉬 캡
         슐vanish capsule 등 다수의 아티팩트를 보유함.

         ─도둑질로 헤아릴 수 없을 만큼 보유하고 있을 것
          으로 여겨짐.

가디언 : 작은 새라 알려짐.

       ─셰프의 작업에 일조하며 위기 시에는 주인과 협공
        한다고 함. 소문으로는 맹렬한 속도로 철판을 관통
        하는 위력을 보유한 스카이 몬스터라고 함(실체는
        미상).

성격 : 변덕이 심하고 소심하며 독한 심성임.

특징 : 도둑 길드의 프리 맨으로서 지역에 국한하지 않고 활동함.

      ─주로 상류층만을 노려 작업하며 때로는 빈민가를 찾
       아 돈을 땅에 뿌리고 다니는 기행을 일삼음.

좌우명 : 세상에 내 것이 아닌 것은 없다.

상기의 내용이 루카의 뇌리로 빠르게 떠올랐다가 사라졌다.
물론 루카의 현역 시절인 5년 전까지의 기록이다.
기실 루카는 트로이 목마에서 판을 보았을 때는 아무런 느

낌도 없었다.

그러다 때마침 세프가 등장하자 대뜸 날아가 어깨에 오도 카니 앉아서야 비로소 작은 새가 그의 가디언이라는 것을 알았다.

그때부터 대충 그림이 그려졌다.

세프가 어떤 식으로든 델라 마을의 참사와 연관이 있다는 것을 확신한 것이다.

자연 세프에 대한 감정이 좋을 리가 없었지만 성급하게 세프를 다그치지는 않았다.

세프의 독한 심성으로 보아 심하게 다그치면 설사 죽는다 하더라도 입을 꾹 다물 위인이라는 것을 알기 때문이다.

그래서 단지 곁에서 떠나지 못하게 함으로써 어떤 계기로 인해 사건의 전말을 전부 토로하게 만들 참인 것이다.

루카도 안다.

세프의 직업이나 성격상 그토록 잔인한 참사에 직접 참여 할 리가 없다는 것을.

가능성이 있다면 원인 제공 정도. 아니라면 적어도 참사의 현장을 목격한 정도일 것이다.

아무튼 이미 언급했다시피 세프의 마법 능력치는 고작 2 서클에 불과할 뿐이다.

이는 세프가 도둑의 조종이 되기 위해 마나의 친화력이 없 음에도 불구하고 불철주야 노력을 한 대가로 얻게 된 결과라는 것을 루카는 알고 있었다.

그런데 벽을 관통할 수 있는 위글링 마법은 6서클의 고위 마법이라 이치에 닿지 않는다. 그렇다면 마법을 상승시키는 모종의 보조 아티팩트를 지니고 있다는 뜻이 된다.

그것도 수없이 많은 보조 마법이 동원되어야만 억지로라도 가능한 일이니, 세프를 다시 봐야 할 정도로 대단한 능력이 아닐 수 없다.

'헐, 대단하군, 대단해.'

내심 탄성을 발한 루카는 세프의 능숙하고도 끈질긴 노력에 박수를 보냈다.

6서클의 대마법사라면 단 한 번의 시도로 끝냈을 테지만 세프는 고작해야 2서클 마법사다.

2서클의 마법사가 6서클 마법을 흉내 낸다는 것은 불가능하다는 것쯤은 마법에 입문한 자라면 누구나 다 안다.

고로 세프는 보조에 보조 마법을 수도 없이 더했을 터였고, 거기에 맞추어 아티팩트로 보완에 보완을 거듭했을 것이 분명했다.

그렇게 하더라도 겨우 가능할지 말지다.

거기에 아티팩트 간에 상충되지 않도록 연결시키는 노력까지 곁들여야 하니, 보통 일이 아닐 것임은 틀림이 없다.

그것만으로도 세프는 역시 대도라 불릴 만한 자격이 있는 인물이었다.

그런 이유로 경원시하면서도 찬탄을 금치 못하는 루카다.

또 저렇듯 고서클의 마법을 완벽하게 시도하려면 반드시 빠뜨리지 말아야 할 소재가 있어야 한다.

"메소캐터리스트mesocatalyst(중간 촉매제)."

재료는 극히 희귀하다고 알려진 마정석이다.

"하긴 대도라면 별의별 것을 다 지니고 다니겠지. 간편한 복장인 걸 보면 아공간 정도는 기본으로 가지고 있을 테고……."

몸에 온갖 것을 주렁주렁 달고 다니는 것은 은밀함과 기동성을 포기하는 짓이라 애초 도둑과 맞지 않는다.

"그렇군. 본건물의 마법 간섭장 때문에 포기하고 기어 나온 거로군."

세프의 행동에 대해 금세 답이 나왔다.

마법 간섭장으로 인해 본건물의 벽을 통과하지 못하고 창문을 통해 잠입하려는 것이다.

'쯧, 도둑놈 아니랄까 봐.'

은밀하면서도 조심스럽기 짝이 없는 움직임이다.

실체를 드러낸 세프는 모서리에 인접한 창문을 올려다보고 있는 중이었다.

첨탑 같은 높은 곳에서 일부러 찾아보려고 하지 않는 한 은밀하게 움직이는 세프를 발견하기란 지난해 보였다.

'대도답게 잠입할 곳을 제대로 찾았어.'

정원수가 모서리를 따라 안성맞춤일 정도로 곧게 뻗어 완벽하게 가려 주고 있어 잠입은 여반장일 것 같았다.

'훗, 하지만 그건 곤란하지.'

내심 슬쩍 웃은 루카는 첨탑의 장식 두 개를 뚝 떼어 냈다.

비록 손바닥만 한 것이라도 화강암으로 조각한 것이라 묵직했다. 양손에 하나씩 거머쥐고는 비둘기 창이 있는 곳으로 다가갔다.

그사이 재빠르게 2층으로 기어 올라간 세프가 막 창문을 열려고 하는 찰나였다.

'제법 빠르군.'

지금이라고 여긴 루카가 왼손에 든 화강암 조각을 세프가 들어가려는 옆 창문 쪽으로 힘껏 던졌다.

화강암 조각을 강하게 던진 것은 소리를 크게 내기 위함도 있지만 창문이 쇠로된 격자창이었기 때문이었다.

쉐엑!

있는 힘껏 던지다 보니 파공성이 컸지만 개의치 않은 루카는 세프가 있는 곳은 신경을 끊은 채 비둘기 창만을 잔뜩 노려보았다.

찰나의 순간이다.

콰장창ㅡ!

화강암 조각이 격자창을 박살 내면서 요란한 소리를 냈다.

그와 동시에 루카의 손에 든 화강암 조각이 비둘기 창을 내려쳤다. 세프가 있는 쪽의 격자창이 깨지는 소리가 너무도 컸던 덕에 비둘기 창 같은 쪽창이 부서지는 소음은 그냥 묻혀 버렸다.

자연 쥐 죽은 듯 고요하던 영주관에 별안간 굉음이 들렸으니 삽시간에 팥죽 끓듯 소란스러워지는 것은 당연한 일이었다.

곧 악을 써 대는 병사들의 고함이 터져 나오면서 급하게 뛰는 발소리가 곳곳에서 들려오기 시작했다.

루카가 얼핏 보니 병사들이 달려가는 방향이 전부 세프가 있는 쪽이었다.

'조금 미안하군.'

당황하다 못해 황당해할 세프를 떠올리니 미안하면서도 웃음이 나왔다.

그러나 잠시 당황은 하겠지만 어떡하든 빠져나갈 것이라 여겨졌다.

그렇지 않으면 대도라는 별명을 내다 버려야 할 것이다.

루카가 세프를 이용한 것은 지극히 간단한 이유에서다.

100골드를 훔쳐 오라고 했던 것은 성동격서의 일환일 뿐이지 꼭 필요해서가 아니었다.

이유는 단 하나.

루카 자신이 어떤 이유에서든 절대 노출되지 말아야 하기 때문이다.

지극히 개인주의적인 발상일지는 모르지만, 자신의 등장이 알려지면 다가올 파장이 결코 예사롭지 않을 것이다. 그것은 다른 누구도 아닌 자신만이 알고 있는 일이었기에 누군가와 하소연하듯 의논할 수도 없었다.

'뭐, 세프가 노출되더라도 부차적으로 알게 되는 일이 있을지도…….'

혹시라도 세프의 정체가 밝혀진다고 해도 상관없다.

어차피 놈을 잡으려고 블레어 자작까지 올 정도로 혈안이 된 상황이니, 어쩌면 참사의 원흉을 쉽게 알 수도 있을지도 모를 일이다.

어쨌든 루카는 세프 덕(?)에 점점 소란해지는 바깥의 동정을 뒤로하고 비둘기 창을 통해 유유히 사라졌다.

계단을 한참 동안 내려가던 루카가 멈칫했다.

'여기도 있었군.'

발소리로 보아 지척에 있던 경계병들이 비둘기 창이 깨지는 소리를 들은 듯했다. 그러나 발걸음이 완만한 것이 그저 확인차 올라와 보는 것 같았다.

계단에 손을 갖다 댄 루카의 눈빛이 서늘해졌다.

발을 내딛는 진동이 두 번 엇갈리는 것으로 인원수는 확인이 됐다.

'두 명.'

더 이상 뒤를 따르는 병사가 없는 것도 확인이 됐다.

그다음은 누구라도 해야 할 가장 기본적인 일인 싸울 환경을 살피는 것이다.

전면의 벽을 쳐다보니 급격하게 라운딩이 되어 있었다.

첨탑이다 보니 어쩔 수 없는 설계였을 것이다.

자연히 거기까지의 거리가 매우 좁았고, 계단도 거의 90도에 가까울 정도로 급경사다.

'움직임을 소폭으로 줄여야겠군.'

공간이 좁으니 공격 시 연계 동작의 폭을 최대한 줄일 필요가 있었다.

'둘이 함께 올라올 수 없는 계단이니 앞뒤로 떨어져서 오겠지.'

루카가 이렇듯 신중한 것은 아래의 사정을 모르기 때문이다.

혹여 무기라도 바닥에 떨어져 소리를 낸다면 일이 복잡해질 수 있기에 그 부분 역시 신경을 써야 했다.

수군대는 소리와 함께 가쁜 숨소리가 들려왔다.

'당나라 군대도 아니고……'

계단을 오르는 속도가 너무나도 느려 터졌다.

난간으로 얼핏 살펴보니 뒤쪽의 병사가 서너 계단 떨어져서 올라오고 있었다.

루카의 뇌리가 빠르게 돌면서 마음속으로 시뮬레이션을 그렸다.

병사들을 상대로 굳이 무기를 꺼낼 필요는 없을 것 같았다.

핏자국, 피비린내 등 모두 은밀함의 방해 요소다.

마침내 헉헉대는 숨소리가 바로 코앞에서 들리고 앞선 병사가 계단을 돌 때다.

루카의 발이 바닥을 떠난 것도 동시.

그러나 병사를 덮친 것이 아니라 전면의 벽에 난 격자창을 향해 몸을 날린 루카다.

"아……."

병사가 입을 벌려 막 소리치려고 할 때, 창틀을 잡았던 루카의 신형이 아래로 낙하하면서 양 손바닥을 쫙 폈다.

쫘악!

"으윽!"

하강과 동시에 두 손바닥에 양쪽 귀를 세차게 압박당한 병사가 억눌린 신음을 토하며 그대로 주저앉을 때, 루카의 신형은 이미 오른손으로 난간을 짚었다. 그리고 일시 어리둥절해하고 있는 뒤쪽의 병사에게로 점프하며 팔꿈치로 어깨를 찍어 눌렀다.

빠각!

"끄윽!"

탈골이 되다 못해 뼈가 완전히 내려앉는 소리에 병사의 입에서 신음 같은 비명이 흘러나왔다.

이어서 악을 쓰려는 순간, 루카의 주먹이 후두부를 강타했다.

새된 비명을 지른 병사는 그대로 혼절해 버렸다.

그야말로 눈 한 번 깜짝할 사이에 벌어진 일이었다.

이것이 바로 야마카시의 디스마운트에 이은 레이지 볼트 동작이다.

디스마운트는 벽에 매달린 상태에서 고양이처럼 사뿐히 착지하는 동작이고. 레이지 볼트는 한 손으로 장애물을 짚고 대각선 방향을 향해 뛰어넘어 착지하는 동작인 것이다.

가히 예술 같은 동작에 박진감 넘치는 탄력이 아닐 수 없다.

여기까지가 본연의 야마카시다. 거기에 강력하고도 살인적인 타격이 더해지니 그 누구라도 상대하기 쉽지 않을 박투술이다. 즉, 야마카시 무술이라 불러도 손색이 없었다.

'한동안 깨어나지는 않겠군.'

루카는 죄가 없는 병사들이라 생각해 죽이지는 않았다.

하지만 깨어나도 부상이 심해 군대를 떠나야 할 것이다.

'기척은 없는 것 같군.'

귀를 기울여 본 루카는 이상이 없다고 여겨 빠른 속도로 계단을 내려갔다.

격자창 너머로 바깥의 소란을 구경하느라 여념이 없던 기사는 소리 없이 다가와 경동맥에 닿은 차디찬 예기에 심장이 '쿵!' 하고 내려앉았다.

이어서 차갑고도 절제된 음성이 악마의 속삭임처럼 들려왔다.

"그대로 뒷걸음친다."

"……!"

꿈쩍도 할 수 없었던 기사는 암습자가 끄는 대로 질질 끌려가듯 구석으로 향했다.

"놈들이 묵고 있는 곳이 어딘가?"

"으……. 누, 누구……?"

목울대만 움직여도 대번에 목이 잘릴 것 같은 공포에 기사는 얼어붙은 듯 움직임을 멈췄다.

'으헉! 어, 언제……? 근데 이 녀석들은 모두 뭐 하고……?'

부하들을 생각했지만 곧 접어야 했다.

자신이 이런 처지라면 병사들은 이미 당한 후일 것이니 생각해 봐야 시간 낭비였다.

'으으……. 여기서 까닥 잘못했다간…….'

자신에게 이런 일이 닥치리라곤 꿈에도 생각지 못했던 기사는 이 순간이 생사지간임을 알았다.

"돌 굴러가는 소리가 요란하군. 더 깊이 넣어 줄까?"

"아아……."

밑도 끝도 없이 그들이라고만 해 놓고 위협해 대니 누구를 말하는지 얼른 떠오르지 않았다.

'아! 그, 그자들!'

문득 근자에 영지를 방문해 영주의 환대를 받는 기사들이 생각났고, 자신이 지금 그들의 경비를 서고 있음을 자각했다.

똑같은 기사였지만 시골 기사라고 은근히 무시하며 으스대는 놈들이라 평소에도 감정이 안 좋았던 차였다.

잠깐 머리를 굴리는 사이 목이 더 깊이 베이면서 통증이 더해졌다.

"자, 잠깐!"

수틀리면 자신은 그대로 세상과 하직이다. 놈들을 위해 목숨을 걸 이유가 없었다.

충성을 맹세한 영주를 찾는 것도 아닌데 어렵게 가고 싶지 않았다.

"목소리가 크군."

"아! 미, 미안하오."

"계속해."

"그, 그들은 오른쪽 복도 끝의 양쪽 방에 머물고 있소."

"네 목숨을 고작 그 정도의 정보로 바꿀 셈이냐?"

"히힉! 오, 오른쪽 네 칸 왼쪽 세 칸에 각각 한 명 혹은 두 명씩 묵고 있소."

"모두 몇 명이냐?"

"지금은 여덟 명이오. 세 명은 누군가를 추적하러 갔다가 아직 돌아오지 않았소."

"대장은 어디 있어?"

"어, 어느 대장을……?"

"……?"

기사의 되묻는 말에 루카가 순간적으로 어리둥절해했다가 냉랭하게 말했다.

"아는 대로 말해."

'이, 이게 마지막 질문이다.'

기사는 이것이 마지막 질문이라는 것을 순간적으로 알았다.

질문 끝에 다가올 상황이 어찌 될지 짐작한 기사는 모험을 할 생각을 했다.

이래도 죽고 저래도 죽을 것이라면 알량한 자존심일지언정 지켜야만 했다. 그것이 신의 이름을 빌려 주군에게 충성을 맹세한 기사로서의 명예다.

그러나 대놓고 물을 수는 없다.

"부, 부하들은 어떻게 했소?"

'이놈 봐라?'

어쩔 줄 몰라 하던 녀석이 갑자기 어디서 용기가 났는지 눈을 부릅뜨고는 부하들의 생사부터 확인했다.

루카는 차라리 이게 낫다 싶어 마음이 놓였다.

애먼 기사의 피를 칼에 묻힐 필요가 없을 것 같아서다.

'많을 걸 알 수 있어 다행이군.'

목숨을 위협받는 자가 이렇게 나올 때는 하나다.

말해 주고도 죽을 거라면 끝까지 입을 다물고 살려 준다면 알고 있는 건 모두 토설하겠다는 뜻이다.

물론 상황에 따라 달라 경우의수가 많긴 하다.

이는 과거의 수많은 경험으로 알게 된 통계였다.

기사의 마지막 자존심인지 부하들의 생사에 빗대어 자신의 생사를 물었다는 것이 다르지만 말이다.

아니나 다를까.

"부하들을 죽였다면 나도 죽이시오."

"죽고 싶은가?"

차가운 말투는 여전했지만 어딘가 모르게 온기가 묻어 있는 어조다.

"살고 싶소. 다만 저놈들을 위해서 죽기 싫다는 것이오."

"내겐 네 부하들을 죽일 이유가 없다."

"고맙소."

그 한마디로 자신의 생사까지 확인한 기사가 빠르게 말을 이어 갔다. 이런 상황이 길게 이어져서 자신에게 이로울 것이 하나도 없기 때문이다.

"마법사가 있고 기사장이 있소. 마법사는 왼쪽 중간 방이고 기사장은 오른쪽 복도 끝에서 두 번째 방이오."

"그 외의 상황은?"

"조금 전에 기사장이 마법사의 방에 들어갔다가 금세 나왔소."

"이유는?"

"모르오."

"어디서 온 놈들인가?"

"모르오."

"교대 시간은?"

"아침 식사 때까지는 내가 마지막이오."

"알았다. 한숨 자고 일어나면 모든 게 끝나 있을 거다."

펙!

"윽!"

'다'자가 끝나는 순간, 수도로 뒷덜미를 가격당한 기사가 힘없이 쓰러졌다.

'영주는 알고 있을 테지.'

속으로 중얼거린 루카가 좌측 방을 노려보았다.

'마법사부터 처치하는 것이 좋겠어.'

헤일리 영주가 놈들을 알고 있다면 굳이 힘들여 사로잡을 필요가 없다.

자신이 누구에게 죽는지만 알고 가면 그뿐.

문제는 마법사의 전공과 그 능력이 어디까지인지를 모른다는 점이다.

하지만 추측도 할 수 없는 것은 아니다.

'4서클 아니면 5서클.'

순수하게 기사장과 함께하는 마법사라면 4서클. 보다 특별한 임무를 수행하기 위해 나왔다면 5서클일 것이다.

이 역시 수많은 경험에서 나온 바로미터에 의거한 것이다.

A를 보고 살펴서 B를 평가하는 기준으로 삼는 바로미터는

착오가 거의 없다.

'메모라이즈 시간인가?'

동이 터 오기 직전인 시각.

명상 시간으로 대개의 마법사들에게는 가장 중요한 순간이기도 하다.

마법사들이 새벽에 명상을 하는 이유는 순수한 마나가 주는 강력한 축복의 시간이라 여기기 때문이다.

고로 원치 않는 침입에 대한 알람 장치는 기본일 것이다.

야마카시 수련에 할애한 세월이 더 많은 루카였지만 마법 역시 익히고 있어 그 정도는 상식이었다. 스스로 마법사이기보다 영원한 트라세임가 될 것임을 다짐해 온 루카는 애써 마법을 외면하는 측면이 없지 않았지만 말이다.

'마법사 하나를 처치하는 데 전부 깨울 필요는 없겠지.'

"콰이어터quieter(방음장치) 소환!"

이내 엄지손톱만 한 돌 하나가 쥐였다. 마법 아티팩트라면 과거에 활약할 당시 세프 못지않게 지니고 다니던 루카다.

그것을 고스란히 간직해 온 루카의 아공간은 원하면 뭐든 얻을 수 있는 화수분이나 마찬가지였다.

물론 5년 전의 물건들로 모두 보급품으로 제공된 것들이었지만, 반납할 의무가 없어 지니게 된 것이다.

'5서클이면 될까?'

생각은 잠시, 곧 루카의 손에서 휘광이 어리더니 마력이 콰이어터에 주입됐다.

마법 아티팩트라고 해서 인챈트해 놓은 고유 마법만 고착화되어 있으란 법은 없다.

현 시대에는 그만큼 다양한 마법 아티팩트가 존재해서 응용이 가능하게 만든 물품도 더러 있었다.

이는 제국이 기사들의 전성시대로 변해 가는 것에 반발한 마법사들이 분발한 덕분에 생긴 산물이라고 할 수 있었다.

다시 말해서 마법 아티팩트의 종류에 따라 사용자의 마력치만큼 늘이고 줄이기가 가능하다는 것이다.

'부착하는 것이 낫겠지? 밀이 아직 있을까?'

5년 전까지만 해도 항상 비상식량으로 빠뜨리지 않고 저장해 두었던 밀이 생각난 루카가 소량의 밀을 소환했다.

'있었군.'

한입에 털어 넣은 루카는 부지런히 밀을 씹어 댔다. 밀을 오래 씹으면 씹을수록 껌처럼 차지게 되기 때문이다.

잠시 후, 껌이 된 밀을 뱉은 루카가 콰이어터를 두껍게 감싸고는 힘을 조절해 좌측 중간 방의 문을 향해 던졌다.

목적한 지점에 잘 부착된 콰이어터를 확인한 루카가 문을 향해 쏜살같이 내달렸다.

to be continued

Assassin
Soldier

세계의 왕

강승환 판타지 장편소설

ROK SUPERIOR HEROES FANTASY STORY

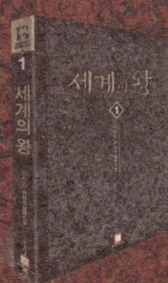

『재생』『신마강림』『열왕대전기』를 넘어선 판타지 대작
『세계의 왕』!

실력순으로 아들들을 대하는 아버지 아래 태어나
패배자는 결국 도태되는 걸 보고 자랐다

승패는 병가지상사라 했다!
아니, 한 번 패배는 곧 인생의 패배다!

그 이상과 현실 사이에서 휘청거리던 챌린저
스승으로 섬기게 된 트롤에게 마음공부를 배우며
종족을 초월해 세계의 왕으로 탄생하다!

ROK
MEDIA
로크미디어

덕민 판타지 장편소설

아이언&블러드

ROK
MEDIA
로크미디어